〈ノヴェル〉の考古学

イギリス近代小説前史

伊藤 誓

Chikai Ito

法政大学出版局

はしがき

かつてスターン論をまとめたとき、「ロックやヒュームやディドロなどの同時代思想を『横軸』とし、〈メニッポス的諷刺〉という文学ジャンルを『縦軸』とする『コンテクスト』のなかで彼の作品を考えることが多かったので、結果的にこのようなタイトル［『スターン文学のコンテクスト』］になった」と「あとがき」に書いた。いまから思うと横も縦も細い軸であった。その後もう少し勉強し、『トリストラム・シャンディ』のなかの「スラウケンベルギウスの物語」や「頬髭の章」や「アンドゥイエの尼僧院長の話」が、イタリアの「ノヴェッラ」、フランスの「ヌーヴェル」に連なる話であり、そのようなジャンルを読者の「期待の地平」に喚起させながら、「オチ」をつけない、スターン得意の「肩すかし」の手法のひとつであることがわかった。当時の文学ジャンルの在庫を再生利用した遊びだったのだ。

ルネサンスから一八世紀にかけて、イギリスに限らず、ヨーロッパは翻訳の時代だった。スターンのあとは、フィールディング、リチャードソン、スモレットを論じるつもりでいた。フィールディングと叙事詩（『ジョウゼフ・アンドルーズ』と『トム・ジョウンズ』にはホメロスへの言及・引喩が一三回ある）、リチャードソンとロマンス（作中に『狂えるオルランド』、『アーケイディア』、『パンドスト』等への言及・引喩がある）、スモレットとピカレスク小説（スペイン、フランスのピカレスク小説はもちろん、本書で拡大解釈したピカレスク小説［ペトロニウス、『狐物語』等］への言及・引喩が作中にある）がテーマになるはずであった。しかし「各論」に移る前に、前回のような視野の狭さを残さないために、もう少し文学状況を整理した方がよいのではないかと思った。遅々たる歩みであったが、その結果が本書である。

「各論」においてはもっと厳密な手続きと考証が必要であることは重々承知しているつもりであるが、今回は、一八世紀初頭のイギリス近代小説の作家たちが置かれていた文学的ミリューの、とりあえずの「近似値」を復元してみたかった。「五十、六十洟垂れ小僧」の世界に甘えさせていただき、「各論」を先延ばしにし、個人的な「覚書」、「備忘録」、「見取り図」のような本書を上梓させていただいた次第である。一八世紀イギリス小説を研究する「同志」が本書から何か「ヒント」を得られることがあれば、これに過ぎる幸せはない。

「ノヴェッラ」、「ヌーヴェル」の系譜の「ノヴェル」と区別するために、諸ジャンルが内部で角逐・葛藤する一八世紀初頭のイギリス近代小説を一重のギュメで囲って〈ノヴェル〉と表記した。しかし、これは表題だけのことで、多くの翻訳（論文）を使わせていただいたという事情もあり、本書で一貫させているわけではないことをお断りしたい。

第七章は第一章から第六章までの「まとめ」の位置にある。さらにその「要約」が序論第一節である。そのため一部重複がある。またこのような小さな本でも、執筆時期に新旧一二年の開きがあり、加筆・修正を施したとはいえ、やはり一部重複がある。強調したい箇所でもあるので、あえてそのままにさせていただいた。御寛恕を乞いたい。その代わりと言っては横着だが、第一章から第六章まではクロノロジカルな配列だが、どの章から読んでいただいてもとくに理解に不都合は生じないはずである。

目次

〈ノヴェル〉の考古学——イギリス近代小説前史

序論

一　一八世紀イギリス小説のコンテクスト

一六世紀から一八世紀にかけてのイギリスには、さまざまな散文ロマンスが犇《ひし》めいていた。まずは古代ギリシャの散文ロマンス（カリトン『カイレアスとカッリロエ』、クセノポン『エペソス物語』、アッキレウス・タティオス『レウキッペーとクレイトポーン』、ロンゴス『ダフニスとクロエー』、ヘリオドロス『エチオピア物語』）のラテン語訳、近代語訳、英訳があった。生まれも育ちもよい美男美女の若者が、結婚へ到る道のりで、もしくは新婚生活（カリトン、クセノポン）で、別離、遠い土地への旅・流浪（ロンゴスを除く）、一連の不運（恋敵の出現、嵐、難破、盗賊・海賊による捕囚、奴隷の境遇への零落、等）に見舞われるが、主人公と女主人公のいずれもが純潔もしくは貞節を守り抜き、最後には幸せな結末が用意されているのがその特徴である。これらの作品の影響の色濃いシドニーの『アーケイディア』に加えて、マロリーの『アーサー王の死』、一六世紀に英訳が二種類出たモンタルボの『アマディース・デ・ガウラ』が当時のイギリスの散文ロマンス三傑と考えてよいだろう。

『ドン・キホーテ』は、騎士道ロマンスが描く世界の嘘臭さと過剰性を暴露して、騎士道ロマンスを失墜させることを目的としているかのように見えるが、事はさほど単純ではない。『ドン・キホーテ』前篇の終わりに、博学な文学理論家である役僧が出てきて、あるべきロマンスについて語る。彼は「嘘も本当と見えれば見えるほどいいのだし、まことしやかでありそうな点が多ければ多いだけ、楽しませるもんだ」（会田由訳）と言い、「読者の心をそらさずに、感嘆させ、気をもませ、狂喜させ、すっかり楽しい気持ちにさせて、そこで感嘆と喜悦がいっしょに歩調を合わせるといった工合に書く」べきである。そして「こういうことはすべて、真実らしさや写実をさける作者では、しょせんなし得るところじゃありませんな」と言う。「中程が始めのところに、終わりが始めと中程につり合うというふうに、物語の本体とすべての細部が一体をなしているような騎士道物語は、これまで一冊だってお目にかかったことがありませんわい」。目にするものは「むやみと枝葉末節をつなぎ合わせるものだから、つり合いのとれた作品をつくろうというよりも、キメーラかばけものをこしらえるつもりだとしか思えないもの」、「文体は生硬だし、出てくる功名手柄はまゆつばものだし、恋愛はみだらだし、礼儀はでたらめだし、戦いは長ったらしいし、人物の話はつまらないし、旅はでたらめだし、要するに、気のきいた技巧とはおよそ縁もゆかりもないもの」ばかりである。現行の騎士道ロマンスにはこのように手厳しいが、ロマンスという文学形式の可能性を役僧は信じている。「こういう書物の自由奔放な書き方は、作者に叙事詩人、抒情詩人、悲劇作家、喜劇作家として、さらに、きわめて甘美で楽しい詩学と雄弁学をその中に蔵している、あらゆる部門の作家として才能をふるう余地を与えるからである」と論じる。そしてこの役僧は、できるものなら騎士道ロマンスを一冊は書いて、そのなかに指摘した趣旨を残らずとり入れようという誘惑にかられると告白する。「いや、本当のことを白状しますと、百枚のうえ書いているのですよ」。この役僧は、牧人ロマンス『ガラテーア』を書き、ヘリオドロスの『エチオピア物語』と競い合いたいとその抱負を述べた、『ペルシーレスとシヒスムンダの苦難』を死後出版したセルバンテス本人を彷彿とさせる。彼はきわめてセルフ・コンシャスな文学実験家だったのだ。当時の新興ジャンルであったピカレスク小説への言及が小説内に散見するように、彼が肌身に感じていた新しい文学潮流に無自覚でいたはずはない。『ドン・キホーテ』はロマンスを、宮廷愛や騎士道という社会的・理念的制約から、潑剌たる実験精神によって解放し、旅に新しい意味を与えた。ミハイル・バフチンは、騎士道ロマンスの「見知らぬ、奇蹟的な世界」のクロノトポスとピカレスク小説の「故郷の土地を曲がりくねって進む公道」というクロノトポスの異種混成体を創り出した点に、『ドン・キホーテ』の新しさと重要性があると考えた。一二、三世紀に花開いた韻文ロマンスの柔軟な形式のもつ潜在力を『ドン・キホーテ』は散文で再生させたとも言える。

スペインとポルトガルの騎士道ロマンス（『アマディース』、『パルメリン』、『ドン・ベリアニス』）は、一六世紀の終わりから一七世紀にかけてイギリスで大いに流行した。一五〇八年から一五五〇年の間に出版されたこれら代表的な騎士道ロマンスは、一五九〇年代の終わりまで英訳されることはなかったが、フランス語訳は出回っていた。無構成とも見える果てしなく増殖する形式をもつ騎士道ロマンスはイギリスの新しい読者層に浸透した。リチャード・ジョンソン、ヘンリー・ロバーツ、エマニュエル・フォードの、騎士道ロマンスに愛国心と商人階級の倫理を注入した作品は、『アマディース』、『パルメリン』のアントニー・マンデイの英訳とともに一世紀にわたって需要があった。フランスのゴンベルヴィルの『ポレクサンドル』に代表される冒険ロマンスから英雄ロマンスが生まれた。後者は外的事件よりも愛（の優位）のテーマを重視した。フランスでは多くの女性が、この文学形式の創造に、作者として、あるいは、英雄ロマンスの登場人物に体現される理想的行動規範の醸成場たるサロンのメンバーとして、加わった。その代表であるスキュデリの『イブラヒム』、『グラン・シリュス』、『クレリー』の英訳は、フランスでの出版からほどなくして現われた。イギリスではロジャー・ボイルやアフラ・ベーンが模倣した。アンリ三世と四世治下の宗教的・政治的混乱のなかにあるフランスを寓意的に描いた歴史ロマンスとも言うべきジョン・バークレーの『アルゲニス』が一六二一年に出版され、ラテン語のオリジナル版とともに、英訳、フランス語訳、スペイン語訳、イタリア語訳、オランダ語訳が出て、ヨーロッパ中に広まった。ジェイムズ一世の委嘱によるベン・ジョンソン訳は火事で幻に終わったが、英訳は二種類出た。サー・パーシー・ハーバートの『王女クロリア』はその影響を受けた作品である。一世紀半後の一七七二年にクレアラ・リーヴが『不死鳥』と題して英訳を出版した。一七世紀から一八世紀初頭にかけてロマンスがフランスからイギリスへ大量に渡った背景には、亡命していたステュワート朝の宮廷がイギリスに戻ったこと、「ナントの勅令」が一六八五年にルイ一四世によって廃止されユグノー教徒が流出したことなど、いくつかの歴史的誘因があった。

イギリスの女性作家の書くものには、信仰告白の書や宗教書の翻訳が多かったが、マーガレット・タイラーのスペインの騎士道ロマンスの英訳とシドニーの姪にあたるメアリー・ロウスの『ユレイニア』が一七世紀の世俗文学の女性作家たち（ベーン、マーガレット・キャヴェンディッシュ、ド・ラ・リヴィエール・マンリー、メアリー・デイヴィス、エライザ・ヘイウッド）の先鞭をつけた。一六世紀の後半には、大陸の「ノヴェッラ（novella）」、「ヌーヴェル（nouvelle）」への関心が高まり、ボッカッチョ、バンデッロ、マルグリット・ド・ナヴァールの作品や「ノヴェッラ」仕立ての古典がイギリスに押し寄せた。ペインターの『歓楽の宮殿』は、古典の翻訳やボッカッチョ、バンデッロ、マルグリットの「ノヴェッラ」、「ヌーヴェル」の翻訳を含む一〇一篇の物語を提供した。ペインターは前書きで、これらの話を「ノヴェル（"news or Nouelles"）」と呼び、「疲れた心を元気づけ、気分をさわやかにする」ことと受け合いであると自信のほどを見せている。フェントンは『悲劇的物語集』でバンデッロの物語を一三篇訳した。ロジャー・アスカムは、イタリア的洗練、自由思想、カトリック教をイギリスの家庭にこっそり持ち込むとして、「ノヴェッラ」の流行を危惧したが、『デカメロン』は一六二〇年に、フランス版『デカメロン』を目指したマルグリットの『エプタメロン』は一六五四年に英訳が出た。「ノヴェッラ」、「ヌーヴェル」の影響を受けた作品にペティ『歓楽の小宮殿』、キャヴェンディッシュ『ネイチャーズ・ピクチャーズ』、マンリー『アタランティス』、ジェイン・バーカー『恋の駆け引き』、『パッチワーク・スクリーン』などがある。一八世紀末まで、文献に「ノヴェル（novel）」という語が出てきたら要注意だ。「ノヴェッラ」、「ヌーヴェル」の流れに属する「ノヴェル」を指す場合が多いからだ。ジョゼフィン・ドノヴァンによると、「ノヴェル」は当時、第二音節に強勢をおいて発音されていたそうである。コングリーヴは『インコグニタ』の序文で「ノヴェル」と「ロマンス」の違いを説明し、この作品は「ノヴェル」と副題されているが、彼がここで言う「ノヴェル」とは、「ノヴェッラ」、「ヌーヴェル」の系譜に連なる「ノヴェル」のことである。

フィールディングは『トム・ジョウンズ』のちょうど真ん中にあたる第九巻の「巻頭エッセイ」で、二、三人の作家の成功が、この種の書物を書こうという気を起こさせて、かくして「おろかしいノヴェルと途方もないロマンス」が大量生産され、読者に無駄な時間を過ごさせ、道徳を堕落させるだろうと言ったとき、「ノヴェッラ」、「ヌーヴェル」の系譜の「ノヴェル」を思い浮かべていたのだろう。彼は続けて、すべての芸術・学問は学識を必要とし、詩歌は韻律を必要とする。しかるに「ノヴェルやロマンスを書くには紙とペンとインクがあればよい」と言う。しかし、世間の侮蔑を買いたくないのでわれわれは注意深く「ロマンス」という語を避けると言ったあとに、「ロマンス」という名称には「その他の点では十分に満足したかもしれない」と付言していることに注目すべきだろう。フィールディングが「ロマンス」という語を避けるのは、その出自と系譜を検証したうえで、自らの書き物を「新領域の書き物」として差別化しているからというよりは、もっぱら「ロマンス」のペジョラティヴな語感を避けたかったからという単純な理由によるものであろう。語り手は自らの書き物を、どの登場人物も「自然《ネイチャー》［人間性］」という広大なる真正の土地台帳」を権威としてもつゆえに「ヒストリー」と呼び、自らを「ヒストリアン」と称するが、これも熟考のうえの命名というよりは、「ヒストリー」も「ヒストリアン」も手垢にまみれていないニュートラルな語であるという消去法的な理由によるものであろう。

イーアン・ワットの『小説の勃興』の、小説を世界に先駆けて近代化したイギリスに固有のものと考える姿勢は、フーコーが「思想史」の特徴として指摘し自らの「考古学」から排除した「一般原理」、「発展の図式」、「歴史的展開」に縛られているうえ、一九世紀以降に定型化した一部の小説から抽出された小説概念を鵺《ぬえ》のごとき一八世紀小説に押しつけるアナクロニズムである。バフチンは、多言語が没交渉のままの共存状態では創造的意識は閉ざされたままであると言う。小説が生育するには「諸言語は互いに照らしあい解明し」あわなくてはならない。なぜなら「ひとつの言語は他のもうひとつの言語の光に照らしてのみ自分を見ることができる」からである。『ドン・キホーテ』が近代小説の始祖たるゆえんは、「ロマンス」とのダイアロジックな緊張にある。「ロマンス」はピーター・ブルックスの言う「メロドラマ」（「道徳の分極化と図式化」、「極限的な存在状態」、「運命の急変」、「高度のセンチメンタリズムと熾烈な倫理的葛藤」、「美徳の勝利」）として、彼が詳論するバルザックやジェイムズばかりでなく、ディケンズ、ドストエフスキー、ロレンスの大小説において力強く脈動している。

二　なぜ「考古学」か

ミシェル・フーコーの『臨床医学の誕生』（一九六三年）の副題は「医学的まなざしの考古学」であり、『言葉と物』（一九六六年）の副題は「人文科学の考古学」であったが、その「考古学」の意味が説明されたのは『知の考古学』（一九六九年）においてであった。フーコーは「考古学的記述は、まさしく思想史の放棄であり、その要請、その手続きの体系的な拒否」（中村雄二郎訳）であると言う。「考古学」は「言説の諸様態の示差的分析」であり、「言説＝実践の諸類型および諸規則の明確化」であり、「起源の秘密自身への復帰ではなく、一つの言説＝対象の体系的な記述」であると言う。しかし「考古学」は「言説の派生の樹」を構成するが、「考古学的秩序は体系性のそれでもなければ、年代学的な継起のそれでもない」。思想史は「継起と連鎖との時間的諸現象を本質的主題」とし、それらを「発展の図式」によって分析し、かくして「言説の歴史的展開を記述する」。「考古学」は「言説の浸透の度合いと形態とを分析」し、「継起的な出来事の連鎖に対してその分節化の原理」を与え、それによって「出来事が言表のうちに転写されるさまざまな作用体を明確化」する。思想史が「矛盾を包括的形態の薄暮的統一性のうちに溶解しよう」とし、「解釈や説明の劃一的で、抽象的な一つの一般的原理に変えようとする」のに対し、「考古学」は「相異なる〈葛藤の空間〉を記述する」と言う。「考古学」は比較にもとづいた分析であり、この分析は、言説の多様性を減らすことや、言説を全体化すべき統一性を粗描することが定められているのではなく、言説の多様性を相異なる諸形象のうちに分配することが定められている。「考古学的比較は、統一化する行為ではなく、多様化する行為である」。「考古学」は「純粋に論理的な同時性の図式」も、「出来事の線的な継起」もモデルとしない。「考古学」は「必然的に継起的な諸連関と、そうでない諸連関との交錯」を示そうと試みる。

フーコーはこのように、歴史を一義的に連続的な「変化」としてではなく、非連続的な「変換」でもありうるものとしてとらえる。言説を支配する「一般的原理」、言説の「発展の図式」、「歴史的展開」を「考古学」から排除し、「言説の諸様態の示差的分析」、「〈葛藤の空間〉の記述」に徹しようとする。フーコーの「考古学」は「発掘」による〈起源〉の再構築ではなく、言説の多様性と分散性という存在様態を明確化しようとする試みであると言える。

イーアン・ワットの『小説の勃興』の、小説《ノヴェル》を世界に先駆けて近代化したイギリスに固有のものと考える姿勢には、国粋的な気負いが感じられる。彼は、イギリス近代小説の勃興の原因を、デカルトとロックの哲学に淵源する個人の経験の重視という意味での個人主義、資本主義の経済的分業が促進する個人の選択の自由の広がり、社会編成の基盤の、家族・教会・ギルドなどの集団から個人への移動に求める。このような小説の、発展史的なとらえ方は、思考としてあまりにも窮屈であり、「一般原理」、「発展の図式」、「歴史的展開」の記述のために排除された厖大なテクスト群が亡霊のように浮かび上がってくる。私は「ロマンス」と「ノヴェル」の関係を、前者から後者への「変化」、「発展」

としてではなく、不連続な「変換」、したがって「逆行」もありうる関係と考え、「ロマンス」と「ノヴェル」の「言説の諸様態の示差的分析」、「〈葛藤の空間〉」の記述を思いたった。執筆の現場にある作者たちには、つねにそれまでの文学が「参照枠」として同時存在しうると考えた方が自然ではないかと思ったからである。

第1章　小説の〈起源〉をめぐって

一　ワット説への疑問

イーアン・ワットの『小説の勃興』が出て半世紀以上がたつ。私が学生の頃にはすでに、一八世紀イギリス小説研究のバイブル的存在だった。彼の立論はこういうものだった。近代リアリズムは、真実《トルース》は個人の感覚を通してのみ発見されうるという立場に立つ。そのような立場はさらに、デカルトとロックの哲学に淵源する。小説の第一の基準は、個人の経験への忠実さ《トルース》［迫真性］である。個人が重視されるようになった背景には、個人の選択の自由を広げた社会的変化があった。つまり、資本主義が経済的分業を促進し、それが社会構造の硬直した均質性・絶対性を崩し、政治制度の民主性を高めたのである。社会が、このような新しい経済秩序に晒されるようになると、社会構成の基盤として有効に働く実体は、もはや家族・教会・ギルドなどの集団ではなくなり、個人となる。たとえばリチャードソンの『クラリッサ』における孤立無援の女主人公クラリッサは、この新しい個人主義における自由で果敢なるもの、とりわけピューリタニズムと結びついた精神的自立性のヒロイックな代表者である。それゆえ彼女は、新しい理念の実現に敵対する貴族制や家父長制を相手に闘わなくてはならない。ワットはこのような論旨で、デフォーやリチャードソンに多くの紙幅を割いて論じながら、スモレットとスターンには章を与えず、一章を与えたフィールディング論も、こう締め括っている。「フィールディングの技法はあまりにも折衷的でありすぎて、小説の伝統のなかで永続的な要素とはならなかった。『トム・ジョウンズ』は部分的に小説であるにすぎない。他のもの――ピカレスク小説、喜劇、折にふれて書かれた随筆――が多く混じっている」[1]。もしこの本のタイトルが『イギリス近代リアリズム小説の勃興』であれば、筆者にとくに異論はない。ワットの小説の定義があまりにも狭いのが不満なのである。小説《ノヴェル》を、世界に先駆けて近代化したイギリスに固有のものとして考える姿勢に国粋的な匂いさえする。

そもそも他のヨーロッパ系言語に、英語における「ノヴェル」と「ロマンス」の区別に相当するものはない（*le roman, der Roman, il romanzo*, etc）。最近はイギリス小説の〈起源〉をエリザベス朝散文フィクションにさかのぼる試みが目立つようになったが、これは最近の研究の傾向というよりは、戦前の研究への「先祖返り」ともいうべき現象なのである。これについてはすでに書いたので[2]、ここでは省略するが、イギリス小説の〈起源〉を求めるとするならば、そのフランス語訳や英訳がピカレスク小説やエリザベス朝散文フィクションに大きな影響を与えた古代小説にまで、ひとまずさかのぼるべきだろう。本章では、古代小説の特徴を分析しつつ、諸家の論考を手がかりに他のジャンルとの違いを考え、小説という文学表現が生まれた諸条件を考察するようすがとしたい。

二　古代ロマンス／小説を生み出した時代

Ｂ・Ｐ・リアドン編集の英訳『古代ギリシャ小説選集』全一巻(3)には、古代ギリシャ小説と言われているものが、「要約」というかたちで残っているものや断片的に残っているものも含めて一九篇収められている。これらの作品を「ノヴェル」と呼ぶにせよ、「ロマンス」と呼ぶにせよ、いずれの場合もアナクロニズムであることに変わりはない。これらの作品を研究する人たちが、「ノヴェル」という呼称を選ぶのは、自らの研究対象の先駆的な近代性を強調したいからだろうが、「ロマンス」的要素も「ノヴェル」的要素に拮抗するほど具えているので、本書では、少々見苦しいが「ロマンス／小説」という表記で通したい。

編者リアドンによる作品の推定年代は、断片については一部省略されているが、次のとおりである。

『ニノス』（*Ninus*）紀元前一世紀頃／カリトン『カイレアスとカッリロエ』（Chariton, *Chaereas and Callirhoe*）紀元一世紀中頃／クセノポン『エペソス物語』（Xenophon, *An Ephesian Story*）二世紀中頃／アントニオス・ディオゲネス『トゥーレーの彼方の不思議』（Antonius Diogenes, *The Wonders Beyond Thule*）二世紀中頃／ルキアノス『本当の話』（Lucian, *A True Story*）二世紀第3四半期／伝ルキアノス『驢馬』（Pseudo-Lucian, *The Ass*）二世紀第3四半期／イアンブリコス『バビロニア物語』（Iamblicus, *A Babylonian Story*）一六五―一八〇年／アッキレウス・タティオス『レウキッペーとクレイトポーン』（Achilles Tatius, *Leucippe and Clitophon*）二世紀末／ロンゴス『ダフニスとクロエー』（Longus, *Daphnis and Chloe*）二〇〇年頃／ヘリオドロス『エチオピア物語』（Heliodolus, *An Ethiopian Story*）三世紀（もしくは四世紀末）／『アレクサンドロス物語』（*Alexander Romance*）三世紀（原典は紀元前三世紀）／『テュロス王アポロニオス』（*Apollonius King of Tyre*）原典三世紀（ラテン語版五世紀もしくは六世紀）

ルキアノスの作品は一篇だけ収められているが、彼には真贋の定かでないものも含めると八〇篇あり、ローブ古典叢書に八分冊で収められている。

古代ラテン小説と言われているものは次の二篇である。

ペトロニウス『サテュリコン』（Petronius, *Satyricon*）六五年頃／アプレイウス『黄金の驢馬』（Apuleius, *The Golden Ass*）二世紀

いずれにも、P・G・ウォルシュの、長い序文と詳しい注のついた英訳がある。(4)

古代ロマンス／小説が生み出された時代に「第二ソフィスト派」として知られる修辞学の運動があった。これはピロストラトスの命名であるが、紀元前五世紀のプロタゴラスを中心とする「第一ソフィスト派」になぞらえて、紀元一世紀に始まり四世紀まで続いた運動がそう名づけられた。巡歴する雄弁家が、主としてギリシャの古典の伝統から採られた話題について弁舌の才を発揮した。ルキアノスは最初、修辞学者として出発した。カリトンは修辞学者の秘書だったし、アッキレウス・タティオスはソフィストだったと言われている。(5)ルキアノスには、パラリスの遣わした使者がデルポイの民を前に行なう、傷のある贈物（雄牛）を献納した失策を糊塗するための弁明（『パラリス』）、子音の係争を裁く母音の法廷という設定の模擬裁判（『法廷に立つ子音』）、暴君を自分の手で殺すことはできなかったものの、その息子を殺したことにより父親の自殺を招いたのであるから、暴君殺しに与えられる褒賞金は当然自分に支払われるべきだとする論証（『暴君殺し』）など、修辞学演習と思しい作品を数多く残している。このような架空の設定のもとでの修辞学演習は、フィクションの創作力を大いに高めたものと考えられる。

断片さえないので内的証拠（たとえば『黄金の驢馬』の冒頭にある言及）にもとづく推定だが、紀元前二世紀後半にいたらしいミレトス（小アジア西海岸イオニアの古都）のアリスティデスのものとされている「ミレトス寓話集」（*Fabula Milesia* or *Milesiaca*）が当時一般に流布しており、非常な人気を博していたらしい。アブランシュ司教ピエール゠ダニエル・ユエの『小説の起源についての論考』(Pierre-Daniel Huet, *Traité de l'origine des romans*, 1670) の力説するところによると、「東方」の諸民族があらゆる種類の文学をもたらした。ヨブ記、エステル記、ユデト記、雅歌は言うにおよばず、想像力に富むさまざまな寓話をもたらしたと言う。ミレトスの寓話は、ペルシャ人から小説技法を学んだイオニアの一民族が生み出したものであるとユエは考えている。(6) 一七世紀の評論でありながら、小説の多言語的エネルギー、多文化的起源の指摘は斬新である。古代ロマンス／小説の作者には、実際に近東やアフリカ出身の者がいた。ロマンス／小説が生育・成長・発展したのも、ギリシャ、ローマのなかにおいてだけのことではなく、アレキサンドリアなどのエジプト北部を含む地中海沿岸のさまざまな民族の間においてのことだった。アレクサンドロス大王の死（紀元前三二三年）の頃から、広い世界がギリシャの影響力に晒され、逆にギリシャも広い世界の影響力に晒された。エーゲ海からヒンズークシ（アフガニスタン北東部の山脈）に及ぶ広い世界だった。ギリシャがローマに征服されたあとも、ギリシャの「開放化」は進んだ。このようなヘレニズムの世界は、拡大されて変質した世界だった。ギリシャの都市国家の特殊性は残っていたが、理念的には崩れていた。「コイネー」(*koine*) という標準ギリシャ語ができ、それはアジア人によっても用いられていた。ヘレニズム時代およびローマ帝国初期に、商業は国際化され、ヘレニズムの世界が「ギリシャの商人もしくはギリシャ化された商人とギリシャの製造業者によって支配される大市場」(7) となった。ミハイル・バフチンによれば、多言語状態《ポリグロシア》は、純粋で規範的な単言語状態《モノグロシア》よりも古くからつねに存在したが、それは創造的要因とはならなかった。古典期のギリシャ人は「諸言語」を感じとっており、ひとつの言語の「各時代」、多種多様なギリシャ文語の「方言」を感じとっていたが、創造的意識は閉ざされた純粋な諸言語の内で具体化され、多言語状態は諸ジャンル間で所有され規範化されていたと言う。しかし、諸民族の言語が閉ざされて没交渉にある共存状態の時期は終わった。「諸言語は互いに照らしあい解明しあう。ひとつの言語は他のもうひとつの言語の光に照らしてのみ自分を見ることができる。所与の国語の内部に〈諸言語〉が素朴に不動の状態で共存する事態は終わりを告げた。つまり地方的な方言、社会的および職業的な方言や隠語《ジャーゴン》、文語、文語内部のジャンルを表わす言語、言語の表現するさまざまな時代の共存も終わった」。小説はまさに、このような外的かつ内的な多言語状態の強烈な活性化という状況下に現われ、生育したとバフチンは言う(8)。ヘレニズム時代における書籍取引の発展も、この時代に小説の興隆に寄与した。ギリシャ文学の黄金時代と言われる紀元前五世紀にすでに、書籍取引が始まっていた。奴隷が筆記者として使われた。原本が口述されるか、あるいは筆記者の間で分けられた。十分に組織化された「印刷所」であれば、原本を受けとって、数日で数百部が「印刷」された(9)。

三　古代ギリシャ・ロマンス／小説の特徴

一般に古代ギリシャ・ロマンス／小説を代表するものとして扱われているのは、ほぼ完全に残っていること、内容が似ていること、かなりの長さがあることなどが理由だと思われるが、カリトン『カイレアスとカッリロエ』、クセノポン『エペソス物語』、アッキレウス・タティオス『レウキッペーとクレイトポーン』、ロンゴス『ダフニスとクロエー』、ヘリオドロス『エチオピア物語』の五篇である。ルキアノスの作品は、各篇が短いからか、あるいはその内容があまりにも風変わりであるためか、小説史の「傍流」として扱われている。バフチンは逆に、ルキアノス作品をそのひとつとする「メニッペア」（メニッポス的風刺）を小説の「主流」とみなし、その近代の頂点をドストエフスキーに見いだしている。先の五篇とルキアノスとの共通点もあり、近代小説の発生を考えるうえで、両者をトータルに考える必要があると思われる。

　これら五篇について共通して言えることは、いずれも「愛と冒険」の物語であるということだ。主人公と女主人公は、若くて美しく、生まれもよい。二人の結婚へ到る道、もしくは初初しい結婚生活が、別離、遠い土地への旅・流浪、一連の不運（恋敵の出現、嵐、難破、盗賊・海賊による捕縛、奴隷の境遇への零落、等）によって阻まれるが、最後には幸せな結末が保証されている。コンスエロ・ルーイス＝モンテロは、古代ギリシャ・ロマンス／小説に共通する構造的要素は、愛でも冒険でもなく、探究《クウェスト》それ自体だと言っている[10]。テーマは「愛と冒険」であるにせよ、構造は探究であるという指摘ならば妥当であろう。ただ『ダフニスとクロエー』には旅・流浪はない（レスボス島のなかにある「ほとんど島と呼べる」ミュティレネですべてのアクションが起こる）。主人公と女主人公のいずれもが、純潔もしくは貞節を守ること、神（アプロディテ、アルテミス、エロス、パン、アポロン、等）

図版1　アブラハム・ブルーマート画『殺された水夫たちの間にいるテアゲネスとカリクレイア』(1625年)。ヘリオドロス『エチオピア物語』の冒頭場面。

への信仰を守ることに対して作者は深い意味を与えている。「運命」に対する主人公と女主人公の感情は、幸福な結末を迎えるまで、非難と諦念が交錯する。古代ギリシャ・ロマンス／小説の時間構造は、『エチオピア物語』を除いて、ほぼ直線的である。『エチオピア物語』は、ほかのロマンス／小説のように主人公と女主人公の郷里の町、家族、年齢、容姿の提示から始まるのではなく、「事のただなかから」(*in medias res*)始まる。『エチオピア物語』の冒頭は、船の上で「宴のあと」にあったと思しい殺戮の惨状の描写である。あちらこちらに転がっている死体、岩の上からそれを見ている負傷した青年と介抱する若い女、さらにそれを遠く丘の上から眺めている盗賊たち。きわめて印象的な場面である。何があったのか、その真相がわかるのは、話がふたたび冒頭の場面に戻る作品の中ほどにきてからである。

古代ギリシャ・ロマンス／小説は、登場人物が、国王、司祭から、盗賊、女衒に及び、きわめて多彩である。ロナルド・ポールソンは、『風刺と小説』で、近代小説の創出に果たした風刺文学の役割を強調した。風刺文学は卑俗なるもの、現世的なものの、唯一の「高級な」文学的捌け口だったと言う(11)。古代ギリシャ・ロマンス／小説においても、きわめて平俗かつ日常的なものと、信仰、純潔・貞節の誓い、名誉心などの「高尚な」感情とが同時存在している。

男女がさまざまな意味で対等であるのも古代ギリシャ・ロマンス／小説の特徴である。時には女主人公の方が積極的で、したたかで、狡智にたけている場合がある。たとえばカッリロエはアプロディテ女神に向かって、「あなた様が［お祭りのときに］私にお見せになったあの男を、夫として私にお与えください」と叫ぶ。結婚後も変わりない二人の情熱にふれて、「お互いに相手を享楽したい対等な衝動」に作者は言及する。カッリロエの二番目の夫ディオニュソスは、彼女とカイレアスとの間の子を、月足らずで生まれた自分の子だと最後まで思っている。そう思わせておく方が得策だと彼女は考えたすえ、沈黙を守る。おまけに子どもの養育をディオニュソスに任せて、彼女は再会できたカイレアスと帰国する。むしろカイレアスの弱さの方が目立つ。彼は「カッリロエ探索を断念するか、両親を悲しませるか、どちらかを選ばざるをえなくなるのを避けたくて」海に身を投げる。カッリロエと再会したカイレアスは、親友に後事を託して、夜が更けるのを待ちきれず、王宮の寝室へ駆け込むといった次第である。[12]『エチオピア物語』のカリクレイアは実際に弓を射る勇猛さを見せる。おまけに百発百中の腕前ときている。言い寄る海賊ティアミスに結婚をほのめかしたことについて、彼女はテアゲネスに弁解する。「おとなしい受け答えとすみやかに見せる従順な態度は、欲情の最初のほとばしりを抑え、欲情の苦しみを甘い口約束の味わいで宥めて、それを拭い去ることができる」ことを承知しているしたたか者である。[13]

手紙が多く使われるのも古代ギリシャ・ロマンス／小説の特徴である。クレイトポーンがメリテとの婚礼の宴でレウキッペーからの手紙を受け取る場面は印象的だが、『カイレアスとカッリロエ』や『エチオピア物語』でも手紙が頻繁に使われている。文学史では『パミラ』を書簡体小説の先駆として扱われることが多いが、視野を広げれば、これも〈起源〉をさらにさかのぼることができそうだ。裁判の場面が多いこと、死に直面する場面が多いことも特徴である。主人公または女主人公が生け贄にされそうになったり、仮死状態の相手を本当に死んだものと思ったり、本人もしくは相手が死を擬装したりとさまざまである。裁判や死に直面する場面では雄弁（弁明、非難、嘆き、運命の悪意への呪詛、等）が発揮される。

『レウキッペーとクレイトポーン』が同時代に設定されているほかは、すべて過去に設定されている。しかし、叙事詩とは違い、歴史上・伝説上の人物や事件をモデルにはしていない。

以上が思いつくままに記した古代ギリシャ・ロマンス／小説の特徴である。

パフチンは古代ギリシャ・ロマンス／小説をあまり高く評価していない。彼によれば「ギリシャ小説のうちにあるのは、恋人たちの生にも二人の性格にもいかなる痕跡も残さない……純粋な空隙《ハイエイタス》である」。ギリシャ小説では「誘拐、遁走、追跡、探索、捕囚」が大きな役割を果たすが、その大きさも多様性も、まったく抽象的である。「ギリシャ小説の世界は、したがって、抽象的な異国の世界である」。「事件の槌は、何ものをも砕かず、何ものをも鍛え上げない。それは、ただ、すでにでき上がっている製品の耐久力《デュアラビリティ》を試すだけである」。しかし、これは肯定的評価に転じうるものである。バフチン自身、「ギリシャ小説は、きわめて展性《マリアブル》に富んだ小説ジャンルであり、強い生命力をもつ小説ジャンルである。小説の歴史のなかでとりわけその生産力が証明されたのは、構成上のイデーとしての〈試練〉の使用である」と言っているからだ。人物の性格に変化・発展がないことを否定的にみるのではなく、「運命」に翻弄されながらも生きのびる「強い生命力」をもった人物がそこには描かれているのだとは考えられないだろうか。バフチンは、ギリシャ小説は、古代文学の他のあらゆる古典的ジャンルと異なり、描かれた人間が個人的で私的な人間だと言う。「人間像のこうした特徴と、ギリシャ小説の抽象的な異国の世界とは対応している。そのような世界では、人は自らの国、自らの社会集団、自らの一族、否、自らの家族とさえ、多少なりとも本質的なつながりをすべて失った、孤立した私的な人間でしかありえない。……しかも、この異国の世界で彼にはいかなる使命もない」[14]。しかし、いかなる「使命」もない、孤立した私的な人間は、「抽象的な異国の世界」でこそ、少々大袈裟に言えば、その実存的状況がよりよく描かれうるとは考えられないだろうか。私には、古代ギリシャ・ロマンス／小説の荒涼とした感触がきわめてモダンに感じられた。バフチンの古代ギリシャ・ロマンス／小説の評価に対する批判は、コンスタンやドゥーディによっても別の論点からなされている[15]。

あとでみるように、古代ギリシャ・ロマンス／小説にも、他ジャンルに対する意識、ときにはパロディ意識が感じられるが、古代ラテン・ロマンス／小説のパロディ性は多くの論者によってつとに指摘されている。たとえばS・J・ハリソンは、『サテュリコン』も『黄金の驢馬』も、古代ギリシャ・ロマンス／小説の美男美女の若者の恋愛物語という結構、そして純潔と貞節というモチーフをも覆していると言っている。『サテュリコン』には同性愛者三人組が主要人物として登場するし、『黄金の驢馬』のルキウスは巨大な男根をもつ驢馬に変身し、セックスはあっても恋愛とは無縁だからである。また、結末は結婚ではなく、イシス女神への御奉公である。情けない驢馬の格好でからくもくぐりぬけるルキウスのさまざまな「危難」は、古代ギリシャ・ロマンス／小説の劇的な冒険にみちた旅と流浪のパロディであるとハリソンは言う[16]。

四　古代ロマンス／小説のインターテクスチュアリティ

ワットの立論の背後にはジョルジ・ルカーチがいた。ルカーチは、叙事詩の世界は「閉鎖的に完結された世界」であると考える。しかし「精神の生産」というものを発見した近代人には、そのなかで息をすることはできない。「叙事詩は、それ自体において完結した生の総体性を形象化しながら、生の隠されている総体性を発見し、築き上げるべく探究する」。散文のみが「苦悩と月桂冠、闘争と勝利、手段と霊力」とを強力に包括することができると言う。「散文のもつ無拘束な柔軟性とその無韻の結合のみが、束縛と自由とを、与えられた重さと、見いだされた意味によっていまや内在的に輝き出した世界のたたかいとられた軽さとを、同等の力をもって扱うことができるのである」。歴史的状況が自らのうちにもつ「亀裂と深淵」は、形象化に含みこまれなくてはならず、構成という手段によって蔽いかくされてはならないと言う。ルカーチにおいては、小説の内的形式はひとつの過程として把握される。「この過程は、問題的となった個人の自己自身をめざす遍歴であり、ただ存在しているというだけで、それ自らにおいて異質的であり、個人にとっては無意味であるような現実にとらわれて眼が曇っている状態から、明晰な自己認識にいたる道である」。しかし「存在と当為とのあいだの分裂」は、自己認識が生じる場、つまり「小説の生の場」においても止揚されない。

「そこではただ、近似の極点が、すなわち人間がかれの生の意味によってきわめて深くかつ強烈にくまなく照らされている状態が可能であるにすぎない」。そして有名な一文が次にくる。「小説は神に見捨てられた世界の叙事詩である "The novel is the epic of a world that has been abandoned by God."」[17]。ルカーチは、ギリシャ的調和が永遠に失われ、世界を整然と秩序づけていた神が消滅し、世界が救いがたい矛盾と分裂に陥り、外部世界と内部世界とが分裂した時代、そういう時代に特有のジャンルが小説であると言っている。それならルカーチもワットも、真の叙事詩などすでに存在していなかった近代前夜に小説の生成過程を探らずに、真の叙事詩および叙事詩的世界が崩壊したヘレニズムの時代とローマ帝政期に小説の生成の場を求めるべきではなかったか。

「古代小説史に関する最も優れた著書」とバフチンが言うエルヴィン・ローデの『ギリシャ小説とその先駆け』(E. Rohde, *Der griechische Roman und seine Vorläufer*) の内容を、彼は、「小説の歴史を物語るというよりは、むしろ古代という土壌の上での、すべての主要ジャンルの分解のプロセスを例解している」ものとまとめている。バフチンはこの「分解のプロセス」に小説の成立過程を求める。彼によれば、叙事詩の世界は「絶対的な叙事詩的距離《エピック・ディスタンス》によって、同時代の現実、つまり歌い手(作者およびその聴衆)の時代から分離されている」。叙事詩はけっして現在について、自分の時代について語る詩であったことはない。自分自身および自分の同時代人と同一の価値的・時間的次元で、つまり個人的な体験や空想をもとにして出来事を描写することは、叙事詩的な世界から小説的世界へと一歩足を踏み入れることを意味するとバフチンは考える。そしてヘレニズムの時代にトロイア叙事詩群《エピック・サイクル》の英雄たちとの「より密接な接触」が起こり、叙事詩がすでに小説に変形されつつあるのが感じられるとバフチンは言う。[18] ところが、古代ロマンス／小説についてはすでにみたが、古代ラテン・ロマンス／小説に関する彼の評価は高いものではなかった。古代ギリシャ・ロマンス／小説についてはすでにみたが、古代ラテン・ロマンス／小説に関する彼の評価も高くはない。古代ラテン・ロマンス／小説において、「冒険の連鎖は、罪－処罰－贖罪－至福という系列に完全に従属している」と言っているからである。[19] しかし、事はそれほど単純だろうか。彼が称揚する「メニッペア」的な要素[20]が古代小説にも見られるのである。

『ダフニスとクロエー』の話はきわめて牧歌的であるが、作品そのものはけっして単純・素朴なものではない。森の中で「恋物語」を伝える絵を「私」は見つけた。その絵を言葉で描きたいという渇望に「私」は把えられる。「絵の解釈者」を探し出し、四巻からなる本を「私」は書いた。そう「序詞」[21]にある。ルキアノスの『中傷』は、アペレスによって描かれた絵画（散逸）に関する生彩に富んだ「描写」（*ecphrasis*）であるが、のちにそれをボッティチェリが「中傷」として描いたことは有名である。『ダフニスとクロエー』も意匠《デザイン》としては、広い意味での「描写」という修辞学演習であると言える。「冒頭の二重化されたミメーシスの相互照射は、読者に、複雑な技巧に周到な注意を払うように警告している」とドゥーディは記している。[22] この作品にかぎらず、古代ロマンス／小説はきわめてインターテクスチュアルである。リアドン編集の英訳選集やウォルシュの英訳版の注に明らかなように、ホメロスを筆頭とする先行作品への引喩《アルージョン》が多い。単純な虚構的イリュージョンの破壊、意味の複雑さ・重層性の暗示、テクスト自らが喚起する解釈の多様性、それらには作者としてのセルフ・コンシャスネスが強く感じられる。ドゥーディもマクダーモットも指摘している箇所だが、『エチオピア物語』のなかに、カラシリスの夢にオデュッセウスが現われる場面がある。テアゲネスもカリクレイアも自分に敬意を払わずにケパレネを船で通り過ぎたということで機嫌が悪い。叙事詩の、その後継者である小説に対する敵意を表わしているといううがった解釈をドゥーディは示している。マクダーモットは、ヘリオドロスは、女性のカリクレイアをオデュッセウスに見立てていると言う。彼女は王家の血を引き、一七年間の放浪のすえに王位を正当に継承するからである[23]。カラシリスはデルポイの神託についてこう言う。「彼らはそれ［神託］から異なる解釈を抽き出そうとしました。誰ひとりとしてその真の意味を理解した者はいませんでした。だいたい、夢や神託の解釈は結果次第なのです[24]」。最後の一文にこめられた作者の神託への批判は、ルキアノスのパロディ精神に通じるものである。ルキアノスの『神々の対話』では、ホメロスやヘシオドスによって描かれてきたような伝説的なオリュンポスの神々が、もはや神話的世界を鵜呑みにできない紀元二世紀の知識人の醒めた眼を通して、誇張という手法により風刺されている。たとえば、ヘラに言わせたアポロン批判――「アポロンは……何でも知っているふりをする。デルポイ、クラロス、コロポン、ディデュマに予言製造工場を作って、いかさまの神託で客を欺している。しくじる心配のないように、二つの意味をもち、いずれにもとれるような回答を与えて逃げ道を作っている」。

古代ロマンス／小説には一人称の語りによるものが三篇ある。『レウキッペーとクレイトポーン』、『サテュリコン』、『黄金の驢馬』である。古代ロマンス／小説の一人称の語り手は信頼できない語り手であることが多い、とドゥーディは指摘している。[25]その指摘は正しいが、残念ながら具体的な分析がない。『サテュリコン』の語り手エンコルピオスは、その名前からして「抱かれる人」の含意があり、その無節操ぶりを暗示している。道徳的頽廃、文学的趣味の低落、学問・教育の不振を非難するエンコルピオス自身がそれらの悪弊に染まっている。説教臭に対するキニク派的パロディというメニッポスに見られる特徴が、ペトロニウスでは、同時代の社会的問題をおこがましくも攻撃する語り手のパロディ化に変わっている。「冷笑家が自らを冷笑している」わけである。[26]『黄金の驢馬』のルキウスがイシス女神に救われ、それを機縁に女神に帰依し、熱心な奉公のすえに至福に到るという結末も、読めば読むほど胡散臭く思われてくる。本当にルキウスは驢馬に変身したのか。魔法で驢馬に変えられたと思い込み、それ以後、自ら驢馬として振る舞い、周囲も彼を驢馬扱いしていた、つまり口のきけない白痴として扱っていたのかもしれない。これはいささか強引な読みかもしれないので保留するとしても、取ってつけたような（実際にギリシャ語「原典」にはなかったらしい）結末には語り手の度しがたい驢馬振りが発揮されているように思われてならない。これが最後の「密儀」かと思ったら、また新たな「密儀」への参加を求められ、そのたびに莫大な支度金を出し、それを不審に思うどころか、「密儀」に三度も出られるのはあなたが「選ばれた人」だからだという恩着せがましい言葉を真に受けるルキウスは、たとえ有能な弁護士であれ、やはり徹頭徹尾驢馬なのだ。

第2章　古代ロマンス／小説の翻訳

ジョルジ・ルカーチは、ギリシャ的調和も永遠に失われ、世界を整然と秩序づけていた神が消滅し、世界が救いがたい矛盾と分裂に陥り、外部世界と内面世界が乖離した時代、そういう時代に特有のジャンルが小説であると考え、「小説は神に見捨てられた世界の叙事詩である」と言った。それなら、真の叙事詩などすでに存在していなかった近代前夜に小説の生成過程を探らずに、真の叙事詩および叙事詩的世界が崩壊したヘレニズムの時代とローマ帝政期に小説の生成の場を探るべきではなかったかと私は考え、前章で古代ロマンス／小説の代表作七作を取り上げて検討した。古代ギリシャ・ロマンス／小説のカリトン『カイレアスとカッリロエ』（紀元一世紀中頃）、クセノポン『エペソス物語』（二世紀中頃）、アッキレウス・タティオス『レウキッペーとクレイトポーン』（二世紀末）、ロンゴス『ダフニスとクロエー』（二〇〇年頃）、ヘリオドロス『エチオピア物語――テアゲネスとカリクレイア』（三世紀もしくは四世紀末）、古代ラテン・ロマンス／小説のペトロニウス『サテュリコン』（五六年頃）、アプレイウス『黄金の驢馬』（二世紀）の七作である。[1] 古代ロマンス／小説がインターテクスチュアルでセルフ・コンシャスであったことを示唆したかった。

ルカーチは、叙事詩の世界は「閉鎖的に完結された世界」であり、叙事詩は「それ自体において完結した生の総体性を形象化[2]」すると考える。バフチンも同様に、叙事詩の世界は「絶対的な叙事詩的距離によって、同時代の現実、つまり歌い手（作者およびその聴衆）の時代から分離されている」、叙事詩はけっして現在について、自分の時代について語る詩であったことはないと言う。[3] この定義は『イリアス』にはあてはまるかもしれないが、『オデュッセイア』にあてはまるだろうか。たとえば、『オデュッセイア』のなかでもとくに有名な場面であるが、第八歌の、パイエケス人の王アルキノオスの宴席で、楽人デモドコスの歌うトロイエ戦の物語を聴いてオデュッセウスが落涙する場面を取り上げてみよう。歌の出だしは「名立たるオデュッセウスの率いる一隊［が］、すでにトロイエの広場に在って、木馬の腹中に潜んで待機している」ところからであった。楽人が「オデュッセウスが軍神アレスのごとき勢いで、神と見紛うメネラオスと共に、ディポボスの屋敷に向かったこと、ここで世にも凄まじい激戦をあえて挑み、心宏きアテネの神助によって、遂に勝利をおさめたこと」などを歌うと、「オデュッセウスは打ち萎れて、瞼に溢れる涙は頬を濡らした[4]」。隣りに坐っていたアルキノオスだけがそれに気づき、彼の深い溜息を耳にする。ここに描かれているのは、作者ホメロスが楽人デモドコスとして登場し、トロイエ戦の物語を要約、引用しつつ、「名場面」を聴衆に現前化させているアド・ホックな創作の現場である。ここにバフチンの言う「叙事詩的距離」はない。マーク・A・シャーマンは、この場面においては、「過去」が固定されたものとしては提示されておらず、さらなる「改訂」の可能性に開かれているとまで言っている。[5] ちなみにシャーマンは『ベーオウルフ』に散見する定型的とも思われる表現 “mine gefræge” (“as I have heard say” 厨川訳で「我が聞き及びし所によれば」、羽染訳で「聞くところでは」、忍足訳で「聞き及ぶところでは」)[6] にもあえて注目し、これは「現在時における開かれた詩的実践」[7] を強調するものであると言う。「語り手」の創作現場におけるセルフ・コンシャスネスによってできたテクストの「裂け目」で「叙事詩的距離」は一挙に無化する、という指摘であろう。

私は前章で古代ロマンス／小説について次のような特徴を指摘した。繰り返しになるが、要約して確認したい。

（一）古代ロマンス／小説が生み出された時代は、紀元一世紀に始まり四世紀まで続いた「第二ソフィスト派」として知られる修辞学の運動があった時期と重なり、作者のなかには修辞学者やソフィストがいたこと、（二）ギリシャ・ロマンス／小説の若くて美しく、生まれも育ちもよい主人公と女主人公は、結婚へ到る道のり、もしくは新婚生活（カリトン、クセノポン）が、別離、遠い土地への旅・流浪（ロンゴス『ダフニスとクロエー』は除く）、一連の不運（恋敵の出現、嵐、難破、盗賊・海賊による捕囚、奴隷の境遇への零落、等）によって阻まれるが、最後には幸せな結末が保証されていること、（三）主人公と女主人公のいずれもが純潔もしくは貞節を守ること、（四）神（アプロディテ、アルテミス、エロス、パン、アポロン、等）への信仰を守ることに対して作者が深い意味を与えていること、（五）過酷な運命に対する主人公と女主人公の感情には、幸福な結末を迎えるまで、非難と諦念が交錯していること、（六）「ことの直中」から始まる『エチオピア物語』を除いて、ほぼ時間軸に沿って話が展開すること、（七）登場人物が国王・司祭から海賊・女衒に及び多彩であり、きわめて平俗かつ日常的なものと、信仰、純潔・貞節の誓い、名誉心などの「高尚な」感情とが同時存在していること、（八）男女が対等であり、時には女主人公の方が積極的でしたたかな場合があること、（九）主人公と女主人公が裁判や差し迫る死に直面させられる場面が多く、そこでは雄弁（弁明、非難、嘆き、運命の悪意への呪詛、等）が発揮されること、（一〇）『レウキッペーとクレイトポーン』が同時代に設定されているほかは、すべて過去に設定されているが、叙事詩とは違い、歴史上、伝説上の人物や事件をモデルにはしていないこと、（一一）人物の性格に変化・発展がないという批判に対しては、運命に翻弄されながらも試練を生きのびる強い生命力をもった人物が描かれていると考えられること、（一二）いかなる「使命」もない、孤立した私的な人間は、「抽象的な異国の世界」でこそ、その実存的な状況がより深く描かれうること、（一三）つとに指摘されている古代ラテン・ロマンス／小説のパロディ性が古代ギリシャ・ロマンス／小説にも見られること、（一四）ホメロスを筆頭とする先行作品への引喩が多く、単純な虚構的イリュージョンを破壊していること、意味の複雑さ・重層性の暗示があること、テクスト自らが解釈の多様性を喚起していること、以上に作者のセルフ・コンシャスネスが強く感じられること、（一五）古代ラテン・ロマンス／小説の一人称の語り手は、「信頼できない語り手」であること、(一六)バフチンが古代ラテン・ロマンス／小説に指摘する「冒険の連鎖」である「罪‐処罰‐贖罪‐至福という系列」の最後の「至福」は胡散臭く、『黄金の驢馬』のルキウスの、イシス女神への帰依＝御奉公のすえに至る『至福』は、ルキウスの度しがたい驢馬振りの再提示と読めること。

(三)はバフチンの、「人間像のこうした特徴［人間が個人的で私的な人間だという点］と、ギリシャ小説の抽象的な異国の世界とは対応している。そのような世界では、人は自らの国、自らの都市、自らの社会集団、自らの一族、否、自らの家族とさえ、多少なりとも本質的なつながりをすべて失った、孤立した私的な人間でしかありえない。……しかも、この異国の世界で彼にはいかなる使命もない」という否定的な見解に対する反論であった。バフチンの古代ロマンス／小説の評価は概して低い。私には、古代ギリシャ・ロマンス／小説の荒涼とした感触がきわめてモダンに感じられた。その後「同好の士」を見つけたので以下に補っておきたい。

B・E・ペリーによれば、(8)ヘレニズム時代の社会では、安定した伝統と価値は、衝突する欲望とさまざまな遠心力に取って代わられた。共通の理想と利害と呼べるものは局地的にもしくは人為的にしか存在しえなかった。孤立したさまざまな小集団が生まれた。たとえば、カリマコス(Callimachus)とそのアレキサンドレイア派は、旧来の文化と規範を守り、排他的な詩的様式を育んだ。世界が広くなるにつれ、人間は己れの卑小さを痛感し、ますます受動的になり、運命に翻弄される無力感から、最愛の人であれ神であれ、確かなものを求めて流浪した。無定形な環境で周囲の影響力に晒されている人間、「精神的知的遊牧民」の願望に適応できる文学形式が小説だった、とペリーは言う。探求・模索の文学として小説は生まれたと要約できるだろう。キリスト教を始めとするさまざまな新興宗教、哲学流派が乱立した時代であったことを忘れてはならない。

現在はこれら古代の散文フィクションを、「ロマンス」と呼ぶよりも「ノヴェル」と呼ぶ方が一般的である。(9) 当時はもちろん「ノヴェル」に類する語も、「ロマンス」に類する語もなかった。周知のように、「ロマンス」は最初、ラテン語から派生したロマンス諸語によって書かれた中世の韻文物語を指し、のちに散文物語も含まれるようになった。「ノヴェル」がその派生語である「ノヴェッラ」(novella)は、ボッカッチョの『デカメロン』に収められたような「新しい」短い物語を指した。そもそもジャンルという概念自体が後代のものである。「ロマンス」には日常生活からかけ離れた人物・出来事を描いたものという語感があるので、これらの作品を総称するには「ノヴェル」の方がふさわしいと諸家は考えたのであろう。いくら生まれがよくて信じがたいほど美しい主人公と女主人公とはいえ、彼らは神々でもなければ神話的・伝説的な人物でもなく、『イリアス』の神人のごとき英雄たちでもない。普通の人間と同種の感情をもち、同種の問題と悩みを抱えた私人である。そのような人物の言動が描かれた作品は「ノヴェル」と呼んでしかるべきだと諸家は考えたのであろう。たしかに「ノヴェル」を思わせる技巧がすでに見られるので、簡単にふれておこう。

『エチオピア物語』は、船の近くの浜辺で「宴のあと」にあったと思しい殺戮の惨状の描写から始まる。あちらこちらに転がっている死体、岩の上からそれを見ている負傷した青年と介抱する若い女、さらにそれを遠くの丘から眺めている盗賊たち。きわめて印象的な場面である。小説的というよりは映画的と言った方がよいのかもしれない。何があったのか、その真相がわかるのは、話がふたたび冒頭の場面に戻る作品の中ほどにきてからである。

カリトンの『カイレアスとカッリロエ』には、巻五の冒頭のように「ここまでの話」を「語り手」が「要約」したり、次に引用する巻八の初めのように、これからの話を「予告」したりする場面がある。

わたしはこの最終巻が読者諸賢にとってこの上なく好ましいものとなるであろうと信じている。それは本書の初めでの悲惨な状況がここですっかり払拭浄化されるからである。もはや海賊行為も隷属状態も裁判も戦闘も断念による自死も戦争も征服もなくなり、ここにあるのは正しい愛と法に則った結婚である。

わたしがこれから語ろうとするのは、神はいかにして真実を明るみに出し、たがいに気づかれずにいる者たちをそれと再認せしめるかという、その条《くだ》りである。(10)

フィールディングの『トム・ジョウンズ』の「巻頭エッセイ《イニシャル》」における「語り手」の、読者を大船に乗った気持ちにさせる頼もしくも自由闊達な語り口を思わせる。

「古代小説」派の代表であるトマス・ヘッグは、私の取り上げた七作品以外に五作品を、古代ギリシャ小説に影響を与えたもの、もしくは古代ギリシャ小説から影響を受けたものとして、その小説的要素を重視している。[11]紀元前五世紀の歴史家クセノポンのペルシャ帝国遠征記『アナバシス』(*Anabasis*)、悲劇的な恋愛物語であるペルシャ帝国創設者キュロス大王伝『キュロパイディア(キュロスの教育)』(*Cyropaedia*)の、カリトンの小説と共通する点をヘッグは指摘している。アーネスト・A・ベイカーも『キュロパイディア』を、歴史、伝記、哲学的ロマンス、ユートピアを含む恋愛物語とみなし、彼の一〇巻本の小説史の第一巻第一章で論じている。[12]ヘッグは紀元三世紀初めのフィロストラトスの『テュアーナのアポロニオスの生涯』(Philostratus, *The Life of Appolonius of Tyana*)に聖者伝と小説の融合を見、紀元一〇〇年頃のアントニオス・ディオゲネスの『トゥーレーの彼方の不思議』(Antonius Diogeneth, *The Marvels beyond Thule*)に旅行記と小説の融合を見、三世紀の伝カリステネス『アレクサンドロス物語』(Pseudo-Callisthenes, *The Alexander Romance*)に伝記と書簡体小説の融合を見ている。

とはいえ、諸家がこれらの古代散文作品を「ノヴェル」と言い切ることには、私は抵抗を感じざるをえない。研究対象の近代性を強調したい気持ちがそこに働いているのではないだろうか。ロマンス的要素と小説的要素の拮抗するダイナミズムを表現するには、「ロマンス/小説」という表記が妥当であると考える。

ちなみに、最後の古代ロマンス/小説とされている『エチオピア物語』からおよそ八〇〇年間の空白を経て、ビザンツ文明のルネサンスであるコムネノス王朝の時代に、古代ギリシャ・ロマンス/小説に似た作品が四篇(*Hysmine and Hysminias*, *Rhodanthe and Dosicles*, *Aristandros and Callitea*, *Drosilla and Charicles*）現われた。また、残っている当時の写本の数から判断すると、アッキレウス・タティオスとヘリオドロスが東ローマ帝国ではとくに読まれていたらしい[13]。

それでは、西ヨーロッパでは古代ロマンス／小説はどのように受容されたかを簡単に見たい[14]。

三世紀の作者未詳『テュロス王アポロニオス物語』（*The Story of King Apollonius of Tyre*）は一一世紀にアングロサクソン語に訳された。断片的にしか残っていないが、古英語による散文物語で現存する唯一のものである。難破して窮しているアポロニオスと彼を厚く歓待した国王の娘との恋愛物語である。この物語の内容はシェイクスピアの『ペリクリース』（*Pericles, Prince of Tyre*）の種本として有名であるが、シェイクスピアはガワーの『恋する男の告解』（*Confessio Amantis*）と一五七六年に出たロレンス・トワイン（Lawrence Twine）によるフランス語からの重訳にもとづいている。トワイン以前にもロバート・コプランド（Robert Copland）の重訳があった[15]。

ヘリオドロスの『エチオピア物語』は一五三四年に原典印刷本がバール（Basle）で出版された。一五四七年にはジャック・アミオ（Jacques Amyot）のフランス語訳が出て、一七世紀まで多くの版を重ねた。一五五二年にはポーランド人スタニスラフ・ヴァーシェヴィキ（Stanislaw Warszewicki）によるラテン語訳が出た。一五六九年にはトマス・アンダーダウン（Thomas Underdowne）の英訳（*An Aethiopian Historie written in Greek by Heliodorus, no less wittie than pleasant*）が出て版を重ねた（第二版一五八七年、第三版一六〇二年、第四版一六二二年）。一五八七年にはアミオのフランス語訳にもとづくエンジェル・デイ（Angel Day）の英訳が出た。セルバンテスは『エチオピア物語』を高く評価していた。『模範小説集』の序文で、次に出す『ペルシーレスとシヒスムンダの苦難』（*The Trials of Persiles and Sigismunda*）に言及し、ヘリオドロスと大胆にも競い合うこの作品を、生き長らえて完成させたいと言っている。一六一七年に死後出版されたが、本人は自分の書いたもののなかで最高の作品と考えていた。[16] サー・フィリップ・シドニーは『詩の弁護』（*The Defence of Poetry*, 1595）で『エチオピア物語』に言及し、『アエネーイス』と『キュロパイディア』と肩を並べる作品とみなしている。シドニーの『アーケイディア』（*Arcadia*）は、騎士の探究物語とパストラルの中間に位置づけられるロマンスとも言えるし、中心となる物語に数多くのエピソード（アルガロスとパルテニアの純愛が有名）を付加した叙事詩的とも言える作品である。求愛のための冒険、高貴な礼法、強い名誉心、当代随一の紳士にふさわしい繊細な感情、夢と魔法の土地、勇敢な行為、汚れなき貞節、ゆるぎない愛、不滅の友情、道具立てとしての変装・人違い、予言されていた出来事により最後に解放される苦難、人事を統べる運命（あるいは摂理）、最後に辻褄の合う複雑なプロットなどを、シドニーは古代ギリシャ・ロマンス／小説から受け継いだのであろう。A・C・ハミルトンは、シドニーはヘリオドロスの「異様な光景が驚異の念を喚起し、英雄たちが畏怖の念を覚醒する世界」を、モンテマヨールの牧歌ロマンスに付け加えたと述べている。[17] ちなみに、サミュエル・リチャードソンは一七二五年に出た *Sidney's Arcadia Modernised* を読んだ。パミラという名前が、シドニーの作品の同名の登場人物（バシリウス公とジャイネシア妃の長女。聡明で理知的な顔立ちの美姫）に由来することを認めている。

図版 2　アミオ訳『ダフニスとクロエー』の挿絵。

アッキレウス・タティオスとロンゴスの原典印刷本は一六〇〇年以降にならないと現われなかったが、ラテン語訳と近代語訳はヘリオドロスに少し遅れただけであった。『レウキッペーとクレイトポーン』は早くも一五九七年にラテン語訳にもとづくウィリアム・バートン（William Burton）の英訳が出たが、『ダフニスとクロエー』の英訳が出たのは一九世紀に入ってからだった。クセノポンの『エペソス物語』は一七二三年にイタリア語訳が出て、数年後に原典印刷本が出た。カリトンの『カイレアスとカッリロエ』の原典印刷本が出たのは一七五〇年で、それから詳細な注のあるラテン語訳が出た。訳者不詳のイタリア語訳が一七六四年に出た。クセノポンとカリトンの英訳は一七、八世紀には見当たらない。

アプレイウスの『黄金の驢馬』はラテン語原典（*Aspinus Aureus*）が印刷されて以来、高い人気を得ていた。ギョーム・ミシェル（Guillaume Michel）によって仏訳され、ジョルジュ・ド・ラ・ブティエール（George de la Bouthière）によってふたたび仏訳された。ウィリアム・アドリントン（William Adlington）の英訳が一五六六年に出て版を重ねた（第二版一五七一年、第三版一五八二年、第四版一五九六年、第五版一六三九年）。ペトロニウスの『サテュリコン』は、部分的な英訳は一六九四年以来何回も出ているが、一七〇八年にウィリアム・バーナビー（William Burnaby）の全訳が出た。これも多くの版を数えた。

一七、八世紀の知識人の平均的教養を考えると、古代ギリシャ・ロマンス／小説については、ラテン語訳もしくは近代語（とくにフランス語）訳が出た時点、古代ラテン・ロマンス／小説については、

図版 3 『サテュリコン』のトリマルキオンの饗宴の一場面（「一人の奴隷が銀製の骸骨をもって入ってきた」）を描いたローマのモザイク。

ラテン語原典印刷本もしくは近代語訳が出た時点を、作品が「知的共有財産」になったときとみなしてよいのではないだろうか。つまり、必ずしも英訳が出た時点を「影響」の起点と考えなくてもよいのではないかということである。

第3章　ロマンスの変容

一　叙事詩、武勲詩から韻文ロマンスへ

最も古い自国（近代）語によるロマンスは、ラテン語の叙事詩や年代記のフランス語への自由訳であった。それらが作られたのは、一二世紀中期のイングランドの、ヘンリー二世とその妃エレオノール・ダキテーヌのアンジュー家宮廷においてだった。そこでは古仏語のひとつであるアングロノルマン語がエリートたちの文芸言語だった。ほぼ同時期にイングランドと大陸の、ほかのフランス語使用の宮廷でもロマンスが作られた。『テーベ物語』（*Roman de Thèbes*）、『エネアス物語』（*Roman d'Eneas*）、ブノワ・ド・サント゠モール（Benoît de Sainte-Maure）の『トロイ物語』（*Roman de Troie*）は、古典叙事詩の再話である（本章で使われる「ロマンス」は英語としてである。フランス語の「ロマンス」

は、中世の叙情詩の一ジャンルである恋歌という限定された意味しかない。フランス語なら「ロマン」とすべきものである）。ワース（Wace）の『ブリュ物語』（*Roman de Brut*, c. 1155）は、ジェフリー・オブ・モンマス（ジョフレー・ド・モンムート）の『ブリトン諸王の歴史』（*Historia Regum Britanniae*）のアングロノルマン語の平韻（二詩句が一対となって、男性韻女性韻が交互に続く脚韻）八音綴による翻案であり、アエネアスの孫とブリトンが歴史的につながりをもつという神話や、「円卓」への言及がそこで初めて見られるアーサー王の伝説を広めた。ジェフリー・オブ・モンマスの作品は、「ブリテンもの」（"Matter of Britain"）の展開において、トロイ伝説の展開におけるダレス（Dares）とディクティス（Dictys）の架空の年代記の占める位置、アレクサンドロス大王伝の展開におけるカリステネスの『アレクサンドロス大王物語』の占める位置に匹敵する重要な位置を占めている。ワースの『ブリュ物語』は、のちに生まれた「武勲詩」（*chansons de geste*）に似たところもある騎士道ロマンスである。ラヤモン（Layamon）の『ブルート』（*Brut*）は、頭韻の手法による愛国（ケルト＝ブリトン）詩であり、写実的描写にすぐれ、叙事詩『ベーオウルフ』に匹敵するエネルギーと英雄的熱情に溢れている。

ロマンスは、他ジャンル（武勲詩、史書、南仏抒情詩、ラテン古典など）のパラダイムを吸収し、内部でイデオロギー間の論争を可能にする柔軟性をもち合わせていた。この柔軟性がライヴァル・ジャンルのひとつである武勲詩の硬直性を制した理由のひとつであろう。一二、三世紀のフランスのロマンスと、これまでの叙事詩との違いは、個人と個人の間の関係に注目し、人物の性格およびその周囲の雰囲気を描くためにさまざまな技巧を用い出したことである。人物描写はまだ「善玉」と「悪玉」の描き分けが類型的であるが、対話や独白の描写に技巧が見られるようになった。ポール・ズムトールによれば、叙事詩に含意される倫理が人為的なものに見えてくるにつれ、ロマンス作者である学僧や教養のある騎士は、政治的な世界からの解放を求めるようになった。かくして一二世紀には、叙事詩と武勲詩の重苦しい軍事的美学からの離反が起こった、と述べている。[1] しかし、リイモン・ゴーントは、残っている写本の量が人気の指標となるなら、武勲詩と聖人伝も一三世紀にはロマンスと同じくらい人気があったと述べている。[2]「フランスもの」（"Matter of France"）とは、シャルル・マーニュ大帝をめぐる伝説群と、それらとゆるやかに結びつく武勲詩群と、のちに大衆の間でそれらに取って代わって現われた「冒険物語」（"romans d'aventure"）までをも総称するジャン・ボーデル（Jean Bodel）の命名であるが、それらのなかで最も古いのは、一一世紀に起源をもつ『ローランの歌』（*Chanson de Roland*）である。フランスのロマンスがキャクストン（Caxton）の努力によって一四八〇年代に英訳・印刷されたが、これらはすべて、武勲詩にもともとは由来する散文から採ったものであった。「フランスもの」をイギリスに紹介した点で重要である。エリザベス朝の異様なエネルギーにみちた散文作品がつぎつぎと現われる前には、大衆の間で人気を博していた。

二　韻文ロマンスから散文ロマンスへ

クレチヤン・ド・トロワ（Chrétien de Troyes）は『エレックとエニッド』（*Erec et Enide*, 1170）によって、ランスロ（Lancelot）やペルスヴァル（Perceval）などのアーサー王の騎士の物語を書きはじめた。貴族の恋愛と騎士の武勇を描く彼の物語は、アーサー王物語の流行をもたらし、数多くの韻文による模倣、次には散文による模倣を生んだ。クレチヤン・ド・トロワの作品は、同時代の社会生活を生き生きと描いた詩的な風俗小説の趣がある。アウエルバッハは『ミメーシス』で、『ローランの歌』と七〇年後のクレチヤン・ド・トロワの作品の文体を比較して、クレチヤンに至って『ローランの歌』の重苦しく硬い形態と語彙が消え、「まったく違った文体の動き」が認められるようになったと言う。つまり、「語り口はよどみなく、軽く、のびやか」で、「構成のゆるやかさは、非常に自然な語り手の文体を生み出して」おり、語法は武勲詩のそれに較べて「はるかに柔軟で融通無碍」であり、「物語の運動」は「すでに変化に富んだ遊戯性」を備えていると言う。(3) クレチヤンの作品、トマ（Thomas）やベルール（Béroul）のトリスタンとイズーの物語などは韻文という媒体をとった。大勢の聴衆の前で朗読されることを想定した媒体であった。この頃の散文は、主として歴史記述、法律文書、説教などの宗教的文書に使われた。一三世紀の初めになると、作者は私的に読まれることを想定して、ロマンスを散文で書きはじめた。韻文から散文への変化は、散文は真実の提示にふさわしい媒体であるという考え方の結果であった。マリナ・S・ブラウンリーによると、この散文使用の過程は、フランスで、一三世紀のいわゆる「詩の危機」の結果として始まった。これは一二世紀のフランスのロマンスに対するスコラ学者とシトー会の反撥を含むひとつの知的運動であった。彼らは、韻律とスタンザという人為にもとづく韻文は虚言的であり、散文は真実に近いと主張した。(4) 韻文ロマンスが書かれなかったわけではないが、韻文で書かれたものは短く、限定された期間の、一人もしくはその引き立て役を含む二人の騎士の冒険をエピソード的に描いたものになる傾向があった。それに対して散文ロマンスは、生涯、時には数世代にわたる長い期間を扱うものになる傾向があった。

クレチヤンの『クリジェス』(*Cligès*, 1176) はアーサー王物語に、コンスタンティノープルの皇帝の話を絡めたものである。十字軍により東と西が絶えず接触するようになって以来、ビザンツの作品のプロットや出来事が西洋のロマンスに導入された。武勲詩が「冒険物語」に取って代わられた頃にロマンスに起こった変質の原因のひとつは、作者が、ビザンツの小説とその源流である頽廃期の古代ロマンス/小説を知ったことにある、という議論がある。W・J・コータプは、ロマンス作者に散文形式を教えたのはギリシャ・ロマンス/小説であると言う。また、クレチヤンは、クセノポンとアッキレウス・タティオスのロマンス/小説に通じていたので、彼の『クリジェス』とアーサー王のロマンスで、ギリシャ・ロマンス/小説に描かれた状況や出来事を借用・利用したと言う。(5)「物的証拠」という点では弱いが、着想としては面白い議論である。

クレチヤンの『ランスロまたは荷車の騎士』（*Lancelot ou le Chevalier de la Charrette*, 1177–80）には高尚なものと卑俗なものとが並置されている。彼の崇高な騎士道的美徳（数々の冒険ののちに成就する略奪者からの王妃と囚人たち＝騎士たちの救出）と、王妃グニエーヴル（Guenievre）に対する盲目的情熱、王妃の気紛れに対する不名誉な屈服が描かれている。御者の小人《こびと》に王妃の通った道を教えてもらうために、言われるままに「謀反人」、「人殺し」、「決闘裁判の敗者」、「盗人」、「追い剥ぎ」の「晒し台」に使われる荷車に腰かけている騎士の姿は、騎士社会からの離反を視覚的に表わしている。窓から王妃の姿を眼で追って、体の半分も窓から乗り出し、あやうくずり落ちそうになったのをゴーヴァンに引き戻されるランスロの姿には、騎士の優雅さはみじんもない。それどころか、道化のパントマイムを思わせる(6)。アウエルバッハがクレチヤンの作品の「物語の運動」に認めた「変化に富んだ遊戯性」とは、宮廷ロマンス、騎士道ロマンスの常套表現をパロディ化しつつ、さらに他ジャンルと混交しうるロマンスの柔軟な活力を指すものではなかったか。

許されざる情念あるいは禁欲を称揚するアーサー王ロマンスに並行して、古代ギリシャ・ロマンス／小説的なテーマ、つまり、事故もしくは企みによって引き離され、難破、海賊による捕囚、奴隷の身を経たあと結ばれる若い恋人たちの貞節を謳うロマンスがあった。作者未詳の『フロワールとブランシュフロール』（*Floire et Blancheflor*, c. 1170）と同じく作者未詳の『オーカッサンとニコレット』（*Aucassin et Nicolette*, c. 1175–1250）である。前者の翻案はヨーロッパ諸国にある。イギリスでも中英語版『フローリスとブランチフルール』（*Floris and Blancheflour*）が一二五〇年頃に書かれた。『オーカッサンとニコレット』は、遠くは古代ギリシャ・ロマンス／小説の伝統（積極的な女性、逃亡、嵐、海賊、漂着などの道具立て）、近くは武勲詩や宮廷ロマンスの伝統など、先行モデルを吸収しパロディ化することによって新たな混成体（節ごとに散文と韻文が交替するところはメニッペア的）を生み出そうとしていると言える。

ヨーロッパ諸国、スカンディナヴィア半島に流布していた、アーサー王伝説とはつながりのない物語があった。七、八世紀のケルト口誦文芸に源流があるとされる、マルク王の甥トリスタン（Tristan）と王妃イズー（Iseult）の不義の物語である。有名なのは、一一五五年頃に作られたフランスのベルールのものと一一七三年頃に作られたイングランドのトマのものであるが、いずれも完全なかたちでは残っていない。『トリスタン』にはマーリンや、「湖水の貴婦人」や、モーガン・ル・フェイのような人物はおらず（媚薬は出てくるが）、理解・共感の可能な人物のいる現実の生活を舞台にして狂おしい情念を描いた古代ロマンス／小説の趣のある作品である。

貴族のパトロンが作者にロマンスの制作を依頼し、その写本が一族内や宮廷で回覧され、さらに一族の子孫に、あるいは外国の宮廷に伝えられた。そこでさらに写本が作られたり、異なる言語的・文化的・政治的な環境のもとで、新たに翻案が作られたりした。流布の過程はだいたい以上のように想像されている。一一七〇年代にはすでに、アングロノルマン語やフランス語で書かれたロマンスへの嗜好はライン川下流のドイツ語圏へ波及した。「フランスもの」の作り直しは、ドイツの宮廷ではエリート文化の証明となった。アイルハルト・フォン・オーベルゲ『トリストラント』（Eilhart von

図版 4　エッシェンバッハ『パルツィヴァル』の 13 世紀の写本より。

Oberge, *Tristrant*)、ハインリヒ・フォン・フェルデケ『エネイート』(Heinrich von Veldeke, *Eneit*)、ハルトマン・フォン・アウエ『エーレク』(Hartmann von Aue, *Erec*) がその代表である。これらのロマンスがもとになってヴォルフラム・フォン・エッシェンバッハ『パルツィヴァル』(Wolfram von Eschenbach, *Parzival*, 1200–10)、ゴットフリート・フォン・シュトラースブルク『トリスタンとイゾルデ』(Gottfried von Strassburg, *Tristan und Isolde*, c. 1210) という世界的名作が生まれた。とくに『パルツィヴァル』は完成度が高い。クレチヤン・ド・トロワの未完の『ペルスヴァル』(別名『聖杯物語』) の再話であり、かつ「完結篇」である。ヴォルフラムが騎士として仕えた輝かしいホーヘンシュタウフェン (Hohenstauffen) 期のドイツ宮廷を背景にもつものである。話はパルツィヴァルの少年時代から始まり、アーサー王の騎士となり、最後には聖杯騎士団長になるまでが描かれている。パルツィヴァルが自らの無知、慢心を克服し、謙譲の精神を学び、ついに聖杯を手にするまでの、精神的修練を描いた叙事詩的探究の書である。ときどき語り手が顔を出し、「失礼ながら、これは本当の話なのです。私はロマンスを物語っているのではありません」のようなメタフィクショナルな自己言及もあり、語り口がヒューモラスで生き生きとしている (「そしてアラゴン王は年老いたウテパンドラガンを押して、馬の尻尾の牧草地に落した――ブリテンの王よ！――彼は花床に横たわった！　何だかんだ言っても、私はとても礼儀正しいのです。……高貴なるブリトン人を、卑しい足で踏みつけられたこともなく、これからも踏みつけられることのない稀なる場所に横たわらせたのですから」)[7]。

イギリスでは、フランス語のロマンスから中英語のロマンスへの嗜好の移行は、ロマンスの魅力がジェントリー層やブルジョワ層に広がりはじめた一二世紀中頃に起こった。イタリアでも、一二二〇年代以降、最初はフランス語のロマンスが流布したが、すぐにイタリア語に翻訳されるようになり、イタリアの作者がイタリア語で騎士道ロマンスを書くようになった。スペインのロマンスは、最初から「レコンキスタ」というテクスト外の歴史を背負っていたので、独自の道をたどった。アーサー王のテーマも、イタリア経由で遅れて届いた。スペインのロマンスがフランス起源のものから比較的に独立していたことは、それらが初めから宮廷の風習に批判的な傾向をもっていたことと関係があるかもしれない。それは、ひいては『ドン・キホーテ』におけるロマンスとリアリズムのめくるめく同時存在の原因のひとつであるのかもしれない。

写本という不安定な媒体でありながら、多くのロマンスの写本が残っている。フランスには二〇〇部以上、イギリスには一〇〇部以上、スペインには五〇部以上、ドイツにも五〇部以上、イタリアには「カンターレ」(*cantari*・唄うための短い韻文物語)を含めると一〇〇部程度残っている。[8] 写本の多さはロマンスの魅力を語っているばかりでなく、移植された新しい環境への柔軟な適合性を示している。

「一二世紀ルネサンス」の一翼を担った中世世俗文学の代表であるロマンスは、*translatio studi* つまりギリシャ・ローマの学問芸術のフランスへの翻訳・移植の企図を支持した。当時のエリートにとってロマンスとは、騎士道と宮廷愛という一種の社会的コードを構築するための媒体であった。貴族はロマンスという媒体によって自らの社会的身分証明を行ない、自らの特権を正当化しようとした。しかしながら、宮廷の理想と社会の現実の緊張関係はロマンスというテクストに内在していた。つまり、騎士の武勇と独立不羈を宣揚し、一族の栄光の歴史を記録し、貴族の倫理的・宗教的な責任を言挙げするテクストの内部に、騎士道的理想や貴族的矜持を冷ややかに眺める眼が存在していた。作者未詳の『サー・ガウェインと緑の騎士』(*Sir Gawain and the Green Knight*, c. 1375)では、民衆的想像力が騎士道的エートスを疑問に付している。この作品の喜劇的な調子、突飛さ、誇張は、そのアクロバティックな文体と相俟って、封建的秩序や騎士道的理念を讃美しつつ、同時にその不合理さ、不平等性、矛盾を際立たせている。つまりこの作品は、世話になっている城主への義理と奥方の誘惑をにべもなく断る無礼との板挟みになりうじうじと言い訳ばかり考えている騎士(文化)と、切られた首が一年で元に戻る城主＝緑の騎士の恐るべき復元力が表わす自然を対比させ、テクストに鏤められた封建的秩序と騎士道的理念の称揚の言葉の隙間から、その不合理さと矛盾を突飛な誇張と喜劇的な口調により笑っている。「不面目な罪が露見した印」であったはずの「緑の飾帯」がのちに「円卓騎士団の名声を象徴する」ようになり、「これを身につけている者は人々から敬われた」[9]という最後の「オチ」に「文化」への批判がある。

一三世紀以降、ロマンスの読者にブルジョワ層が加わるにつれ、騎士道の理想と社会の現実の緊張は強まり、ロマンスの、理念の広告と身分証明の媒体としての地位は危うくなりはじめた。「百年戦争」と「黒死病」で貴族の人的資源が衰微し、文化生産の場が宮廷から都市ブルジョワ層へ移行するにつれ、ロマンスも騎士道以外のさまざまなテーマをとりはじめた。

三　ロマンス批判によるロマンス再活性化

ジェフリー・チョーサーの『トロイルスとクリセイデ』（*Troilus and Criseyde*, 1368 or 1367）では、世故にたけて実際的なパンダラス（Pandarus）が、物語の、ロマンスの高みへと向かうベクトルをときどき現実生活の地表へと引き摺り落とす人物として精彩を放っている。この作品に、女主人公の心理分析の精緻さでは近代小説に迫るものがあることはよく言われているが、もっと注目してよいのは「語り手」ののびやかな語り口である。恋に狂う男女を少々あきれ顔ながらも愛情をもって見守っている。「慰みの心半分、真剣の心半分で、女を男に取り持つような媒介《なかだち》の男」[10]になったとパンダラスは言うが、この自己定義は「語り手」にこそふさわしい。この「語り手」は読み急ぐ読者の便宜も考えてくれる（「何で私がのうのうと彼［トロイルス］の装束などについて云々しようか」[11]、「語る必要のない事柄はすべて飛ばして行こう」[12]等）。この作品の、たとえば次のような語り口。「二人の歓びや愉しみのいと小さいふしさえ語るのはわが智慧のおよびがたいところである。されどかかる悦楽の境にあそばれたことのある諸氏よ、二人が悦楽の程を判断したまえ！　私の言いうるのはただ、かくてこの二人が、その夜は恐れと安心のうちに恋の全き価値を味わいつくした、ということのみである。……私の言葉は、ここでもまたいづこでも、恋のたくみに熱意を持つ諸氏の訂正をまってこそすべてを語り、わが言葉の増減さえすべては諸氏の思慮にまかせてなすところ、これを私は諸氏にお願いしたい」[13]。「語り手」は「原作者」と読者の取り持ち役に徹しているふりをしながら、また、自分の非力をかこち、「諸氏の思慮」に委ねるふりをしながら、巧みに読者に想像力を働かせている。『トリストラム・シャンディ』の語り手は、読者の理解力へ払う敬意とは、読者にも仕事を半分受けもってもらい、想像力を働かせてもらうことだと言っている（第二巻第一〇章）。フィールディングやスターンの、読者との関係にきわめて意識的な語り手の先駆をここに見る思いがする。

『カンタベリー物語』（*The Canterbury Tales*, 1378–1400）のなかの「トパス卿の話」は、巡礼をしているチョーサーが語る話である。夢に見た「妖精の女王」への恋に『身も心も悶えんばかりの』卿が、連銭葦毛の馬にうちまたがり、「手には短い槍、脇腰には長い剣を吊して」、「ただひたすら妖精の女王を探すため」馬を乗りまわし、ついに妖精の住む国を見つける。しかし「大いなる巨人」に阻まれ、鎧をつけるためにいったん帰り、「吟遊楽人」や「語《かた》り部《べ》」を呼びにやり、いよいよ身支度も整い出かけようとするところで、つまり、ロマンスの道具立てがやっと整ったところで、宿の主人に「もうたくさんたくさん、……わしの耳はお前さんのつまらん話で痛んできたわい。こんなへぼ詩《ライム》なんか悪魔にでもくれてやらあ！」[14]と話の腰を折られる。トパス卿の過度に華美な出で立ち（「百合の花のように白い鎧」、「真紅の色鮮やかな金造り」の楯、等）は、彼の皮層性を強調することによって、形骸化したロマンス（「戦いのいさおしや騎士道の誉れ、さらには、貴婦人の熱烈な恋物語」）の硬直した様式性を揶揄しているのである。生気のないロマンスの希薄さが「ファブリオ」（*fabliau*）、「ノヴ

図版 5　丸テーブルを囲む巡礼者たち。発見された良質の写本にもとづいてキャクストンが改訂出版した『カンタベリー物語』第 2 版（1484 年頃）の 24 枚の木版画のうちの 1 枚。

ている。

エッラ」（*novella*）の荒々しく猥雑な語彙（"Now swiche a rym the devil I biteche!"）によって粉砕され

『カンタベリー物語』においては、宮廷的および騎士道的要素と現実主義的なブルジョワ的要素が軋轢を起こし、バフチンの言う異言語混淆の状態がもたらされる。「敬虔で厳粛なものとカーニヴァル的でグロテスクなもの」が同時に存在する世界が現出する。これは、高尚な「騎士の物語」のあとに猥褻な「粉屋の話」が置かれ、忍耐強いグリセルダを描いた「学僧の物語」のあとに、若さで張り切れそうなメイを描いた「貿易商人の話」を置くというような配置にのみ見られることではない。「トパス卿の話」のなかにファブリオやノヴェッラの語彙が出てくるように、ひとつの話のなかに両者が混在しているのである。「粉屋の話」も「貿易商人の話」も、その枠組みは「若くて美しい妻を娶った老人の嫉妬心」を描いたファブリオまたはノヴェッラであり、のちのセルバンテスの『模範小説集』（*Novelas ejemplares*, 1613）の「やきもちやきのエストレマドゥーラ人」に結実するものである。「粉屋の話」の若妻アリスーンは夫の目を盗んで下宿人の「しゃれ者ニコラス」と楽しくやっているが、人妻の彼女に恋い焦がれている男がもうひとりいる。教会書記のアブサロンである。こちらは純情なやさ男で、窓の下でギターを弾いて思いのたけを「夜啼き鳥のように声をふるわせながら」歌ったり、「彼女じきじきの小姓」になると誓ったり、つけ届けも欠かさずに贈るのだが、まったく効果がなく、彼は「恋病」ですっかりやつれてしまう。ニコラスとお楽しみ中をアブサロンに邪魔されたアリスーンは、それでは思いをかなえてあげましょうと言って、暗いのをよいことに、戸の下の猫の出入口に、あろうことか「下の目」（"nether yë"）を出しキスをさせて追い払う。真相を知ったアブサロンは「ぶたれた子どもみたいに」泣く。そのあとのアブサロンの仕返しは略すが、ここでは「純愛」が「カーニヴァル的でグロテスクなもの」により「肉体的下層」に引き摺り降ろされている。「貿易商人の話」の若妻メイは、要塞のように堅固な塀に守られた庭に忍び込ませたダミアンと梨の樹の上でまぐわっているところを夫に見咎められても少しも慌てず、「あなたは何度も何度もあなたの視力に騙されるでしょう。……多くの人は物を見ると思っているんですが、それは見かけとはすっかり違ったものなんですからね。誤った考えを抱く人は誤った判断をするものです」と言って夫を煙に巻く。説教口調で語られる哲学談義と猿のように木の上で交接中の男女の姿態の落差が笑いを誘う。

ギョーム・ド・ロリス（Guillaume de Lorris）とジャン・ド・マン（Jean de Meun）の『薔薇物語』（*Le Roman de la Rose*, c. 1230, c. 1270）に出てくるいかにも楽しげに若い頃の悦楽を語る〈老婆〉（La Vielle）は、「バースの女房」の原型である。チョーサーはエドワード三世の宮廷に近習として出仕していた頃に『薔薇物語』を訳している。同じく〈老婆〉を原型とするのが、フェルナンド・デ・ローハス（Fernand de Rojas）の『ラ・セレスティーナ』（*La Celestina*, c. 1500）のセレスティーナ（カリストとメリベーアの取り持ち役）である。全二一幕から成るが、上演を意図したものでないことは明らかで、全篇対話から成る小説と考えた方がよい。この作品には恋のロマンスと下卑た話、真面目と茶番、洗練された言語と俗悪な言語が交錯している。「バースの女房」は、ロマンスに描かれる愛をめぐる常套的で紋切型の表現に対する批判的な眼という役割を果たしているセレスティーナと同じ役割を、『カンタベリー物語』全体のなかで果たしていると言える。

活字文化の誕生、宗教改革の知的・政治的闘争、新世界の発見、商人や職人の活動の活発化は新しい文学形態を要請した。新しい読者は、多数の人物が登場し、込み入った筋をもち、長いサスペンスののちに中断された話が再開されるような構成をもつロマンス、むしろ拡散と脱線の理念のもとに形成されているかのようなロマンスよりも、直截で写実的で、直進的な構成をもつ簡潔な物語を好む傾向があった。またロマンスは、年代記や寓意的作品とも技法を共有する面があったので、ますますジャンルの境界はぼやけてきた。これもロマンスが衰退した原因のひとつであろう。宮廷ロマンスの繊細な詩情は、中世の無骨な郷士や一般大衆には理解されなかったのであろう。彼らは自分たちの生活感情や物の見方に適合した韻文もしくは散文の物語をもった。フランスの韻文のファブリオやイタリアの散文ノヴェッラは、日常生活の滑稽な出来事を題材にしていた。また「狐ルナール」のようなアイソポスの寓話の発展したものも流布していた。聖職者たちは大衆がこの種の物語を好むことを知っていて、説教に盛り込んだ。ウィクリフは東洋の話から教訓を引き出しているとして非難した。サー・トマス・マロリー（Sir Thomas Malory）の『アーサー王の死』（*Le Morte Darthur*, 1485）では、これまでにないほど、性格と動機という内面世界が注視され、とりわけ「聖杯」（第一三巻）以降、人物がくっきりとした輪郭で描かれ、出来事の因果関係が人物の言動によって整序されている点が小説的であり、会話も生き生きと描かれている。「語り手」は、『トロイルスとクリセイデ』の「語り手」と同様に、権威ある書物の仲介者という役割ばかりでなく、この作品固有の個性をもっている。たとえば、この

「語り手」には、自然の営みの一部として人間の行動を眺める視点がある（「五月という月は、若々しい心と心が、みな花を咲かせ、実を結ぶ時期だ。ちょうど草や木が五月になると、花開いたり、実を結ぶように、いやしくも恋人たるものは若々しい心に芽が萌え出し、大胆な行動となって花開く。なぜなら、この五月といういきいきとした月は、ほかのどの月よりも、すべての恋人に自分を駆りたてて何かをする勇気を与えてくれるからだ。その理由はいろいろある。五月になると、すべての草や木が、男女の生気をよみがえらせるように、恋人たちは、長いこと放っておいたためにすっかり忘れ去っていた昔のやさしい心づかいや、奉仕や、さまざまな心のこもった行為を再び心に呼びさますのだ(15)」）。

フォアンノ・マルトゥレイ（Joannot Martorell）の『ティラン・ロ・ブラン』（*Tirant lo Blanc*, c. 1460）という騎士道ロマンスは、ペルーの作家バルガス・リョサが『ティラン・ロ・ブランのための挑戦状』（一九九一年）でその文学的卓越性を称えたことで有名になった。最近の英訳が二種類ある。M・S・ブラウンリーによると、『ティラン』は手放しでアーサー王伝説を讃美しているように見えて、実はロマンスの理想的世界を人為的なものとして疑問に付している。写実的で非英雄的な戦争、包囲攻撃されたロードス島の住民の野鼠を喰う姿、騎士に課された屠殺場での一年間の修業などの描写のグロテスク性を指摘している(16)。このようなロマンスとグロテスク・リアリズムの並存が、のちにセルバンテスの賞賛を得た。

住職と床屋が火刑に処すべき書物をドン・キホーテの書斎で選んでいたとき、住職は『ティラン・ロ・ブラン』を見つける。「ここにティランテ・エル・ブランコがあるとは思わなんだよ！　こっちへよこしてもらいましょう、親方、まったくわしは喜びの宝庫と気晴らしの鉱山《やま》を掘り当てたような気がしますよ。……まず文章の点では、これは世界一の良書だと申したいよ。なにしろここでは騎士連中が食べたり、眠ったり、寝床の中で死んだり、死ぬ前に遺言状を作ったり、そのほかこの種のこれ以外のすべての書物には全然ないことがでているんです(17)」。「この本を書いた当人は、故意にこういう馬鹿げたことを作ったのであってみれば、生涯徒刑船に送られても致し方あるまいて」と、作者には厳しいが、ともかく本は火刑を免れる。C・A・ジュアズによれば、住職が『ティラン』のハイライトとして言及する「剛男ティランテが猛犬を向こうに廻した戦い」は、騎士道の理想化された世界とは対極の現実世界の出来事であり、騎士道の規範の遵守にもかかわらず、あるいはそれゆえ、作中で最も滑稽な場面になっている。近代小説に見られるような現実主義的で写実的な背景が描かれている『ティラン』が、対極的な騎士道ロマンスをジャンルとして自らの物語記述に吸収することによって、それをパロディ化し、変形していると言う(18)。同じくジュアズによると、一三世紀にすでに、南仏の作者未詳の『フラメンカ物語』(*Le Roman de Flamenca*)は、作品内のトリスタンとイズーへの言及が、ギレンとフラメンカの秘められた関係を予示し、読者に「期待」をつのらせながら、女主人公が夫だけを愛していることをあとで明らかにすることによって、宮廷ロマンスをパロディ化している。『フラメンカ物語』においては、規範となる宮廷ロマンスとそれから逸脱するパロディ作品とが、たんに対峙し合っているのではなくむしろ結託しており、この逸名の南仏詩人は、ロマンスに内在する潜在力を拡大することによって、ジャンル内での変容を生み出していると言う(19)。

ガルシ・ロドリーゲス・デ・モンタルボ（Garci Rodríguez de Montalvo）の『アマディース・デ・ガウラ』（*Amadis de Gaula*）は、一四世紀中頃にあったことが知られている原典の改訂版であり続篇である。原典がないのでモンタルボの翻案の程度は定かではないが、内容はアーサー王をめぐる物語に似ており、騎士の行動の規範《コード》はアーサー王物語群のそれと同じである。ギネヴィアの前のランスロットのように、オリアナの前に立つアマディースは含羞と寡黙の人である。自らの価値を証明するためにヨーロッパ一帯へ冒険の旅に出る。モンタルボの四巻本の『アマディース』は一五一一年から一五八六年にかけて五〇回版を重ねた。モンタルボが書いたアマディースの息子を主人公にした続篇と孫を主人公にした続篇も、大変な人気を博した。この作品がきっかけになり、一六世紀スペインで、騎士道ロマンスがつぎつぎと出版された。『アマディース』が出版されたあとの一〇〇年間で、スペインとポルトガルで五〇篇の騎士道ロマンスが現われた。『アマディース』のフランス語訳は一五五三年までに七版を数え、騎士道ロマンスの復活をもたらした。フランス語訳を通してイギリスでもこの作品が知られるようになった。フランス語訳にもとづく抜粋の、トマス・ペイネル（Thomas Paynell）による英訳が一五六七年に、アントニー・マンデイ（Anthony Munday）による英訳が一五八八年に出た。

『ドン・キホーテ』は、騎士道ロマンスの描く世界の非現実性、嘘臭さ、過剰性を暴露して、騎士道ロマンスを失墜させることを目的としているように見えるが、事はさほど単純ではない。『ドン・キホーテ』前篇の終わりに、博学な文学理論家である役僧が出てきて、あるべきロマンスについて語る。彼は「嘘も本当と見えれば見えるほどいいのだし、まことしやかでありそうな点が多ければ多いだけ、楽しませるもんだ」と言い、「読者の心をそらさずに、感嘆させ、気をもませ、狂喜させ、すっかり楽しい気持ちにさせて、そこで感嘆と喜悦がいっしょに歩調を合わせるといった工合に書くべきである。そして「こういうことはすべて、真実らしさや写実をさける作者では、しょせんなし得るところじゃありませんな」と言う。「中程が始めのところに、終わりが始めと中程につり合うというふうに、物語の本体とすべての細部が一体をなしているような騎士道物語は、これまで一冊だってお目にかかったことがありませんわい」。目にするものは「むやみと枝葉末節をつなぎ合わせるものだから、つり合いのとれた作品をつくろうというよりも、キメーラかばけものをこしらえるつもりだとしか思えないもの」、「文体は生硬だし、出てくる功名手柄はまゆつばものだし、恋愛はみだらだし、礼儀はでたらめだし、戦いは長ったらしいし、人物の話はつまらないし、旅はでたらめだし、要するに、気のきいた技巧とはおよそ縁もゆかりもないもの」ばかりである。現今の騎士道ロマンスにはこのように手厳しいが、ロマンスという文学形式の可能性を役僧は信じている。「こういう書物の自由奔放な書き方は、作者に叙事詩人、抒情詩人、悲劇作家、喜劇作家として、さらに、きわめて甘美で楽しい詩学と雄弁学をその中に蔵している、あらゆる部門の作家として才能をふるう余地を与えるからである」と論じる。そして役僧は、できるものなら騎士道小説を一冊は書いて、そのなかに指摘した趣旨を残らずとり入れようという誘惑にかられると告白する。「いや、本当のことを白状しますと、一〇〇枚のうえ書いているのですよ」[20]。この役僧は、牧人ロマンス『ラ・ガラテーア』(*La Galatea,*

1585）を書き、ヘリオドロスと競い合うものとその抱負を述べた『ペルシーレス』を死後出版した、セルバンテス本人を彷彿とさせる。セルバンテスに近代小説の創始者というレッテルを貼らない方がよい。彼はむしろ、きわめてセルフ・コンシャスな文学実験家であったのだ。当時の新興ジャンルであったピカレスク小説への言及が作品内に散見されるように、彼が肌身に感じていたはずの新しい文学潮流に無自覚でいたはずはない。『ドン・キホーテ』は宮廷愛や騎士道という制約的な社会的背景と魔法という機械仕掛けの神から、潑剌たる実験精神によってロマンスを解放し、冒険に新しい意味を与えた。バフチンは、『ドン・キホーテ』が騎士道ロマンスの「見知らぬ、奇蹟的な世界」のクロノトポスとピカレスク小説の「故郷の土地を曲りくねって進む公道」というクロノトポスの異種混成体を造り出した点に、その新しさと重要性があると考えた(21)。一二、三世紀に花開いたロマンスという柔軟な形式のもつ潜在力を『ドン・キホーテ』はふたたび花開かせたと考えた方がよい。

四　ノヴェッラ、ヌーヴェルの登場へ

一七世紀から一八世紀初頭にかけて、散文作品がフランスからイギリスへ大量に渡った。オノレ・デュルフェ（Honoré d'Urfé）の『アストレ』（*L'Astré*, 1607, 1627）によってルネサンスの伝統である牧歌ロマンスは、一七世紀に生き長らえることができた。デュルフェの作品の貴族主義的で洗練され

たプラトニズムは、時代の風潮とそぐわなかったが、彼の死後も読まれた。一六二五年から半世紀間、フランスに英雄ロマンスという新しいジャンルの興隆が見られた。それはヘリオドロスやアリオストを範とし、彼らから技法を引き継ぎ、もっぱら感受性に訴えることをねらった。ジョン・バークレー（John Barclay）によって始められたこのジャンルは、歴史記述の方法の模倣と利用から始まった。[22]彼の、ラテン語で書かれた『アルゲニス』（*Argenis*, 1621）は、難破、海賊、変装という道具立てでは古代ギリシャ・ロマンス／小説や『アーケイディア』を思わせ、統治術を論じている点では『ユートピア』を思わせる作品だった。ラテン語版、英訳、フランス語訳、スペイン語訳、イタリア語訳、オランダ語訳が出て、ヨーロッパ中に広まった。彼はスコットランド人を父親に、フランス人を母親にもち、フランスとイギリスで暮らし、晩年はイタリアへ移住した国際人であった。[23]ロマンスの、フランスからイギリスへの流出の背景には、亡命していたスチュワート朝の宮廷がイギリスへ戻ったこと、「ナントの勅令」が一六八五年にルイ一四世によって廃止されてユグノー教徒が流出したことなど、いくつかの歴史的事実があった。ゴンベルヴィル（Gomberville）やマドレーヌ・ド・スキュデリ（Madeleine de Scudéry）やラ・カルプルネード（La Calprenède）の英雄ロマンス、フェヌロン（Fénelon）の『オデュッセイア』をモデルに書かれた『テレマックの冒険』（*Les aventures de Télémaque*, 1699）、シャルル・ソレル（Charles Sorel）の『フランシヨン滑稽物語』（*Histoire comique de Francion*, 1623）、ポール・スカロン（Paul Scarron）の『滑稽物語』（*Le Roman comique*, 1651, 1657）などの「ヌーヴェル」が伝えられた。貴族の回想記を伝えたのはラファイエット夫人（Madame de LaFayette）やヴィルディュウ夫人（Madame de Villedieu）ばかりでなく、亡命中のフランス人女性たちであった。アフラ・ベーンはフランスの英雄ロマンスを英訳し、自らも英雄ロマンス『オルーノーコ』（*Oroonoko or the Royal Slave*, 1688）を書いた。エライザ・ヘイウッドはフランスの「醜聞もの」（*chronique scandaleuse*）の翻案を出した。ド・ラ・リヴィエール・マンリーはドルノワ伯爵夫人（comtesse d'Aulnoy）の回想録の付録として『封を解かれた貴婦人の小包み』（*The Lady's Paquet Broke Open*, 1707, 1708）を出版し、一般に彼女の自叙伝と考えられている『リヴェラの冒険』（*The Adventures of Rivella*, 1714）を、フランス語から訳されたものという体裁で出版した。

クレアラ・リーヴによれば、一八世紀に入ってかなりたってもロマンスは熱心に読まれていた[24]。イギリスの一八世紀前半は、小説の実験が活発に行なわれた時代として文学史に位置づけることができるだろう。小説家もまだ、自分の書いているものに自信がなかった時代である。同時代の批評家たちは、小説の軽佻浮薄さと不道徳を非難した。多くの批評家は「ノヴェル」を「『非嫡出子《イレジティメイト》』であり、認知されていない」形式であると言い、チェスターフィールド卿（Lord Chesterfield）は一七四〇年か一七四一年の手紙で、息子に「ノヴェル」とは「恋愛沙汰《ギャラント》を描いた短い物語《ヒストリー》で、必ず色恋をたっぷり収めているが、一、二巻を越えることはなく、いわばロマンスを短くしたようなものだ。ロマンスはたいてい一二巻もので、陳腐な色恋のたわごとやまったく信じがたい冒険で埋めつくされている[25]」と書き送っている。フィールディングは『トム・ジョウンズ』（*Tom Jones*, 1749）のちょうど真ん中にあたる第九巻の「巻頭《イニシアル》エッセイ」で、二、三人の作家の成功が、この種の書物を書こうという気を他の作家に起こさせて、かくして「おろかしいノヴェルと途方もない《モンストラス》ロマンス」が大量生産され、読者に無駄な時間を過ごさせ、道徳を堕落させるだろうと言う。すべての芸術・学問は学識を必要とし、詩歌は韻律《ナンバーズ》を必要とする。しかるに「ノヴェルやロマンスを書くには紙とペンとインクがあればよい」。世間の侮蔑を買いたくないのでわれわれは注意深く「ロマンス」という語を避けるが、「ロマンス」という名称には「その他の点では十分に満足したかもしれない」と明言しているのである。したがってフィールディングが「ロマンス」という語を避けるのは、その出自と系譜を検証したうえで、自らの書き物を「新領域の書き物《ニュー・プロヴィンス・オブ・ライティング》」として差別化しているからというよりは、もっぱら「ロマンス」のペジョラティヴな語感を避けたかったからという単純な理由によるものであろう。「語り手」は自らの書き物を、どの登場人物も「自然《ネイチャー》［人間性］」という広大なる真正の土地台帳」を権威としてもつゆえに「ヒストリー」と呼び、自らを「ヒストリアン」と称するが、[26]これも熟考のうえの命名というよりは、「ヒストリー」も「ヒストリアン」も手垢にまみれていないニュートラルな語であるという消極的な理由によるものであろう。ウィリアム・コングリーヴは『インコグニタ』（*Incognita*, 1692）の序文で「ノヴェル」と「ロマンス」の区別をしているが、彼がここで言う「ノヴェル」とは、貴族の読者を喜ばせるような恋の駆け引き《イントリーグ》を描いた「ヌーヴェル」のことである。それからおよそ一〇〇年後にクレアラ・リーヴは、「ロマンスとは英雄物語《フェイブル》で架空《ファビュラス》の人物や物語を扱っている。ノヴェルは現実の生活や風習《マナーズ》を生き生きと描いたもので、書かれた時代に属している」[27]と明確に区別しているように見えるが、この対話体のエッセイのタイトル（*The Progress of Romance*）が示すように、一八世紀が終わりに近づいても、「ロマンス」という語には広い意味がもたらされていた。

「ヌーヴェル」という語は『当世百新話』(*Cent nouvelles nouvelles*, 1462) に由来する。「献辞」には『百新話』の巧緻にして絢爛たる文章には及ばないが、『百新話』からは長い年月が流れており、「布地も裁断も型も」新しくなったので『当世百新話』と題すると「編者」は断っている。[28]『百新話』とはボッカッチョの『デカメロン』のことである。したがって「ヌーヴェル」はイタリアの「ノヴェッラ」とつながる。「ヌーヴェル」は、交錯した構造をもつ長いロマンスとは異なり、短く筋の運び《アクション》も単純で、反ロマンス的傾向をもち、写実主義的書法を好んだ。イタリアの「ノヴェッラ」、フランスに現われた主として恋の駆け引きをめぐる短い「ヌーヴェル」、セルバンテスの『模範小説集』に代表される「ノヴェラ」を背景に、イギリスに「ノヴェル」という呼称が現われたわけである。もともとはフランス語、つまりロマンス語で書かれた高度に理想化された恋と冒険の韻文物語を意味した英語の「ロマンス」は、古代の古典にも拡大適用され(したがってアナクロニズム)、自国語の同種の創作にも適用されるようになった。クロスによれば、プロヴァンスの詩人たちは、現実生活の恋の駆け引きや嫉妬を描いた韻文物語を指す語として、つねに複数形をとる「ノヴァ」(novas) を用いた。[29]同種の内容の短い散文物語をボッカッチョとその同時代人は「ノヴェッラ」と呼んだわけである。もちろん現実主義的な内容をもつ写実的な物語はイギリスでも一四世紀に書かれていたわけだが、それらは「テイル」(tale) と呼ばれた。これは伸縮性のある語で、チョーサーは当時の韻文のすべてを「テイル」と呼んでいた。ボッカッチョのあともイタリアでは二世紀にわたり「ノヴェッラ」が書き続けられ、エリザベス朝のイギリスにそれらの作品が大量に入り、その翻訳あるいは英語の模倣作品が「ノヴェル」と呼ばれることが多かった。しかし他方では、エリザベス朝の人々は「ヒストリー」という語を好み、韻文であれ散文であれ、すべての虚構作品に適用した（"The Tragical History of Romeo and Juliet," "The History of Hamlet, Prince of Dermark," etc）。

『小説の起源についての論考』（*Traité de l'origine des romans*, 1670）の著者であるピエール＝ダニエル・ユエ（Pierre-Daniel Huet）は、一七世紀末、古典主義者ボワロー（Boileau）との論争で、「征服と同化の政治文学的《ポリティコリテラリ》構想」から小説を除外したボワローに、「他民族的遺産に強さの源泉を見いだす政治システム」を構想し、構造上民族を越境するジャンルである小説を奨励した[30]。ユエの主張は要するに、小説の活力はその異言語混淆にあるということだろう。バフチンによれば、多言語状態《ポリグロシア》は、純粋で模範的な単言語状態《モノグロシア》よりもむしろ古くからつねに存在したが、それだけでは創造的要因とはならなかった。つまり、多言語が没交渉にある共存状態では創造的意識は閉ざされたままである、ということだろう。小説が生育するには「諸言語は互いに照らしあい解明し」あわなくてはならない。なぜなら「ひとつの言語は他のもうひとつの言語の光に照らしてのみ自分を見ることができる」からである。「所与の国語の内部に〈諸言語〉が素朴に不動の状態で共存する事態」、つまり「地方的な方言、社会的及び職業的な方言や隠語《ジャーゴン》、文語、文語内部のジャンルを表わす言語、言語の表現するさまざまな時代の共存[31]」は、小説のために終わりを告げなくてはならない。他言語とインターテクスチュアルでダイアロジックな関係にある言語、そういう自己のあり方にセルフ・コンシャスな言語、それが小説の言語であろう。バフチンの言う「小説化」とは、ジャンルのモノローグ化に抵抗する力であり、「小説」（とみなされたもの）と「非小説」（とみなされたもの）との間に絶えざるダイアローグを引き起こす力である。安定化、正典化、定義化を拒むジャンル、したがって不安定と流動性と変化を宿命づけられたジャンルが小説であろう。英文学史における「ロマンス」と「ノヴェル」の二項対立は不毛な理論枠である。「ロマンス」の絶えざる自己変容の一形態として「ノヴェル」をとらえ直さなくてはならない。

第4章　ピカレスク小説再考

一　ピカロ的人物像

英文学史において一般にピカレスク小説の嚆矢とされているのはデフォー『モル・フランダーズ』（一七二二年）、スモレット『ロデリック・ランダム』（一七四八年）、フィールディング『トム・ジョウンズ』（一七四九年）であり、もっぱらスペインのピカレスク小説と関連づけて論じられることが多い。はたしてイギリスのピカレスク小説の文学的土壌をそのように狭く限定してよいものかという素朴な疑問から、本論の執筆を思い立った。まずピカロ的人物の原型を求めれば、神話のヘルメスにさかのぼれるだろうが、文学作品に限定すれば、オデュッセウスがまず候補として浮かび上がる。パイエケス人を前に長い漂流談を終えたオデュッセウスは、多くの土産物を貰い、イタケに送ってもらう。パイエケス人たちは、眠っているオデュッセウスを置いたまま去るが、スケリエに帰港する寸前、怒ったポセイダオンによって船は石に変えられる。ひとり途方に暮れているオデュッセウスを女神アテナが助けに現われて、こう言葉をかける。「あらゆる策略において、そなたを凌ぐ者があるとすれば、それは余程ずるく悪賢い男に相違ない――いや神とてもそなたに太刀打ちできぬかも知れぬ。そなたはなんという不敵な男であろう、さまざまに悪知慧をめぐらし、策謀に飽くことを知らぬ。自分の国に在りながら、欺瞞《ぎまん》や作り話をやめようとせぬ、そなたは心からそのような作り話が好きなのですね。しかし今はもうそのような騙し合いはやめようではないか。われらは共に術策は得意同士、そなたは知略と弁舌にかけては、万人に卓絶しておるし、わたしもまた、あらゆる神の中でも知慧と術策にかけては、その名を謳われているのだからね」(1)(一三歌二九一―三〇六)。ここでオデュッセウスの属性としてあげられている「策略」「悪知慧」「策謀」「欺瞞」「作り話」「術策」「知略」「弁舌」は、まさにピカロを特徴づけるものである。オデュッセウスはスペインのピカレスク小説の主人公のような一人称の語り手ではないが、ツヴェタン・トドロフの言うように(2)、彼の内奥の願望は帰還にあるのではなく、語り(「作り話」「弁舌」)にあるのではないかと思わせるほど雄弁である。

ペトロニウスの『サテュリコン』(Petronius, *Satyricon* c. 56)は、部分的な英訳は一六九四年以来何度も出ているが、一七〇八年にウィリアム・バーナビー(William Burnaby)の全訳が出て、多くの版を数えた。主人公で語り手のエンコルピオスは放浪学生で、プリアポス神を冒瀆して不能の罰を受け、泥棒、詐欺、食客などでその日暮らしをしながら、司直の手から逃れている。解放奴隷の身でありながら一代で身上を築いたトリマルキオンに代表される、成り上がり者たちによって俗悪・退廃のきわみにある諸都市（プテオリ、クロトン等）を経巡る。登場人物は、修辞学校教師、稚児、狂った詩人、淫売婦、情婦、追い剥ぎ、逃亡奴隷、騎士、船員などであり、活写される場所は、売春宿、市場、公衆浴場、逍遥柱廊、画廊など多様であり、成り上がり者の邸宅での饗宴には吹奏楽隊、剣闘士、軽業師、ホメロス吟唱者、料理人、石工などが登場する。主人公の放浪、描かれる社会階層の幅の広さと、裏社会の暴露はピカレスク小説の特徴である。アプレイウスの『黄金の驢馬』（Apuleius, *Aspinus Aureus*, c. 2th Century）もピカレスク小説の特徴を多くもっている。ウィリアム・アドリントン（William Adlington）の英訳が一五六六年に出て版を重ねた。一五一三年にエラスムス派のディエゴ・ロペス・デ・コルテガーナ（Diego Lopez de Cortegana）によってスペイン語に訳されたので、(3) そもそもスペインのピカレスク小説に影響を与えた可能性が高い。『黄金の驢馬』の一人称で語る主人公ルキウスは、宴会で招ばれた金貸しの妻が、小箱の膏油を全身に塗ってフクロウに変身して空を飛ぶのを目撃し、ねんごろになった女中の手引きで小箱を手に入れるが、違う小箱だったため驢馬に変身する。その後ルキウスは、盗賊の盗品を運ぶ荷役用に使われ、山奥のアジトに連れていかれる。田舎の牧場では馬丁の妻には虐待され、牝馬や牧童にはいじめられて散々な目に会うが、逃亡する馬丁たちと行動をともにして苦労を嘗めたのち、イシス女神の信徒一行とともに流浪する。アプレイウスは、ルキウスがヒュパテーを出発して以来、一〇巻でコリントスに着くまで、どういうわけか地名を明示するのを避けているが、行く先々でのルキウスの受難はまだまだ続く。描かれる人物は、金貸し、女魔法使い、盗賊、馬丁、信徒、囚人、粉屋、畑作人、旅籠屋、兵士、菓子屋、料理人、貴婦人、司祭、地方総督など多彩であり、帝国の実質的な全階層を包含している。移動空間はそれほど広くないが、描かれる場所は、盗賊の洞穴（アジト）、公衆浴場、円形競技場、地方総督の屋敷など多岐にわたる。その後のピカレスク小説同様、エピソードが鏤められている。いちばん有名なのは「クピードーとプシケーの物語」だろうが、亭主を大甕に入れて掃除させ、甕に寄りかかって情夫と交接する女房の話は『デカメロン』にそのまま出てくるし、驢馬のルキウスが口をきけないのをいいことに獣姦しようとする貴婦人の話は、『デカメロン』の、聾啞の（ふりをしている）男を自分たちの性処理に利用する尼僧たちの話と同工異曲だ。当時の貧困、性的紊乱、迷信、不正、怪しげな新興宗教、残虐行為が少々不気味な筆致で描かれている。しかしルキウスには、ピカロの特徴である狡猾さに欠けており、結末のイシス女神への帰依も彼の騙されやすさの現われであろう。もっとも、これだけ悪党の跋扈する世の中にあっては、忍耐強い驢馬を演じることが武器になるのかもしれない。いずれにせよ、驢馬への変身により、『サテュリコン』にまさる裏社会の「ルポルタージュ」が可能になっている。

二　スペイン・ピカレスク小説

ピカレスク小説は、主人公が一人称の語り手であること、主人公が狡猾で順応性を具えていること、描かれている人物と場所が多様であること、背景としての社会の堕落・腐敗が描かれていること、エピソードが多用されていることなどが特徴であり、古代ローマの二作品はその多くを具えていることが確認できたと思う。主人公が下層階級出身であることが多いピカレスク小説の出現には、ロマンスの仰々しさと人為性と高貴な身分の主人公に対する反発があったのだろう。だがロマンスに見られるエピソードの多用は継承されている。ちなみに、ロマンスの伝統に属するラ・ジュネスト（La Geneste）が、ケベードの『ペテン師ドン・パブロスの生涯』を訳したときには、いかがわしいピカロを、冒険で成功を収めた高潔な人物に変えてしまった。(4)

トバイアス・スモレットの研究家ロバート・ギディングズは、トマス・ナッシュの『不運な旅人』（Thomas Nashe, *The Unfortunate Traveller*, 1593）は、エリザベス朝の下層階級の犯罪者の生活を滑稽に描いたものであって、とくにテーマはないと言い、ひとりの悪漢の人生、経歴、展開を描いていない点、社会批判がないという点においてピカレスク小説とは区別されるとしている。(5) またイギリスでピカレスク小説のもつ可能性が実現されるのが遅れたのは、エリザベス朝とジェイムズ朝では、社会風刺の多くは舞台で行なわれたからだと指摘している。(6) そしてピカレスク小説が、現実的状況に置かれた現実的人物を道徳的観点から扱った最も早い時代の散文フィクションであることを強調している。(7) ピカレスク小説が生まれたスペインは、カルロス五世のあとのフェリペ二世の時代（一五五六―九八年）であり、スペインはオランダを失い、フランス、イギリス、ローマ教皇との戦いで資産を使い果たし、オランダとグラナダにおける反乱とブラガンザ公の巨額の収賄（これにより公はポルトガル王位の権利を取り下げた）により貧困化していた。修道院と女子修道院が均衡を失するほどに肥大化した。ジプシー、香具師、退役兵士、ピカロ、犯罪人が非生産的で反社会的な階層をふくらませた。国家財政は破産寸前だった。王は借金の返済を拒否し、さらに借金を重ねた。金を貸すよう無理強いすることによって少数の富裕な商人を破滅させた。新世界からの金銀の流入は、国家を繁栄させることなく、価格をつり上げる役にしか立たなかった。貴金属はすみやかに、イタリア、ライン川沿いの豊かな都市、オランダに流れた。(8) ほとんど移動のない沈滞した社会状況にあって、ピカロは社会的なつながりの欠如において際立っている。ピカロを特定の土地、主人、仕事につなぎとめておくものは何もない。生き延びるために、そして浮浪者や怠け者を取り締まる法律の網を逃れるために、ピカロはときどき仕事を捜すが、楽な仕事や縛りつけられることの少ない仕事に限られていた。一五五〇年頃には、ピカロの姿は臨時の皿洗いや台所の下働きに雇われているのが見られたが、半世紀後の一六〇〇年頃には、ピカロの好む仕事は荷物運び、使い走り、配達人だった。(9) フランシスコ・リコの研究書はスペインのピカレスク小説の研究ではきわめて重要な本だが、「ピカレスク小説」を狭く厳格に定義しており、ケベードの『ペテン師ドン・パブロスの生涯』でさえ「ピカレスク小説」から排除されてしまう。主人公パブロスの基本的な機能は、皮肉な機知を見さかいなく連発することにあるとリコは断定する。自己と環境の相互作用が展開のとぎれのない線に沿って起こっているのは、作者未詳の『ラサリーリョ・デ・トルメス』(*Lazarillo de Tormez*, 1554) とマテオ・アレマンの『グスマン・デ・アルファラーチェ』(Mateo Alemán, *Guzmán de Alfarache*, 1599, 1604) だけだと言う。(10) リコは、ピカレスク小説のピカロは、ある物語叙述の型と結びついて現われた、ピカロは、それまで無関係なエピソード的断片としてあった素材を統合する力を機能としてもった、と言う。[11] つまりは「生涯」と「意見」に緊密なつながりがなくてはならないということであろう。「多面的な内容の共通分母の役割をする一人称単数の意識」がなくてはならない、とも言っている。リコは、『ラサリーリョ』は、それまでの散文フィクションには前例のない偉業、つまり、トレドの触れ役のような取るに足りない人物を内面から構想するということを可能にし、『グスマン』という作品は、人はみな、宗教的信仰により来世と直面するときには平等で自由であることを明示しており、主人公グスマンは因襲的紋切り型とは違う一貫性を保ち、誰とも同等同格な人物であり、グスマンが一人称の叙述形式と自らの視点に執着しているのは、人間的な意味でも美的な意味でも、グスマンの完全な自立と統合性のしるしであると言う。リコは、ケベードがドン・パブロスを社会階層の一構成員・典型として提示したことによって「ピカレスク小説」は袋小路に入った、『ラサリーリョ』と『グスマン』のあとをたどっていれば、まっすぐに近代小説に通じていただろうと残念がる。[12] リコのスペイン語の原書は一九七〇年に出版されており、イーアン・ワットの『小説の勃興』に影響されていることは明らかだ。小説概念が狭すぎる。ピーター・N・ダンは、ピカレスク小説を、探究物語の新しい、アイロニックな、あるいはパロディ的な、あるいは悲喜劇的な様式を見つけることによって、自己、役割、社会の関係をまったく新しい仕方で模索する文学形式ととらえている。そして一人称の物語叙述は、虚構世界全体をセルフ・コンシャスな主体の創造物として提示することにより、既存のジャンルにふたたび生命を与え、変容させたと考えているが[13]、きわめて妥当な考え方である。永遠に進行形を宿命づけられた小説ジャンルのなかにピカレスク小説の先駆的役割を位置づけた、副題どおりの「新しい文学史」である。

『ラサリーリョ』の特徴は、下層階級出の男がつぎつぎと異なる主人（盲目の乞食、貪欲な僧、文無しのくせにプライドだけは高い下級騎士）に仕えて嘗める辛酸を、エピソード（社会遍歴）を並列的につなげた自伝体で述べるという形式と、社会の汚濁や悪徳の諸相についての簡潔な描写、主人公の冷笑的な独白、そして力強い写実主義であろう。文学史的には、あまりにも理想主義的な騎士道ロマンスや牧人ロマンスに対する反動であろうし、社会史的には、労働をいやしむ傾向のあるスペインで、ピカロと称する浮浪者、ならず者、乞食などの寄生虫的な人々の群が、都会にも農村にも発生していたという背景があった。それはセルバンテスの『模範小説集』のなかの「リンコネーテとコルタディーリョ」と「犬の対話」にも出てくる。『ラサリーリョ』では、カトリック教会の腐敗が風刺の対象になっているが、次いで郷士《イダルゴ》（最下層の貴族階級）の過度の名誉心が揶揄されている。しかし主人公は、主席司祭の勧めで、その召使いであり情婦である女と結婚することにより、批判していた体制に完全に吸収されるわけであるから、一方向的かつ単純な風刺ではない。結末が曖昧で少々腰くだけなのがかえって真実味があり、『モル・フランダーズ』の末尾の改悛の偽善性、あるいは改悛と、それまでの美貌と奸智による「成功」の得々とした語り口とのギャップはない。ボーモントとフレッチャーによるスペイン劇の翻案という下地があったせいか、『ラサリーリョ』の英訳は早くも一五七六年に出ている。シェイクスピアが読んだ可能性もある。一六七七年までに一〇回再版された[14]。

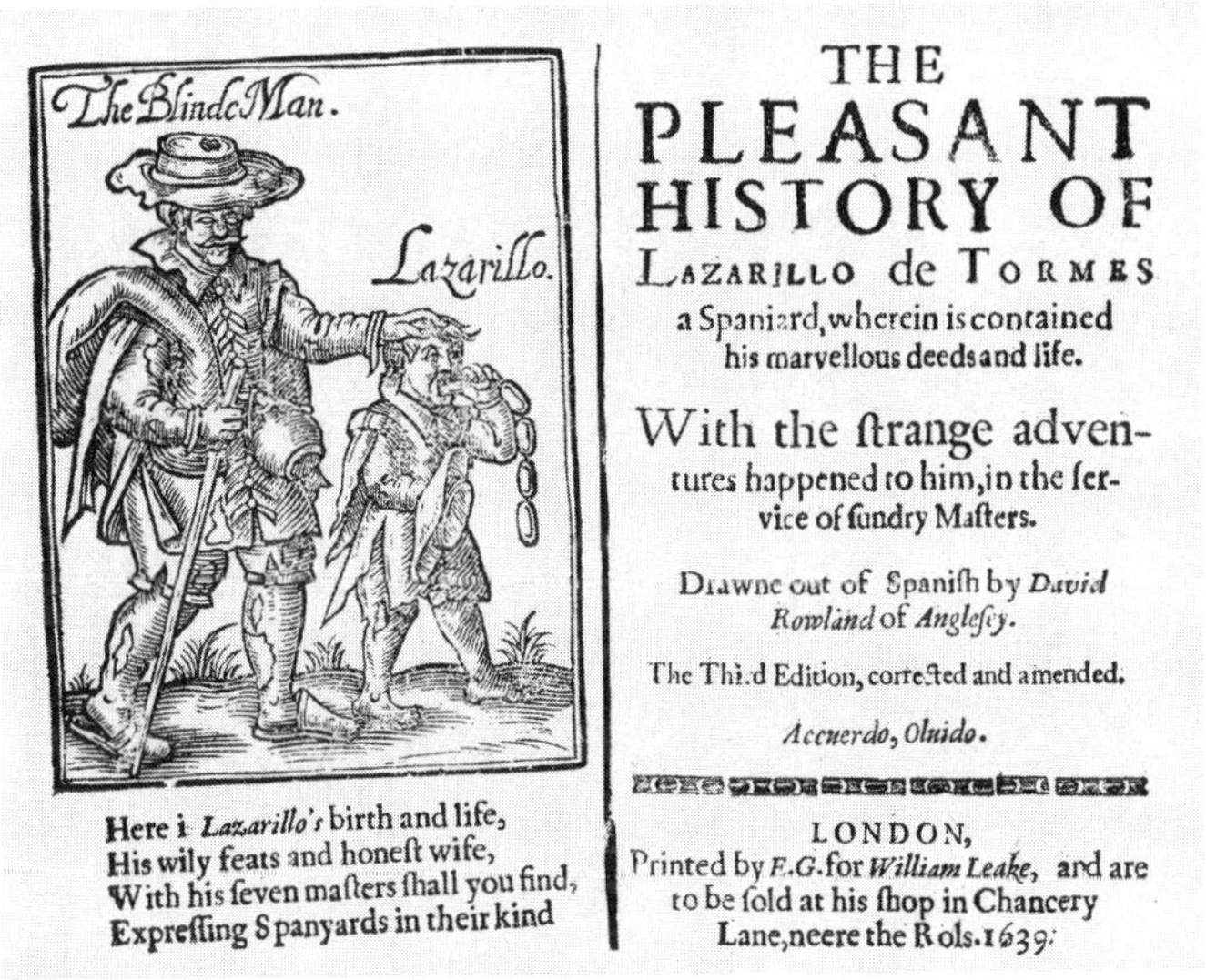

THE
PLEASANT
HISTORY OF
LAZARILLO de TORMES
a Spaniard, wherein is contained
his marvellous deeds and life.
With the ſtrange adven-
tures happened to him, in the ſer-
vice of ſundry Maſters.
Drawne out of Spaniſh by *David*
Rowland of *Angleſey*.
The Third Edition, corrected and amended.
Accuerdo, Oluido.
LONDON,
Printed by *E.G.* for *William Leake*, and are
to be ſold at his ſhop in Chancery
Lane, neere the Rols. 1639.

図版 6　『ラサリーリョ』の英訳は 16 世紀に 4 種類出た。最良のものはデイヴィッド・ローランド・オブ・アングルシ訳だった。1639 年版の口絵とタイトルページ。

マテオ・アレマンの『グスマン・デ・アルファラーチェ』の主人公グスマンも、ラサリーリョと同様、下層階級の出身である。屈辱的境遇（ガレー船の奴隷）に身を置いた自分自身の生涯を正当化すべく自叙伝を書いている（「籠のなかの知識こそ、私が食いぶちを稼ぐために体得した知識、あるいは知恵であって、知識の生きた側面といえます。この世のなか、ちゃんとした職業を持つ者は良い稼ぎをあげることができます。しかし、そうでないものが生き延びるためには、なんとしても知恵が不可欠です。その意味で、当時、私はそうした知恵をこの上なく重視していましたが、それはちょうどその昔、デモステネスの雄弁やユリシーズの叡知が高く評価されたのと同じことです」）。『ラサリーリョ』との違いは、全篇に語り手の自己分析、説法的脱線があることであろう。下層階級の人物の体験でも道徳的・心理的な深みをもちうることが表現されたことは、小説がただ娯楽に供されるものではなく、ためになる文学形式でもあることを認知させるうえで大きく寄与したはずである。語り手のグスマンは、トレント［トリエント］公会議（一五四五―六三年）により明示され、スペイン王家が支持する正統的信仰箇条の妥当性を例証するものとして、彼の人生のさまざまなエピソードを語っている（「私は卑劣漢として成長し、いつまでも卑劣漢であり続けました。というのも、私の主人だったあの聖なる方の手を介して具現された神の慈悲や恩恵に対し、謝意を表することさえできなかったからです。人の善意に溢れる行為を生かすことも、優しい言葉に心を動かされることもないような人間は、ひどい行為と言葉で厳しく罰して馴致すべし、という神の裁定は正当なものです。……実際、私は過去の私とはまったく別人になっていましたので、この世で最も軽微な罪でさえ犯すくらいなら、わが身をずたずたに引き裂かれることの方を選びたい気持ちだったのです[15]」）が、一般社会はこの教義に表面的に従っているにすぎないことが露わにされる。有徳の体面を保ちながら、実は利己的・物質的な衝動に突き動かされているさまが浮き彫りにされるのである。生き延びるためには社会の慣習に従わなくてはならないグスマンが正統的立場に立つことによって、一般社会の腐敗と不道徳と偽善が炙り出される。グスマンは自らの過去の罪業と愚行を否定する。卑しい生まれの少年が、非人間化の働きをする腐敗した社会に呑み込まれるが、生き延びるために一般社会公認の行動形式を最後には身につけるわけである。ここに、倒錯した社会に植え付けられた自らの道徳的盲目性を克服した罪人という典型的人物像が生まれる。両親の行状を嫌悪して家を出たにもかかわらず、結局は両親と同じこと、つまり、盗んだ金を元手にいかがわしい商売を始め、破産を偽装し、妻の売春を奨励することは、そこに因果の循環運動を浮かび上がらせる。しかし、そのような小説の結構はかえって彼の内省、つまり、名誉、富、純血を初めから欠いた彼のような「改宗者《コンヴェルソ》」でも、未来永劫に地獄落ちを宿命づけられているわけではなく、生まれにより自動的に「非人間的な」非キリスト教徒と断罪されるのは不当であり、すべての人間は同等であるという内省に迫力を与えている。グスマンは、たえず省察する哲学的・宗教的なピカロである。悪人の生涯を例話に原罪と救済を説いたこの教訓的な小説は、スペインでベストセラーになったばかりでなく、英訳も、ドイツ語訳もフランス語訳も版を重ねた。

マテオ・アレマンの考え方に反感を抱いたフランシスコ・デ・ケベード（Francisco de Quevedo）が書いたのが『ペテン師ドン・パブロフの生涯』（*Historia de la vida del Buscón, llamado don Pablos,*

1626）であった。狡猾に生き抜いた悪人の自伝であるので典型的なピカレスク小説だが、『グスマン』の教訓性は切り捨てられている。ケベードはカトリックの正統的価値観に立つ体制イデオローグ（宮廷人、外交官）であり、教訓よりもスカトロジカルでグロテスクな描写（「学生はパイをひとつ残らずとり出して、かわりに石だの、棒切れだの、手近にあったものを放りこみ、その上にうんちをすると、さらにその汚い物の上に石膏のかけらを一ダースほど並べたてました」）やカリカチュアに天分を発揮している。「お前、物をかっぱらうってのは肉体労働なんかじゃない。頭脳労働なんだ」と豪語するスリの父親と、「やっている一番まっとうな仕事が、にせものの処女膜をはって生娘をでっち上げること」という母親の間に生まれ、「仕事の腕はぴか一で、彼が職務を遂行しているところを見ると思わず自分もやってもらいたくなる」「死刑執行人」を叔父にもつ主人公パブロスは、道義心も人間味もない無神経なピカロ（「できることなら天下一の悪い奴になってやろうじゃないかと決心したのです」）であり、彼にラサリーリョの無邪気さやグスマンの自己省察を求めてはならない。最後にとってつけたような自己弁明がある（「避けるべき悪徳を語ったつもりが、真似をするための手本をさし出すことにもなりかねません。けれども、いくつかのペテンの手口や仲間うちでの口のきき方は、お教えしておけば何もご存じなかった方がこれからは気をつけるようになるかも知れません。この本を読んでまだだまされる人がいたら、そいつは自分の罪だということになるでしょう。……住むところだけ変えて生き方や行ないを改めない者は、自分のありさまを決してよりよいものにはできないからです」）。英訳[16]は少し遅れて現われたが、その分イギリスのピカレスク小説への影響は大きいかもしれない。

三　ピカロとしての狐ルナール

すでに述べたように、スペインのピカレスク小説を手本にイギリスのピカレスク小説が書かれたとするのはあまりにも短絡的である。文学的土壌はもっと肥沃である。考えなくてはならないのは「ファブリオ」(fabliau)の存在である。ファブリオとは「ありそうもない話」や「寓話」を指すfableの派生語fabel, fableauのピカルディ方言だった。ファブリオは平均して、三、四〇〇行の、八音綴韻文(これは語り物に使われる詩型で、実態は散文の役を果たした)で書かれた。作者のなかには、高位聖職者、貴族、宮廷付き詩人もいるが、多くは無名もしくは逸名の作者たちである。起源については、ラテン喜劇の影響や寓話との親子関係が注目されている。当時の生活を知るうえで貴重な社会風俗的資料であるし、また『デカメロン』、『サン・ヌーヴェル・ヌーヴェル』、ラ・フォンテーヌの『寓話』に題材を提供した。(17)エリック・ハートグはファブリオの特質を次のように定義している。「ファブリオとは、圧倒的に物質主義的な言語使用による様式化された短い物語であり、主として類型的な中産階級、下層階級、聖職者階級が登場する。プロットは固定的にプログラム化されており、誇張された滑稽な、そしてしばしば性的な騙し討ちと仕返しをめぐるものであり、局所的空間と時計時間に支配されており、しばしば末尾には教訓が添えられている」[18]。一二世紀末から一四世紀初頭にかけて流行した長短とりまぜて約一六〇篇のうち、自らファブリオと銘うっているのは約六〇篇にすぎない。時・所・筋のいわゆる「三一致の法則」がほぼあてはまる構成になっており、人物や背景の描写・紹介は抑えられ、生彩ある会話で事件を進行させている。ハートグの定義にあるように、登場人物は中世社会の階層のほとんど（聖職者、学者、騎士、町人、百姓、等）にまたがっており、全般的には現実主義的な町人文学といえる。

ファブリオの発生とほぼ同時代に、動物の世界に仮構した、同じく現実主義的な笑いの文学『ルナール物語』（*Le Roman de Renart*）が産み出された。狐ルナールをはじめとする動物たちは、動作や習性といったそれぞれの動物種の特徴を失うことなく、同時に人間心理と性格があざやかに描かれている。アーロン・グレーヴィチによると、『動物寓話集』のなかの動物描写は、その作者たちのすぐれた観察力を示しているが、それと同時に、中世人が自分の直接的経験と空想的な寓話との間に明確な差異の線を引いていなかったことを物語ってもいる。中世人にとってより本質的と考えられたのは、自然現象の象徴的解釈と自然現象から道徳的結論を導き出すことだった。『動物寓話集』は象徴的動物学の指導書であり、自然現象の教訓的解釈を提供していたと言う[19]。弱い者いじめに失敗したり、誑かすつもりが逆に手玉にとられるルナールは明るい無邪気な笑いを引き起こす。ルナールの悪戯に加えて、狼イザングランの抗争、牝鶏カーペウの告訴、獅子王ノーブルの宮廷における裁判、狐の追放・追跡が主要なテーマである。ルナールを追いかける百姓が、あたかも大会戦の雄々しい騎士のご

図版 7　絞首台をのぼるルナール。1498 年の木版画。

とく描き出されている。荘重な文体で描かれる戦いも、農家の庭先での出来事であり、戦利品とは家禽である。これは武勲詩のパロディである。『ルナール物語』はフーレ（Foulet）の推定によると、一一七四年から一二〇五年にかけて書かれ、ハインリヒ・デル・グリーヘザールの『ラインハルト狐』（Heinrich der Glîchezâre, *Reinhart Fucks*）は早くても一一九二年以降に書かれた。[20]『ルナール物語』における宮廷文学の高雅な言語とファブリオの猥褻尾籠な言語の併存は、それを受容する側のメンタリティの振幅の広さを示すものである。『ルナール物語』、『ラインハルト狐』における擬人化は、たんなるアレゴリーではなく、主人公が人間であった場合に生じうる社会批判の深刻さと切実さと苦々しさを和らげると同時に受け入れられやすくする働きをしている。『ルナール物語』全篇に横溢する貪欲、性、暴力は、ファブリオというジャンルを支配するカーニヴァルの精神に通じるものである。時代の道徳的頽廃を嘆く本人が腐敗の代表者であるという矛盾した作品構造は、『サテュリコン』の主人公エンコルピオスの場合がそうであるように、道徳的堕落を直截に描いて弾劾するのではなく、読者に笑いを誘いつつ道徳的秩序の転覆の眩暈体験をさせることにねらいがある。狼イザングランは、ルナールが妻のエルゼンに言い寄っているという噂を流すが、それに腹を立てたエルゼンは、自らの貞節を証明するどころか、ルナールに奉仕を求め、復讐を果たす（「『そんなふしだらなこと考えたこともないのに、あの人がそう言ってるんだったら、いっそ二人でいい仲になりましょうよ。たびたび会いに来てちょうだい、あたしの情夫《いろ》にしてあげるから。さあ早くあたしを抱いてちょうだい、安心していいわ、今ここには誰もとがめる人なんかいないんだから』。ルナールは大喜びで近寄り、エルゼンを抱けば、彼女は尻をまくって大歓迎、二人は心ゆくまで楽しみました」)。これは、性に貪欲な女房と間男される亭主というファブリオ的テーマである。ルナールは国王でさえ寝取られ男にしてしまう(「ルナールは王妃様の穴に何回も突っ込んでいます。彼女から苦情が出たのは回数が少ないことだけです。聞いて見れば分かりますが、いくら突っ込まれても、穴がもうたくさんといったことはありません」)。ルナールは懺悔聴聞僧に彼の息子を殺害したことを告白し、次には彼をも食べてしまう。これなどは正面切った教会の偽善性批判というよりは、教会の厳粛な儀式の、笑いによるカーニヴァル的転覆である。

ケネス・ヴァーティによると、ウィリアム・キャクストン(William Caxton)が、フラマン語(フランダース語、フランドル語とも言い、中期オランダ語のこと)を英訳した『狐レナルド物語』(*the historye of reynart the foxe*)を出版した一四八一年以前に、狐を主人公とするヨーロッパ大陸の動物叙事詩とつながりのある英語の物語詩が二つあった。ひとつは作者未詳の『狐と狼』で、二六〇年頃に出た。もうひとつはチョーサーの『カンタベリー物語』のなかの「尼僧付の僧の物語」である。後者は、狐が雄鶏をおだてて罠にかけるものの、己れの虚栄心が災いして逃してしまう話である。雄鶏の名はチャンテクレール(Chantecler)で『ルナール物語』と同じだが、狐の名はラッセル(Russell)になっている。イギリスでは一世紀以上にわたり、キャクストンのテクストはほぼそのままのかたちで頻繁にリプリントされた。そしてブルースター(Brewster)は、一六八四年に、続篇『狐レナルドの息子レナルディンの策略』(*The Shifts of Reynardine The Son of Reynard the Fox*)を出した。『策略』

はよくリプリントされ、一六九四年と一七〇一年にはキャクストンのテクストとブルースターの続篇の合本が出た[21]。続篇では、レナルドは、処刑される前に二人の息子、ヴォルプスとレナルディンに莫大な財産を残す。そして裏切り者の豹フィラベルと女豹スライルックへの復讐を誓わせる。しかし遺産は奪われ、ヴォルプスは死ぬ。そこからレナルディンの冒険が始まる。彼は最初、ザレプの王国に入り、穴熊ブロケットと友人になる。ブロケットの忠告で修道院に入り、見習い僧となる。しかし、すぐに修道院生活に飽きて逃亡する。僧服を着てザレプのもとに戻り、免罪符を安く売って安楽な生活を送るが、僧服を失ったことでこの安楽な生活にも終止符が打たれる。故郷のフェラリアに帰り、猿のザニと会う。彼と共謀して今度は医者になりすまし、ドクター・ペダントと名乗る。手広く商売をし、名声を得る。今はもう年老いたフィラベルが病に倒れたとき、ドクター・ペダントは呼び出される。毒薬を盛って殺害し、父との約束を果たす。しかし、分け前をめぐってザニともめ、ザニはドクター・ペダントはペテン師だと触れ回る。獅子ノーブルに捕まえられる前に逃亡するが、その途中、山師とひと悶着あり、両耳と尾を切られてしまう。そのようななりを逆手にとって宮廷にそ知らぬ顔で入り、クラブロンを名乗ってスライルックに仕える。ノーブルは彼を徴発官にとりたてるが、最後には正体がばれて処刑台に運ばれる。しかし、そこでも大嘘をついて赦免を得る。悔いるところのないレナルディンはまた罪深い生活を送り、ふたたび捕まり、長い告白ののちに処刑される。この続篇には、『ルナール物語』とスペインのピカレスク小説とイギリスの犯罪者の伝記との興味深い融合が見られる[22]。

ボッカッチョとチョーサー以前の最も洗練された短篇物語と言われる『レー』（*Lais*）で有名なマリ・ド・フランス（Marie de France）には『寓話』という作品がある。だいたい一一六〇年から一一九〇年にかけて書かれたらしい。残っている写本の数（『レー』の五に対して二三）から判断すると、『寓話』の方が人気があったらしい[23]。子ども向きのものではなく、辛辣な社会批評も含まれており、同時代の社会と政治への作者の関心がうかがえる作品である。全篇が動物寓話であるのではなく、約三分の一に人間が登場する。中世ヨーロッパは、アイソポスの伝統に源のある二つの流れから古典古代の寓話を吸収した。ひとつはパエドラス（Phaedrus）のラテン語韻文、もうひとつは二世紀のバブリオス（Babrius）のギリシャ語韻文である。後者は四世紀にアヴィアヌス（Avianus）によってラテン語韻文に訳され、*Aviomnet* として知られるようになった。ここから「三学科」のうちの修辞学の教材が多く採られた。パエドラスの寓話は『ロムルス』（*Romulus*）という集成に収められて広まった。『ロムルス』の一部がフランス語による韻文訳の原典となり、『イゾペ』（*Isopets*）として知られるようになった。しかし、これは、マリ・ド・フランスよりのちの時代の話で、彼女の寓話とは直接的関連はない。このように中世の寓話は、修辞学の一部をなしていたものもあれば、教化のためというよりは娯楽のためのファブリオや民衆譚と密接なつながりをもつものもあった[24]。マリ・ド・フランスの『寓話』に登場する動物は、威勢のよい会話を交わし、その動作も視覚的に描かれている。愚かな夫を散々からかう女トリックスターとも言うべき女房も描かれている。

イギリスでは一六五一年にはジョン・オギルビーの『イソップ寓話』（John Ogilby, *Fables of Esop,*

Paraphrased in Verse and Adorn'd with Sculpture）が出た。一六九二年と一六九九年にはロージャー・レストレインジの『イソップ寓話』（*Fables of Æsop and Eminent Mythologies*）が、一七二二年にはサミュエル・クロクリールの『イソップ寓話』（*Fables of Æsop and Others*）が出たが、前者レストレインジ訳はステュワート王朝支持の、後者はハノーヴァー王朝支持の旗幟を明らかにした。トーリー、ホイッグいずれの派のパンフレット、定期刊行物にも寓話は溢れ、政治的風刺に使われた。人文学の伝統の流れを汲むグラマー・スクールでは教科書として使われる一方、大衆版も普及した。

以上、ファブリオの広い階層にわたる社会風俗の描写、現実主義、物質主義、教訓性、狐ルナールのトリックスター性をピカレスク小説の文学的土壌を形成するものとして指摘した。

四　ファブリオのノヴッラ／ヌーヴェル化

ボッカッチョ（Giovanni Boccacio）の『デカメロン』（*Decameròn.* 一三四八―五三年執筆。ヴェネツィア版一四七〇年、フィレンツェ版一五二七年）とチョーサー（Geoffrey Chaucer）の『カンタベリー物語』（*The Canterbury Tales.* 一三八七―一四〇〇年執筆?）には多くの共通点がある。いずれにも、古典的で理想的な優雅な記述と、庶民の体験・心理への関心が顕著な写実的描写が併存している。滑稽な事件や日常生活の喜劇をめぐる風刺的な「散文」精神の横溢する記述が生彩を放っている。いずれにも多数多様な人物が描き出されている。前者には王、教皇、枢機卿、諸侯、貴族、貴顕紳士、淑女、司教、僧院長、尼僧、騎士、兵士、隠者、裁判官、市長、芸術家、公証人、金貸し、医者、藪医者、職人、料理人、百姓、ならず者、泥棒、百姓娘、下婢など、後者には騎士、粉屋、家扶（荘園管理人）、料理人、弁護士、町人女房、托鉢僧、召喚吏、学僧、貿易商人、近習、郷士、医者、免罪符売り、船長、尼僧院長、修道僧、尼僧付の僧、錬金術師の徒弟、賄い方、教区司祭などが登場する。話の類似性という点では、「三日目第四話」と「粉屋の話」、「七日目第九話」と「貿易商人の話」「八日目第一話」と「船長の話」、「九日目第六話」と「家扶の話」、「十日目第五話」と「郷士の物語」、「十日目第十話」と「学僧の物語」とが対応する。(25) いずれの作品も、個々の話は、それぞれの話し手の性格と話ぶりによって変化が与えられている。いずれの作品にも、ダンテの『神曲』のような、人間を天上に引き上げようとする力よりは、人間を地上の生活につなぎとめようとする力が働いている。

ローラ・ケンドリックによると、英語がふたたび公式語《ファーザー・タング》になり、学校で教えられ、『カンタベリー物語』の「総序」の騎士の記述（「そして態度物腰といったらそれこそ乙女のようにやさしいものでした。他の人に向かって騎士にふさわしくない野卑なことばなぞそれこそ生涯に一度だって言ったことはありません。彼は真実《まこと》の、完全に気品高い騎士といえました」桝井迪夫訳）にあるような、洗練された規範的なコードができるまで、英語のファブリオはなかった。一四世紀の中頃になるまで、英語のファブリオが、その反抗的で攻撃的な、卑俗で曖昧な言葉遣いによって支配の座から追うべき公式語はなかった。適切な言葉遣いに従わせようとする圧力が強まれば強まるほど、そのような規範を嘲弄し転覆する喜びは増す。一三、四世紀のフランスで、言葉遣いや「態度物腰」を洗練化しようという努力が頂点に達していたときに、宮廷や上流社会でファブリオが大流行したのは、そういう理由によるとケンドリックは言う(26)。一般に「チョーサーのファブリオ」と呼ばれているものは「召喚吏の話」、「家扶の話」、「貿易商人の話」、「船長の話」、「粉屋の話」の五篇だが、ファブリオ的言辞が噴出する箇所はいたるところにある。たとえば「免罪符売りの話」では、「聖遺物」に接吻させてやろうと言う免罪符売りに対する宿屋の主人の罵倒は激越である。「そんなことが役に立つもんか、大きにお世話だ！　お前さんはお前さんの古ズボンにわしを接吻させようとしている、しかも、お前さんのお尻で汚れているのに、聖人様の遺物だなんて誓わせようとしている！　だが、わしはヘレナ聖人様がお見つけになった十字架にかけて、お前さんのきんたまを手に握ってやりたいものだ。遺物や遺物入れの代わりになあ。そいつを切り取らすがいい。お前さんがそいつを運ぶのを手伝ってやろうよ。そいつは豚の糞の中に祭ることにしてやらあ！」(27)（桝井訳）免罪符売りの説教と遺物崇拝の誘いによって醸し出された一見神聖な雰囲気が、宿の主人の卑俗な禁句の連発によって一挙に粉砕される。ちなみに、ジャン・ド・マンによる『薔薇物語』の後篇（一二七七年頃）のきわどい末尾では、女性性器が聖遺物として描かれている。「さてすべての装具［「女性が男性器をいうのに用いる言葉のリストに含まれている」訳者注］を身に着けたままの形で港に行き着けたとして、目指す目標に十分に近づくことができたら、これを聖遺物に触れさせてやりたいと思った。そして鉄を打ってはいない巡礼杖をつきながら歩み続け、道を進んだので、わたしは頑健で敏捷な若者として、ただちに二本の美しい柱の間に跪くに至った。恭順かつ敬虔な心で、賞讃すべき美しい聖遺物匣を崇めたいと渇望していたのだ。……聖遺物匣を囲んでいる幕を、わたしは少し持ち上げてみた。そして聖遺物匣の近くにあると知っていた像に近寄り、恭しく接吻した。それから巡礼袋を後ろにぶら下げた杖を狭間に差し入れて、安全に納めようとした。一気に入っていったかに思えたが、しかしまた出てきてしまう。再び試みた。けれどもだめだった。そのたびに戻ってきてしまい、どうしても入っていかない。そのうちなかに障壁のあるのがわかった。感じるけれども、目には見えない障壁だ。狭間は最初に作られたときに、こうして内部の防備を少し縁に近いところで固めて、より強固に、安全にしてあったのだ。……障壁を巡礼杖で破り、狭間のなかに潜り込むのに成功した。……ほどなく杖は貫いたが、巡礼袋は外にぶら下がっている槌とともに、狭間の前に取り残されていた。こうしてとても苦しい思いをすることになった[28]」。「寓意」が曖昧であればあるほど、さまざまな連想を誘い出す。読者が卑猥な連想を逞しくしていた自分に気づいても、何のうしろめたさも感じない楽しく健康な笑いがここにはある。アレゴリーとファブリオの融合である。

先ほど挙げた『デカメロン』と『カンタベリー物語』で対応する六つの話は、いずれも結婚（生活）に関するものである。結婚（生活）はファブリオにおいてとくに好まれる素材であるが、両作品においては、当然のことながら、ファブリオよりももっとふくらみのある扱いがなされている。『デカメロン』は、疫病が流行したときにフィレンツェ近郊のフィエゾレに避難した一〇人の男女が、無聊を慰めるために語る話という大きな枠があり、『カンタベリー物語』も巡礼の旅路で語られる話という大きな枠がある。両者いずれも真面目な枠の中にあるが（『カンタベリー物語』の個々の話の「まくら」は、あとに続く話が滑稽な場合でも、いたって生真面目である）、それが語りのゲームといった雰囲気によって和らげられている。語られる話は真面目なものもあれば滑稽なものもあり、ひとつの話のなかにも真面目さと滑稽さが共存し、全体として多様性を高めている。いずれの作品も結婚（生活）の悲喜劇的様相を描いている。若者と老人がそれぞれ自然の衝動と抑圧・偽善を表わすものとして前者にひいきめに扱われているように思われるが、このあたりの判断はつけにくいくらい曖昧に描かれており、簡単な分類評価はできない。それは文体にも言えることで、素材は低俗でも文体は遊戯性にみちた豊かで複雑な場合もあれば、内容は高尚でも卑俗な文体で土台が切り崩されている場合もある。夫の性的不能や吝嗇を自己正当化の口実に持ち出す妻への共感のベクトルは複雑に屈折させられ、ファブリオとは違い、教訓性は希薄かつ曖昧になっている。両作品は、描かれる類型的人物が、特定の状況に置かれていることにより、ファブリオの人物に較べて個性をもたされていることが共通している。「チョーサーのファブリオ」五篇は、ファブリオというよりは「ノヴェッラ」「ヌーヴェル」に近づいている。『デカメロン』の英訳（*The Decameron, Containing an Hundred Pleasant Novels*）は一六二〇年にロンドンで出たが、その前に、ウィリアム・ペインターの『歓楽の宮殿』（William Painter, *The Palace of Pleasure*, 1566–67）に多くの話が収められた。両作品に描かれた社会階層と風俗の多数多様性（異種混淆性）、両作品の「ファブリオ」（ヌーヴェル化したファブリオ）を、イギリスのピカレスク小説の形成要素として指摘したい。

五　スペイン・ピカレスク小説の先駆けの英訳

一三三〇年頃に出たファン・ルイス（Juan Ruiz）の『よき愛の書』（*Libro de Buen Amor*）は、一応中心的テーマは「愛」と言えるが、とくにプロットはなく、多数の脱線からなる奇書である。自伝風の一四ほどのエピソードが連ねられているとも言える（「私は、自分がこのうえなく粗野にして浅菲才な男であるにもかかわらず、罪深い現世の物狂おしい愛が魂や肉体からいかに多くの善を奪い去って、あまたの罪悪へと誘い導くかに思いをはせ、同時に、よき意志をもってわが魂のために救済と楽園の栄光を選び求めつつ、絶えず善を心に留めてこのささやかな本を書いた。そして、私が作ったこの新たな書物のなかには、この世の一部の者たちが罪を犯すために用いる狂おしい愛の手練手管《てくだ》や巧妙なまやかしもいくつか書き記してある」[29]）が、それぞれのエピソードが寓話や論争などによってさらに寸断されている。脱線を構成する要素には、フランスのファブリオ起源と思しき教訓的寓話、「愛の神」（「私の弟子」オウィディウス『愛の手ほどき』にもとづく）と主席司祭との論争、「謝肉祭の王」と「四旬節の女王」の戦いなどがある。『デカメロン』と『カンタベリー物語』のファブリオ的諸篇と同様、窮極的「メッセージ」は曖昧である。情熱と倫理、自由と宿命、善と悪などの相反する力に翻弄される人間の姿が、機知に富んだ表現で描かれているが、「イータの首席司祭たる私、フアン・ルイス」が、聖職者として永遠の救済を説いているのか、苦しみもあれば喜びもある現世との妥協を奨めているのか曖昧なのである。次の箇所を読むと、それが意図的なものであることがわかる。「こうして私はささやかな書物をしたためた、しかしその解釈はささやかどころか、延々たる散文を必要とするだろう。本書のそれぞれの寓話にしても、表面の美辞麗句に表現されていること以外の意味がこめられているからである[30]」。

フェルナンド・デ・ローハス（Fernando de Rojas）の『ラ・セレスティーナ』（*Tragicomedia de Calisto y Melibea, c.* 1502. やがて一般には *Celestina* として知られるようになる）は、全二一幕からなるが、全編対話形式による小説と考えてよい。恋に狂った上流階級の男女を利用して、下層階級の人間たち（取り持ち女、従僕、娼婦）がひともうけをたくらむが、本人たちのみならず、恋人たちも命を落としてゆく話（「カリストとメリベーアの悲喜劇」）である。セレスティーナは「この町で商売をはじめた女の子でね、……あたしが処女膜の再生に力を貸してやらなかった娘なんて、ほとんどいやしないよ」と豪語する「性悪で狡猾な」「ひげの濃い老婆」、「およそこの世の悪事という悪事に通じた、狡猾な妖術つかい」である。ピカロと呼べる登場人物は「強欲と悦楽の針によって忠義のこころがひっかけられて、この女［セレスティーナ］からたぶらかされたあげくに不実者になりはてた」従僕二人、センプローニオとパルメノである。パルメノは「窮乏、貧しさ、空腹、これ以上の師がこの世にいるもんか、これほど才能を掘り出し、磨き上げてくれるものが他にあるか」と居直る。稼ぎの分け前でもめ、二人はセレスティーナを殺害する。二人は司直に捕えられる[31]。

チョーサーが一三六六年にスペインにいたとき、『よき愛の書』に出会った可能性がある。ジョン・バウチャー（John Bourchier）が一四九五年にフランス語訳にもとづいて英訳した。『ラ・セレスティーナ』は、ジョン・ラステル（トマス・モアのサークルの一員）による部分訳が一五三〇年頃に出た。ジェイムズ・マッブ（James Mabbe）による全訳が一六三一年に *The Spanish Bawd* として出版された。このスペインの二作品の英訳は、スペインの代表的なピカレスク小説三作品の英訳に次いで重要であると考える。

六　ノヴェッラ的「例話」から（強引に）引き出される「教訓」

グレーヴィチは、ノヴェッラの起源の一部は中世の例話、つまり説教集や教訓集に収録された短い小話のなかにあると考える。例話のかたちで形成された常套的モチーフが、ルネサンス期のノヴェッラでも用いられているからである。しかし、主題や舞台が完全に現世に移されると、中世の例話のもつ神話的指向性を示す民衆意識のキリスト教理解が絶えたと言う[32]。例話とノヴェッラの関係は、可能性を秘めた未開拓の領域である。英文学史に置き換えるのならば、ペトルス・アルフォンシ『知恵の教え』（Petrus Alfonsi, *Disciplina Clericalis*）、『ゲスタ・ロマノールム』（*Gesta Romanorum*）、ジョン・ガワー『恋する男の告解』（John Gower, *Confessio Amantis*）のもつ小説性の検討ということになる。

『知恵の教え』は、アルフォンシによると「一部は賢者たちの格言や訓戒から、一部はアラビア人たちの格言や訓戒、物語や詩から、一部は動物や鳥の寓話から採って編んだもの[33]」である。訳者西村正身氏の解説によると、ペトルス・アルフォンシは、スペイン系ユダヤ人モーシェ・セハラディの改宗後の名前である。一一〇〇年頃、四八歳の彼は、ヘンリー一世（在位一一〇〇—三五年）の侍医となるべくイギリスに送られた。翻訳は、一二世紀から一五世紀の間に、フランス語、スペイン語、カタロニア語、ガスコーニュ語、イタリア語、ドイツ語、英語、アイスランド語のものがあった。「邪まな女について」の五七の例話などはファブリオや『デカメロン』に通じるものである。先生と生徒の問答にはヒューモラスなものがある。生徒のひとりが先生に「七つの学科、七つの技能、七つの教え」とはどのようなものか数えあげていただきたいと質問すると、先生は、これこれのことができる者、と長々しい説明を続ける。すると生徒は、「今の時代にそのような人はひとりもいないと思います[34]」と答える。鋭い観察を含んだ処世訓もある。「敵に対しては一度用心しなさい、しかし友人に対しては千度だ。なぜなら、ひょっとしたらいつか友人が敵になるかもしれず、そうなったら彼はあなたの不利になることをいともたやすく見つけ出すことができるであろうから」。「人間というものはたとえ良くなくても三つのことに喜びを感じる、自分の声と自作の詩と自分の息子に[35]」。

『ゲスタ・ロマノールム』のラテン語原典は一三世紀末頃にイギリスで成立したと考えられている。初期近代英語版には、一六世紀初め（一五一〇—一五年）の、キャクストンの後継者ウィンキン・デ・ウォルデ（Wynkyn de Worde）のものと、一六世紀後半期（一五七七年、再版一五九五年）の、

R・ロビンソン（R. Robinson）による改訂版がある。内容は、訳者伊藤正義氏の分類によると「聖者伝も若干あるが、その他は伝説・史話・逸話・動物報恩譚・笑話・寓話・奇聞・ロマンス・知恵話・由来話・艶笑譚など、ありとあらゆるジャンルの物語が次々に登場する」。『知恵の教え』と同様、物語と説教・教訓の二部構成になっている。訳者の言うように、牽強付会としか言いようのない物語の神学的解釈も散見する。次の第一七話の「教訓的解説」などは、牽強付会を通り越してグロテスクなまでに滑稽である。「主は天の美禄を売る店、〈極楽亭〉を持っておられる。そしてその酒屋の表《おもて》には、美しい看板、すなわち十字架がかかっている。さて、酒屋の主人というものは、客が大勢押しかけると、酒を高く売る。客足が途絶えると、酒を安く売るか、もしくは全部蔵にしまい込まなければならない。主もまたご復活の後、聖霊をお送りになって、人々にみずからの美酒を分け与えられた。その時道行く人は群をなして押し掛けた。すなわち、使徒やその他の聖者たちの説教によって、人々は改心したのであった。そしてその時酒屋の主人、すなわち私たちの主イエス・キリストは、みずからの美酒〈天の美禄〉を高い値段でお売りになった[36]」。第二八話はファブリオ、ノヴェッラに近い内容のものである。求愛されている奥方に老婆が小犬を指し示し、娘が若者の激しい恋を受けつけなかったため、若者は死に、その罰として娘が子犬に変えられたと語る。子犬にされないように、若者の思いを遂げさせてやりなさいと老婆は「助言」する。「かくして老婆の策略により、奥方は不義を犯したのであった」。訳者注にあるように「恋愛を拒む貴婦人が、自分と同じ境遇のたどる不幸な運命を見聞して恐ろしくなり、恋を受け入れる気になる」という筋が『デカメロン』にも『恋する男の告解』

にもある。このような話に対して、奥方＝「霊魂」を若者＝「俗世の栄華」が誘惑しようとするが、奥方がなびかないとき、老婆＝「悪魔」が登場し、涙を流す子犬＝「長命への希望」「神の慈悲に対する過大な期待」を利用して奥方を罪に走らせる、という「教訓的解釈」が施される。[37]『ヴェニスの商人』の「人肉裁判」のヒントになった第一九五話では、騎士を救うべく裁判官に扮した姫は「神のお姿に似せて造られた霊魂」であり、騎士は「霊魂の伴侶たる肉体」である。騎士は、姫に支払う金を借りたとき、自分の持ち物を抵当に入れた。「同様に人は、キリストに従うべく、つまり霊魂姫を喜ばすべく、自分の全財産を売らなければならない。だがあさましい肉体は、霊魂を罪に同意させたいという願望がかなえられないと、しばしば都すなわち現世に赴く」。そこで商人＝「悪魔」に出会い、罪への同意に「捺印」させられる。自分に仕えるように求める悪魔に対しては断髪、男装しなくてはならない。これは霊魂からの邪念の排除を意味する。さらに「裁判の場」「契約書」について「教訓的解釈」が続くが、第二八話に較べ、はるかに説得力をもったものになっている。[38]

『恋する男の告解』は、「恋する男」がヴィーナスに恋の病の治療を希望し、彼女の司祭であるジーニアスが聴罪師として男の告解を聴くという内容である。聴罪師は七罪源（高慢、嫉妬、怒り、怠惰、貪欲、貪食、邪淫）とそれから派生する罪悪について、例話とそれを恋愛になぞらえた例話を語りつつ、「恋する男」に助言を与える。たとえば第五巻の「貪欲」の「暴利」について、聴罪師はそれがいかなる罪悪であるかを語る。聴罪師は、売るときと買うときに別の升や秤を使う「暴利」は金儲けにも恋愛にもあると言う。それ相応の金をかけないと金は戻ってこないから、「暴利」は貧しい庶民よりも金持ちにふさわしい。しかるに、貧乏人が、仲買人の助けを借りて、愛がないのにあるように見せかけて、恋の「暴利」をむさぼっているのがしばしば見かけられると聴罪師は言う。「恋する男」は、それは自分には該当しないと長々と抗弁する。「彼女はウィンク一つで私の心のすべてを奪い、私を死ぬまで彼女に力の限りを尽くす彼女の下僕とすることに成功したからです。……私は商品に対して大金を払いながらその品物がもらえず、従って貧乏にならざるを得ない者と同じなのです」。「恋する男」の不平不満に対し聴罪師は「その一瞥がお前の心の何倍もの値打ちがあるような女かもしれないのだ」[39]と一蹴する。結局二人の会話は終始かみあわず、ヴィーナスに宛てた「恋する男」の嘆願書を聴罪師に届けてもらうことになる。姿を現わしたヴィーナスは「恋する男」をなかば嘲りながら、こう言う、「お前は若い気でいるけれど、お前の顔に書いてあります、若駒ではなく老いぼれ馬だということが。お前のようなものは大勢います。寄る年波に気付かず、馬力がなくなっているくせに、うわべだけ若いふりをしている者がね」。「恋する男」は「水を掛けられた炎のようにしゅんとな」り、「突然寒気に襲わ」れ、「彼は死人のように蒼白とな」り、「失神して地面に倒れ」る。[40]「恋する男」は実は老人だったという予備知識があっても、何度読んでも衝撃的な結末である。

ピカレスク小説の一人称の語り手が、自らの生涯から「教訓」をやや強引に引き出す手続きに通じるものがあると思い、代表的な例話集を三冊取り上げた。

七　ノヴェッラ、ヌーヴェルの盛期

フランス中世封建社会は、一三世紀の聖ルイ王の治世の頃に最も絢爛たる時代に到達した。フランス中世文学は、一三三七年に百年戦争が勃発してから転落の一途をたどった。戦乱が収まる一四三五年頃まで、雄大な作品も繊細な作品もほとんど産み出されることはなかった。一四世紀のイタリアにはダンテ、ペトラルカ、ボッカッチョ、イギリスにはチョーサーとガワーがいたが、フランスには彼らに匹敵する巨匠は生まれなかった。フランスが文学的に再生したのは、一五世紀の中期以後、すなわちシャルル七世の晩年およびルイ一一世の治世においてであった。ふたたび百花繚乱と咲き出た作品群のなかに散文物語集『サン・ヌーヴェル・ヌーヴェル』（一四六二年）があった。時には卑猥にわたるが人間の本性を赤裸々に語る大らかな精神、表現の生々しさ、構成の緻密さ、絵画的できびきびした会話がその表現上の特徴である。百話の内容にはファブリオと『デカメロン』の影響が見られるが、道徳的批判がほとんどないのは宮廷風理想主義の衰退期の特徴なのか、全体にアイロニックである。とくにファブリオ的と感じられるのは、恋人のところから帰った妻が、夫と侍女が「今し方自分のしたばかりの仕事と同じような似たような仕事」をしているのを見て、侍女に食ってかかるが、仕返しに自分のことを侍女にバラされる第三九話、夫が宿屋の主人に妻を口説くように頼み、約束の時刻に夫が妻の寝床に忍び込む。翌日、期待はずれでがっかりしている妻に種明かしをして「これからはお前さんの持物で辛抱するのだ」とさとす第六五話、取り込み中に夫が帰宅し、便所の穴に頭を突っ込んで隠れていた恋人が姿を現わしたの見て悪魔だと思う第七二話である。(41) 編者は、ディジョンにおいてこの本を献上したフィリップ善良公《ル・ボン》の家臣だが、編者が全篇の作者であるとは考えられない。側近貴族たちが集まって代わる代わる語った面白い物語を集めたという体裁になっている。前に「絵画的できびきびした会話」と記した特徴を、デイヴィッド・ラガーディオは詳しく次のように説明している。登場する人物たちは、社会的かつ意味論的な体系においてそれらの人物を定義する図像的細部によって構成されている。この図像的細部には、結婚(生活)の慣習、社会階層の差異、男女の行動の差異の略記として働く具体的な物、服装、名前が含まれる。『サン・ヌーヴェル・ヌーヴェル』の読者にはこのような略号体系《コード》が共有されていたと言う。(42) もしそういうことであれば、武器の改良と戦術の進歩により無力感を深めていたフランス斜陽貴族の目には、新興市民の台頭は図像的にも歴然としていたということであろう。

中世フランス文学の再生を象徴するもうひとつの作品『結婚十五の歓び』(*Les Quinze Joyes de Mariage*. 岩波文庫の訳者新倉俊一氏の「解説」によると、制作時期の下限は一五世紀中葉以前、上限は一三七一—七二年)は、題名が一見結婚を讃美するようなものでありながら、実は一五の歓びとは一五の責め苦、苦悩、悲哀である。結婚生活に身を投ずるのは「いったん中に入ってしまえば、ふたたび出ることはかなわぬ魚梁《やな》」に封じ込められるに等しいと、逸名の作者は早々と「序文」で明らかにする。作者の関心は、日常生活に見られる具体的事件、夫婦間の葛藤を緻密に生き生きと描き出すことにあるようで、心理と性格が見事に反映された会話の描写が作品の中心をなしている。女性にのみ憎悪が向けられているわけではなく、結婚の悲惨の原因を理解できない夫の愚かしさも容赦なく批判されている。筋の運び《アクション》の巧みさ、会話のあざやかな効果はヌーヴェルを思わせる。

『デカメロン』の影響を受けた本国イタリアの作品がいくつかある。まずフランコ・サッケッティ（Franco Sacchetti）の『三百物語』（*Trecentonovell.* 一三九二―九九年執筆）がある。ペストや戦乱に弄ばれる今の世に思いをめぐらせ、苦しみを笑いで慰めてくれる読み物として本書は企てられたと「はしがき」にある。日常的事件、世間話、世の中の偽善、逸話、市井の生活の喜怒哀楽が、あるいは役人や傭兵隊長の言動と性格が、写実的かつ風刺的に描かれており、庶民の生活の活気が伝わってくる作品である。マッテーオ・バンデッロ（Matteo Bandello）の『新奇な物語集』（*Quattro libri delle novelle*）は「さまざまな場所と時代の、さまざまな人の身に起こったさまざまな出来事」（序文）を扱い、読者の啓蒙をめざすという体裁になっている。ペインターの『歓楽の宮殿』にその英訳が多く収められている。「ロメーオとジュリエッタ」はシェイクスピアに題材を提供した。ジュリエッタが薬を飲む前の、「喉を刺され、血まみれのテバルド」の死体の傍に置かれる恐怖と「激しい愛の炎」の葛藤の描写に迫力がある。半時間後に死の迫るロメーオは、腕に抱いたジュリエッタが目をさましたのに気づき、「無上の喜びと無限の苦しみ」を切々と語る。ピエートロ・アレティーノ（Pietro Aretino）の『好色浮世噺』（*Ragionamenti*）は「性」を正視し、前面に押し出した作品である。ジャン・バッティスタ・ジラルディ・チンツィオ（Giovan Battista Giraldi Cinzio）の『百物語』（*Ecatommiti*, 1565）は、「高貴な紳士淑女が旅をしながら語る百の出来事」という副題からもわかるように『デカメロン』に多くを負っている。シェイクスピアは、この短篇集から『尺には尺を』と『オセロー』の着想を得た。旗手（イアーゴ）の動機はディズデーモナへの「横恋慕」であるが、夫人の心はひとりモーロ（オセロー）に占められている。彼女がモーロの片腕の副官に気があると邪推し、「夫人に燃やしていた愛の炎をどす黒い憎悪に変え」る。ジャンバッティスタ・バジーレ（Giovambattista Basile）の『五日物語』（*Pentamerone*, 1634）も『デカメロン』に枠を借りている。もっとも『五日物語』という呼称は出版元につけられたもので、正式には『お伽話のなかのお伽話』（*Lo cunto de li cunti*）である。『五日物語』は、大公タッディオが昔話を所望する妃のために募集選考した一〇人の老婆によって一日ひとり一話ずつ、五日間にわたって語られたお伽話の集成という体裁をとっているが、その語り口にはお伽話や昔話の素朴さはない。一〇人の老婆たちが豊かな現実感覚と素朴な正義感を発揮して饒舌に語る物語には、機知、風刺、残酷、好色に溢れている。(43)

フランスにも、『サン・ヌーヴェル・ヌーヴェル』以上に『デカメロン』を意識した作品が生まれた。フランソワ一世の姉であるナヴァール王妃マルグリット（Princesse Marguerite de Valois, Royne de Navarre）は早くから写本で『デカメロン』を読み、これに匹敵する作品がフランスにないことを痛感し、自ら筆をとって、フランス語の『デカメロン』を書くことを思い立った。ちなみにマルグリットに奨励されたル・マソンの『デカメロン』のフランス語訳は一五四四年に出た。『エプタメロン』

（*L'Heptaméron des Nouvelle*, 1559）の一〇人の語り手が同じ場所に集まり、毎日ひとりがひとつずつ物語を語るという形式は、言うまでもなく『デカメロン』に借りたものである。話の大部分が当時の日常的事件で占められており、超自然的な話や荒唐無稽な話はない。マルグリットは、王侯、廷臣、役人、代言人、商人、従僕、農民など、さまざまな階層の人物を描き分けた。ファブリオ的な話（八、三四、四七話）やスカトロジックな話（一一、五二話）もあるが、恋愛風俗や聖職者の生態について「ありのままを話す」と何度も述べており、これは作者の志向するリアリズムの表明である。『クレーヴの奥方』、『危険な関係』を思わせる心理小説的な話（一〇、一九、二一、二六話）に見られるように、作者の関心は、情景描写にあるというより、人物の心理や言動にある。ファブリオや『サン・ヌーヴェル・ヌーヴェル』では、愛の情熱は人間に滑稽で愚かしい喜劇を演じさせるものとして笑いの対象になる場合が多いが、マルグリットは愛の情熱を自然な感情とみなし、その多様性（快楽追求としての愛、宮廷風恋愛、ネオ・プラトニズム的恋愛、等）を描いている。これは愛に関する語り手たちの意見の多様性に対応する。たとえば、以下の第二日の第八話（通しで第一八話）をめぐって議論が交わされる。ひとりの名門の貴公子が美しい貴婦人に恋をした。「愛の神様がこの貴婦人の美貌によって彼を征服したとき、すでに彼女の心もまた、この貴公子の数々の魅力の虜になっていました」。男の方は、若者らしい内気さから、つとめて控え目に求愛した。貴婦人は女らしい羞いから、しばらく本心を隠していた。しかし彼女は、恋人の愛と忍耐と忠実さを試すために、むずかしい条件をつける。その条件とは、二人とも肌着一枚で同じベッドに入り、閨の語らいをしてみたい、ただし彼は言葉と接吻以外のものを自分に求めてはならない、というものである。男は最後まで我慢し続ける。ところが貴婦人は、彼のこういう態度に満足するよりもむしろ驚き、自分に幻滅したのではないかと内心思う。そこで女は、約束の履行を迫る若者に、今夜一時頃に私の部屋に来なさいと言うが、美人の小間使いをベッドに入れておく。男は怒って立ち去り、しばらくは貴婦人の家に寄りつかなかった。若者に再会したとき、貴婦人は心から許しを乞うた。このとき以来、男は心ゆくまで、その愛をかなえてもらった。この話をめぐって女嫌いの皮肉屋シモントーは、この貴婦人が条件をつけたのは、自分を実際以上に見せたかったにすぎないと言い、ネオ・プラトニスト的理想主義者タゴンサンは、この男は前半で誠意と忠実さと忍耐強さを示し、後半では真の模範的な恋人であることを立証したと言う。宮廷愛の擁護者サフルダンは、男の品行方正ぶりが、はたして美徳のためか、はたまた不能のためか、その後の振る舞いで判断したいと言う。洗練されたジェビュロンは笑いながら、「昔私は、包囲された砦が力づくで攻め落されるのを見たことがあります。それは脅しても金で釣っても、向うが交渉に応じなかったからです、交渉に応じた砦は、半ば落ちたも同じだと言われていますからね」[44]と曖昧なことを言うが、若者の勝利は時間の問題だったということか。それはともかく、このような話の意味の多義性をマーセル・テトルは「真理の分散化《スプリンクリング》」と名づけた[45]。ナンシー・M・フレリックは、『エプタメロン』は、「権威への欲望」、「容易な解答」、「閉止」を相手に、さまざまな言説・解釈を呈示しつつ戯れ、それと同時に、さまざまな見解の衝突を露呈させることにより、そもそも想定されている「権威ある単一の意味」を切り崩していると言う[46]。

八　ドイツのピカレスク小説

作者未詳の『ティル・オイレンシュピーゲル』（*Till Eulenspiegel*）は、低地ドイツ語で書かれたか、もしくは印刷されたオリジナルがあったものと想像されているが、そのオリジナルが散逸してしまったらしい。いずれにせよ、シュトラスブルク版の初版は一五一五年に出た。低地ドイツ語で「ウレンシュピーゲル」（"Ulenspiegel," "Ul'n speghel"）とは「尻（spiegel. 猟師の隠語）をふけ（ulen）」の意であるという。高地ドイツ語では「オイレンシュピーゲル」は「オイレン（梟）」と「シュピーゲル（鏡）」と語源的に分析される。(47) ティルは、彼のことを知らない地方でいたずらをするときは、白墨や木炭で戸口にフクロウと鏡を描いてから、ラテン語で「カレココニアリ」と書くことにしていた。「尻」に関連する尾籠な言葉はいたるところに鏤められているし、女と酒に目のない司祭たちの生活ぶりは「鏡」に映し出される。ティルは、あるときは遍歴職人として空腹に苦しみ、あるときは王侯貴族のもとでお抱え道化師として豪奢な生活を送るといった具合に、その像が一貫しないが、他者を嘲笑の対象にする積極的な挑発者という点では一貫している。あるときティルはニュルンベルクにやって来て、教会の扉や市役所に、われこそは万病を治す名医なり、という広告を貼り出す。病人であふれていた慈善病院の院長は、広告どおりなら報酬をはずむとティルに言う。ティルは病人たちに「いちばんの重症患者を丸焼きにして、粉薬をつくり、それでほかの患者たちを治したいと思うのじゃ」と言い、最後に病院を出ていく者が他人のつけを払わねばならぬ、とつけ加える。「さて、オイレンシュピーゲルがとりきめ通りどなるや否や、病人たちはたちまち走り出しました。なかには十年間寝たきりの病人も幾人かいたとか」。ゲオルゲ・ボレンベック（George Bollenbeck）は、ティルの多面性をこう表現している、「百姓に代わって仇を討つ者、抑圧された者の代表者、ロマン派的敗北者、反抗者、虚無主義者、冷淡な人間裁断者、ドイツ土着の機知の体現者、言語批評家、ろくでなし、低地ドイツ語のユーモアの目録作成者、サタンの象徴、寄生者、物質主義の冷酷な精神の化身、「我－汝」の関係の開明的探究者、人類の裏切者、冷笑家、新時代の代表者(48)」。またポール・オッペンハイマーは、ティルは宮廷道化師、放浪者、探検家、役者、悪漢といった中世・ルネサンスの人間類型の統合であり、当時の人文主義的関心である風刺と言語学《フィロロジー》の才能を具えていると言う(49)。『ティル・オイレンシュピーゲル』は、作品自体は明示的なメッセージを伝えない。作品は、ティルの冒険の数々において、人間の愚かしさを映し出す「鏡」として機能している。ティルの攻撃に晒される可能性のある自らの弱点を自覚している読者は、ティルとの間に距離をとりつつ、類型として描かれているがゆえに同情を誘う度合いの低い人物が攻撃されることに、そしてティルが人間の弱点と愚かしさと堕落を増幅してみせることに、奇妙なカタルシスを覚える。

「遺産」のエピソードを取り上げてみよう。ティルは友人たちに遺産の入った重い櫃を残すが、死後四週間たってから開けることという但し書きが添えてあった。その日が来て開けてみると、櫃には

der Abentheuerliche
Simplicissimus Teütsch
Ich wurde durchs Fewer wie Phœnix geborn.
Ich flog durch die Lüffte! würd doch nit verlorn,
Ich wandert durchs Wasser, Ich raißt über Landt,
in solchem Umbschwermen macht ich mir bekandt,
was mich offt betrüebet und selten ergetzt,
was war das! Ich habs in diß Buche gesetzt,
damit sich der Leser gleich wie ich itzt thue,
entferne der Thorheit und lebe in Ruhe.

図版 8　『ジンプリツィシムス』の口絵。作者本人がデザインしたものとされている。主人公がサテュロス，フェニックス，魚の合成体として表象されている。獣性に幽閉された人間のエンブレム。

石ころが詰まっているだけだった。受遺者である友人たちは、ティルに一杯食わされたとやっと気づくまで、抜け駆けされたのではないかと互いに疑心暗鬼になり、醜悪な混乱が続く。悪戯としても秀逸であるが、人間の浅はかな利己主義と欲深さを思い知らせるエピソードである。訳者未詳の *A Merye Jest of a Man that was Called Howleglass* が一五二八年に出た。

『ジンプリツィシムスの冒険』(*Der Abenteuerliche Simplicissimus*, 1668–69)で有名なハンス・ヤーコプ・クリストフェル・フォン・グリンメルスハウゼン(Hans Jacot Christoffel von Grimmelshausen)は、『ジンプリツィシムス』でも言及のあるように、ボッカッチョ、バンデッロ、『サン・ヌーヴェル・ヌーヴェル』を読んでいたし、アーサー王関連の物語、またマルティン・オーピッツ(Martin Opitz)の翻訳によりシドニーの『アーケイディア』も読んでいた。三十年戦争(一六一八―四八年)以前は翻訳の黄金時代だったのである。(50) もちろんスペインのピカレスク小説も読んでいたであろう。一七世紀の初めの二〇年間に、主としてアエギディウス・アルベルティーニ(Aegidius Albertini)による翻訳が出たからである。『ジンプリツィシムス』には三十年戦争の後半が生き生きと描かれている。主人公は農村育ちの純真で無知な少年だが、家が軍隊の略奪にあい、ひとり森の中に逃げこみ、そこで老隠者の保護を受け、読み書きやキリストの教えを学ぶ。隠者の死後、彼は森を出て、戦乱の世を放浪する。貴族の小姓、兵士、偽医者になり、世間にもまれるうちに、その名前(阿呆の意)に反して利口者になる。次のような辛辣な「名家」批判を口にするようになる。「偉大な英雄や名匠が死んでからも数百年にわたってその一族に高貴さを与えるような、どんな高貴な行為、見事な技があったというのか。英雄たちの強さ、名匠の知恵と深い理解力は彼らの死とともに消滅したのではないのか。……かくも多くの罪のない人々の血で汚されているものを、なんで称讃できようか。かくも多くの人々をあざむき破滅させて勝ち取られたものに、どんな高貴さがあるというのか[51]」。「英雄や名匠」とは違い、自分はただ環境の変化に即応するためにいろいろなことをせざるをえないだけだ、とジンプリツィシムスは言う[52]。しかし、世の荒波にもまれているうちに虚無的になり、シュワルツヴァルトの山中に引き籠り、彼自身が隠者となる（「私は再び世間を去り、隠者となった。……ここに最後までいるかどうか、私にはわからない[53]」）。軍役に服した筆者自身の伝記的事実に、空想的冒険が織り込まれ、茶番めいたエピソードを積み重ねて読者の興味をつないでゆく形式になっている。このような構成はスペインのピカレスク小説の定型であることは言うまでもない。永遠の秩序である神の国に憧れながらも現世への関心から抜け出せない内面の分裂・葛藤が作品を貫いている。一過性と永遠、滑稽と真面目、動と静の対照・交替が巧みである。アラン・メンヘネットの言うように[54]、過去と現在、トリックスターと改悛者の視点の転換のなめらかさは、語り手以外の「作者」の存在を影のように浮かび上がらせる。イギリスのピカレスク小説に先立つこと半世紀以上前に、ドイツに本格的なピカレスク小説が現われたわけである。

九　フランス・ピカレスク小説の先駆け

掛け値なしのフランスのピカレスク小説であるル・サージュの『ジル・ブラース』（一七一五—三五年）以前に、ピカレスク小説的要素を多く含む小説が現われた。シャルル・ソレル（Charles Sorel）の『フランシヨン滑稽物語』（*Histoire comique de Francion*, 1623, 1626, 1633）である。訳者渡辺明正氏によると、第三版は、第二版が改定されて一巻増補され、全一二巻となって物語が完結している。『フランシヨン』の初版は、宰相リシュリューの統制のもと、不穏の書として焼却処分されていた。ところが、一九世紀末に至って、約二七〇年のあいだ姿を消していた幻の書、一六二三年版が見つかった。どの程度「不穏」か、フランシヨンの発言を引いてみよう。「あなたは他の男たちのすべての恋人を愛撫しに行くことを禁じられないでしょう。女どもが生む子供はどの男のものか分からないだろうとあなたは私に指摘なさるでしょうが、そんなこと構うものですか。……このことは非常に大きな幸福の原因になるでしょう。何故なら、あらゆる優位やあらゆる貴族の身分を廃止せざるを得なくなり、誰もが平等になって、農産物が万人共有になるだろうからです。その時には自然法だけが尊ばれるでしょう」。初版の放縦さ、猥褻さ、過激な自由思想が減殺された第三版でさえも多く増刷された。一六二三年以後、一〇年間に一五回以上増刷され、さらにその後、一六六七年までに約六〇版を重ね、ルーアン、リヨン、トロワなどの地方版や英訳、ドイツ語訳も出版されていた。当時のフランス人はスペインのピカレスク小説に熱中していた。一六一八年にはビセンテ・エスピネル『従士マルコス・デ・オブレゴンの生涯』（Vicente Espinel, *Relaciones de la Vida del escudero Marcos de Obregón*, 1618）の第一部が仏訳され、一六一九年から一六二〇年にかけてシャプラン（Chapelain）がマテオ・アレマンの『グスマン・デ・アルファラーチェ』の翻訳で文壇に登場し、セルバンテスの『模範小説集』のなかのいくつかのピカレスク小説風の短篇も仏訳された。ソレルは『デカメロン』と『サン・ヌーヴェル・ヌーヴェル』からいくつかのエピソードを採り入れている。フランシヨンは地方の小貴族なのでピカロとは言いがたいが、反道徳性、主人公の一連の冒険、取り持ち役のアガト（「ああ、坊や［フランシヨン］、あなたはなんて人の好い、称讃すべき性質の方なのでしょう。私にはよく分かりますが、もしみんなの人があなたに似ていたら、結婚って何なのか分からず、結婚の掟は決して守られないでしょうよ(55)」）がセレスティーナを連想させる点、弁護士、代訴人、下級裁判官の記述に見られる社会風俗批判は、ピカレスク小説的な要素である。訳者注によると、初版「第三之巻」の「乞食たちややくざ者どもの行動」とある箇所では、第二版には続けて、「『グスマン・デ・アルファラチェ』や『ラサリーリョ・デ・トルメス』のような乞食たちが……」が追加されている。

ポール・スカロン（Paul Scarron）の『滑稽旅役者物語』（*Le Roman comique*, 1651）は、基本的には写実小説である。訳者渡辺明正氏によると、旅回りの役者一座が着いたル・マンの町の球戯場の様子、庶民の生活ぶり、役人たちの世界は、おそらくスカロンのル・マン在住時の観察にもとづいて描かれている。町の人たちが引き起こす滑稽な事件（狂言回しは小男の弁護士ラゴタン）に加え、何者かに脅かされている相思相愛の二人の役者、デスタンとエトワールと二人を取り巻く人々に、誘拐、追跡、再会などの事件が起こる。町の卑俗な人物たちを叙事詩の英雄にまで高め、日常卑近な現実を高尚な表現で描くスカロン得意のバーレスクの手法は、フィールディングやスモレットに影響を与えたかもしれない。一庶民が偉大な英雄に、卑小な事件が叙事詩的武勲にふくれあがる不思議さと滑稽感を醸し出す手法であると同時に、写実的描写が地を這う卑俗性に堕さぬための工夫であろう。

『滑稽旅役者物語』は、冒頭から叙事詩や英雄ロマンスの荘重体のバーレスクで始まる。「太陽は行程の半ば以上を終えて、世界の斜面にさしかかったので、その車は思いのほか速く走った。もし馬が坂道に乗じる気だったら、七、八分たらずの内にその日の残りを終えてしまったことだろう。ところが馬は力いっぱい引っ張ろうとはせず、主人の太陽が夜ごと宿るといわれている海の近きを告げる潮風を吸っていななきながら、棹立ちをして楽しんでばかりいた。もっと世間並の、もっと分かりやすいいい方をすれば、五時と六時の間のことだった、一台の馬車がル・マンの市場にはいって来た」(56)。夫婦喧嘩や町民の小競り合いを、戦場の戦闘になぞらえるのもバーレスクの得意とするところである。「彼［デスタン］はざわめきの聞こえて来た部屋にはいったが、何一つ見えないのに、拳骨や平手打ちや殴り合う大勢の男女の雑然たる声が、室内を踏み鳴らす沢山の素足の鈍い音にまじって、すさまじい騒音を立てていた。彼は無理にも戦闘員たちの間にまぎれこみ、いきなり一方から拳骨を、他方から平手打ちを喰らってしまった。……彼は手を振るいはじめ、両腕を車輪のごとく振り回し、後で血だらけになったその手にうかがわれるように、一つならずの顎をいためつけたのだった。この乱闘はなおかなり長い間つづいたので、彼は二十ばかり殴られ、その二倍ほど殴った。戦闘が最高潮に達した時、彼は腓脛《ふくろはぎ》を咬まれるのを感じた。そこに手をやると、何か毛むくじゃらのものにぶつかったので、彼は犬に咬まれたのだと思った。……［光が現われると］デスタンは彼らを分けようとしたが、彼に咬みついた動物であって、無帽の上に、ざんぎり頭だったので彼が犬と取り違えた宿の女将が、彼女と同じく裸で、髪をふり乱した二人の女中に助けられて、真っ向から彼に飛びかかってきた(57)」。「戦闘」場面はあと二頁ほど続く。ここで連想されるのは、フィールディングの『トム・ジョウンズ』の、ソファイア嬢のお下がりのドレスを着て教会に現われ、村人たちにからかわれた美人の女丈夫モリーの、村人の群集を相手にした大乱闘の場面である。「富農の庭に乳搾らるる牝牛の群が、演ぜらるる掠奪を嘆く仔牛等の声をはるかに聞けば怒号し吼ゆる如く、その如くこのサマセットシャの群集は鬨の声をあげて怒号しつ。叫喚、金切声、その他もろもろの叫び声の数は、集まれる人の数、否、各人の胸に湧く激情の数に劣らず。ある者は怒りに狂い、ある者は恐怖に怯え、またある者は事を好む以外に何の想念をも有せざるもあり。されど群衆の中に最も荒れ狂いて女らの激怒をあおり立てたるは、悪魔の妹にして影の形に添う如く悪魔と行を共にするかの『嫉妬』なり。嫉妬に駆られし女共はモリーに迫るよと見る間もあらせず、泥芥の類を矢玉と浴せつ。モリーは手際よく兵を撤せんとして果さず、向き直れり。と、敵の先頭に進んだる襤褸のベスを引っつかんで一撃の下に地に倒す。百に近き敵の大軍、大将倒るるを見るや浮足立って、新しく掘ったる墓穴の背後に退く。戦場は墓地にしてこの夕葬式の予定ありしなり。モリーは勝に乗じて追いすがり、墓のかたえにありたる髑髏をつかみざまいきおい猛に投げつければ、裁縫師の頭に発止とあたり、死せると生けると二つの頭《こうべ》は打合いて共にうつろなる音を発す。裁縫師はたちまち地上に長々と横たわり、頭と頭は相並びていづれが貴重なりとも分たざりけり」。(58) この調子であと三頁「戦闘」場面が続く。熟女(ブーヴィヨン夫人、ウォーターズ夫人)が美男子(デスタン、トム・ジョウンズ)に秋波を送る場面の描写もよく似ている。

フィールディングが『ジョウゼフ・アンドルーズ』(一七四二年)の第三巻第一章で、彼の「新種の著作」のモデルと考えているのは、とりわけ大陸の『ドン・キホーテ』、『ジル・ブラース』、マリヴォー『マリヤンヌ』、そしてこの『滑稽旅役者物語』なのである。小説論が開陳されるのも両者の共通点である。『滑稽旅役者物語』で言及されている作品名・登場人物・作家名は以下の通りである。『ポレクサンドル』(ゴンベルヴィル)、『誉れ高きバッサ』、『シリュス(アルタメーヌ)』(スキュデリー嬢)、ドン・キホーテ、エスプランディアン(『げに勇壮なる騎士エスプランディアンの武勲』、『アマディス・デ・ガウラ』の続篇のひとつ)、アマディス、『アストレ』(オノレ・デュルフェ)、カサンドル、クレオパトラ(ラ・カルプルネード『カサンドラ』、『クレオパトラ』)、「おのれ自身の事件を裁く」短篇(ドニャ・マリア・デ・サヤス・イ・ソトマヨールの短篇集『模範的・愛情的小説』所収)。『トム・ジョウンズ』のようにもっぱら語り手が論評するのではなく、何人かの登場人物の口を通して論評される。英雄ロマンスの長大さと大仰さ、牧歌ロマンスの牧歌的恋愛、「あまりにも教養のある紳士でありすぎて、時として気難しい、古代のあの想像上の英雄たち」の冒険、それらのパロディ、批判が展開される。推奨されているのは「ミゲール・デ・セルバンテスの短篇小説」（『模範小説集』）やサヤスの短篇小説などスペインの新しい小説であるようだ。それらの翻案の四つの物語が作中人物によって挿話的に語られている。

第5章　〈ノヴェル〉への胎動——〈散文〉の勃興（一）

一　散文ロマンスへ——識字率の問題

残存する中世ロマンスの写本の数（フランス二〇〇部以上、イギリス一〇〇部以上、スペイン五〇部以上、ドイツ五〇部以上、イタリア約一〇〇部）は、ほかの世俗ジャンルに優る読書層の存在を示唆するばかりでなく、その分布状況は、読者層の、地理的広がりと社会的多様性を示唆するものである。ニコラ・マクドナルドは、ロマンス、とりわけ中世イギリスのロマンスは、現代のリラトロジストが「物語的欲望《ナラティヴ・デザイア》」と呼ぶものを見事に例証していると言う。つまり、それらのロマンスは、まず第一に欲望をめぐる物語である。主人公の何か（夫、妻、恋人、自己の正体、跡継ぎ、富、財産、地位、政治的あるいは宗教的な支配、等）に対する欲望とその充足をめぐる物語である。作品の冒頭で挫かれた、あるいは目覚めさせられた主人公の欲望が起動力となって物語が進展する。欲望の充足を阻止する、あるいは遅延させるさまざまな障害・妨害が物語には介在する。恋人たちが結ばれる、あるいは家族が再会する、あるいは地位が獲得・回復されるというかたちで、たいていは数行で片づけられる結末に、読者は代行的欲望充足の喜びを見いだしていたのではなく、結末に至る途中の、掻き立てられる期待と増殖する欲望と拡大する想像世界に喜びを見いだしていたのであろうと言う。マクドナルドは女主人公の純潔《チャスティティ》を例にとり、それが文化的・社会的な規範として確立していたばかりでなく、ロマンスの約束事《コンヴェンション》としても確立されていたからこそ、それに対する侵害行為が物語を進展させる力として機能しえたのであり、物語を読む側の興味は、純潔が守られたという結末にあったのではなく、物語の初めと終わりに挟まれたさまざまな侵害行為にあったと言う[1]。結末に深刻なメッセージを読み取りがちな近代読者の読書慣習を矯正してくれる有益な指摘であると思う。

　ジョン・サイモンズによると、一二〇〇年から一五〇〇年の三〇〇年間にイギリスで最も多く作られ読まれた世俗物語は騎士道ロマンスであった。この三〇〇年の前半では、それらのロマンスは韻文（二行連句、四行連句、尾韻、頭韻）によって書かれており、その多くは起源をアングロノルマン語や古仏語の原典にさかのぼれるものであった。後半には、英語のアーサー王物語の流布と輸入されたフランスの散文ロマンスの影響で、散文で書かれるのが一般的になった[2]。ロマンスを始めとする中世の多くの文献は、女性の好ましさの源泉を高貴な生まれにおき、そのような女性を求める男性の資格も貴族の血におかれ、性的欲望の究極的源泉は要するに神秘化された血統に求められていた。しかし、キャスリーン・アシュリによると、[3] 好ましい女性像を提示する中世盛期の「コンダクト・ブック」では、善良な女性とは、瞑想的生活を送ることにより霊的救済を求める、謙虚柔和な女性であったが、中世の終わりに至ると、ブルジョワ層を読者対象とする「コンダクト・ブック」は、非‐貴族的な、活動的な女性像を提示しはじめ、中世からルネサンスにかけて新たに力をもちはじめたブルジョワ層のイデオロギー的特徴を示していると言う。

ヘンリー八世によって破壊されたグラマースクールは再建され、新しいグラマースクールも建てられた。一五六〇年から一六〇〇年にかけて最も盛んに新しい学校が建設された。一六世紀の後半に建てられた学校は、富裕階層の子弟を大学へ送る準備をする学校やグラマースクールばかりでなく、商人階層の子弟が通う女性経営の私塾《デーム・スクール》も多かった。[4] しかし、サンドラ・クラークは、一五八〇年から一六四〇年の都市部の男性の識字率を低くみており、約五〇パーセントと考えている。[5] アントニア・フレイザーによれば、一六〇〇年のロンドンの女性の識字率は一〇パーセント、一六四〇年は二〇パーセントであった。[6] ヴィヴィアン・ジョウンズは、一六四〇年には男性三三パーセント、女性一〇パーセント、一七〇〇年には男性五〇パーセント、女性三〇パーセント、一七六〇年には男性六〇パーセント、女性四〇パーセントという識字率を示したあと、この種の調査には不確定要素が多く、いまの数値は法律文書への（×印ではなく）署名にもとづき、一七五三年の結婚条例《マリッジ・アクト》以前の、そもそも署名の機会がなかった人々が除外されている点、読むことはできても書くことのできない人々が除外されている点を統計上のあやうさとして指摘している。[7] J・P・ハンターは、一八〇〇年までには、イングランドとウェールズで成人男性の六〇パーセントから七〇パーセント、スコットランドでは八八パーセントが識字能力をもち、女性は四〇パーセントから五〇パーセントが識字能力をもっていたとしている。(8)

「人口と社会構造の歴史のためのケンブリッジ・グループ」によると、識字率の向上が見られたのは、イーアン・ワットが「小説の勃興」期とみなす一八世紀ではなく、一七世紀中期であった。また、ワットは、一八世紀中期の「ノヴェル」作家の多くは女性であり、その読者も女性であったと述べているが、ロレンス・ストーンの『一五〇〇―一八〇〇年における家族・性・結婚』によれば、女性の識字率は、むしろこの時期に低下したのであった。(9) この説に従うと、小説はイギリスの近代化の産物であるとは断言できなくなる。デイヴィッド・クレッシーの推定によると、「内乱《シヴィル・ウォー》」期の男性の識字率は三〇パーセント、女性は一〇パーセントだった。この数字は、一七一四年までには男性四五パーセント、女性三〇パーセントに上昇した。イギリスのどこよりも識字率が高かったロンドンとミドルセックスでは、署名できる商人と職人は、一六八〇年代では七四パーセントであり、この数字は一六一〇年代と変わらなかった。しかし、一七二〇年代までには九二パーセントにまで上昇した。ロンドンとミドルセックスの署名できる女性は、一六七〇年代は二二パーセントだったが、一七二〇年代には五六パーセントにまで上昇した。(10) ロンドンとミドルセックスの女性に関しては、このデータはワット説を下支えするかもしれない。

女性の識字能力だけに注目すると、「内乱」期は二〇パーセント（フレイザー）、一〇パーセント

（ジョウンズ、クレッシー）、少し下って一七〇〇年は三〇パーセント（ジョウンズ、クレッシー［一七一四年］）、さらに下って一七六〇年は四〇パーセント（ジョウンズ）ということになり、ゆるやかな上昇カーブが認められる。クレッシーが、都市部の署名できる女性が、一六七〇年の二二パーセントから半世紀後の一七二〇年には五六パーセントへ上昇したと述べていることは、すでにみた通りである。ただ、署名できることをもって識字能力があるとみなせるのかという疑問は残るし、読むことはできても書くことはできない読者も予想できることだし、他人に読んでもらう「読者」も想定できるわけで、小説読者数の推定にはほど遠い。諸家の労を多としながらも、大まかな数字として受け止めるほかはない。むしろ女性作家の数、彼女たちの作品の数、発行部数が無理なら再版回数から、背後に女性読者の存在を推定もしくは想像した方がよいかもしれない。

一六三〇年代の印刷物の年間平均発行件数四九六件、一七三〇年代は一五七一件であり、一〇〇〇年で三倍では急増したとは言いがたい。予想できることだが、政治的激動期の一六四〇年代は一七六二件と多かった。この水準にふたたび達するのは一六八〇年代の同じく政治的混乱期であった。「内乱」期のパンフレット収集として有名なのは、書籍出版業者《ステイショナー》ジョージ・トマソンの、二万点に及ぶ、いわゆる「トマソン・トラクツ」だが、アレグザンダー・ハーラスの言うように、多様であったと思われるパンフレット読者層の実態解明にはつながらない[11]。テッサ・ワットによると、「内乱」以前には、伝統的・福音書的・保守的なパンフレットと思想的にラディカルなパンフレットが共存していた。印刷物といえども、そこには伝承性、口誦性、視覚媒体、文字媒体の相互作用が見られた[12]。さかのぼって、一六世紀のジャーナリズムの主要形態は、印刷されたバラッドであったとレナード・J・デイヴィスは指摘する。バラッドの歴史は古いが、印刷されたバラッドにも、従来の口誦性は重視されており、それと同時に、レイアウト、木版、活字書体など視覚性も重視されていたと言う。一五六〇年から一六五〇年にかけての書籍出版業組合の記録にあるすべての出版物のなかで、バラッドは四分の一から三分の一を占めていた[13]。

ニール・ローズは、エリザベス女王時代の最後の一五年間［一五八八―一六〇三年］における風刺的ジャーナリズムの始まりを考えるには、説教や道徳的論文などの説諭文学を参照しなければならないと言う。喜劇的な散文パンフレットは教訓的素材から直接に発達したからである。こういう素材は、センセーショナルなニュース（ペスト、内乱、奇形児の誕生、等）や都会の「悪徳」（芝居、服装の流行、等）に関する記事と中流のエリザベス朝人が好んだ「ためになる助言」の統合を目指したものであった。この種の文学の包括的な機能は、それまで説教師あるいは自称道徳家の独壇上だった場に、説教壇とは無関係のジャーナリスティックな企てが広がったということを意味した[14]。デフォーの『レヴュー』はこの系譜に連なるものであろう。

名著『リチャードソン以前の大衆小説』を著わしたジョン・J・リシェッティは、二〇年後の再版序文で、当時の執筆動機を回想している。いわゆる犯罪物や旅行記に加えて、恋愛悲劇や宗教的法悦を描いた作品、新しい知識と体験を提供する作品、日常生活を想像力で拡大し代行的興奮を与える作品が、物語に飢えていた社会的にも教育的にも恵まれない人々の間に読者層を見いだしていたことに気づいたからだと述べている[15]。さらにさかのぼって、エリザベス朝の非エリート層の多くの女性たちがロマンス読者であったことが、ルイス・B・ライトやキャロライン・ルーカスによって指摘されている[16]。

デイヴィッド・マーゴリースの『エリザベス朝イギリスの小説と社会』は、封建体制下の伝統が侵食されたこと、宮廷への貴族の集中化によりパトロン制が衰退したことを、教育を受けたエリザベス朝の作家が直面していた大きな困難として挙げている。さらに、貴族階級の子弟の大学進学の増加が、非 ‐ 貴族階級出身の大学出との、数少ない宮廷のポストをめぐる競合を熾烈なものにしたとマーゴリースは言う。貴族階級出身の大学出に公務ポストから押し退けられた非 ‐ 貴族階級の大学出は、知識の自然な捌け口として著述に向かった。このような作家は（ナッシュやグリーンやロッジのように）、公職志願のジェントリー層や興隆する商人階級に読者を見いだした。これらの作家は、宮廷向けの文学に内包される封建的イデオロギーに居心地の悪さを感じ、かといってこれまでの庶民の口誦文化に根差した文学にもなじめない読者の関心を反映するような作品を書くようになった[17]。書籍市場に参入することは、これらの作家にとっては、自らがその一員になりたいと思っている階級の規範を侵犯することであるので、彼らの苦悩は深まるばかりであっただろう。新しい読者のための新しい読み物とは、騎士道ロマンス、宗教と道徳の本、パンフレット、チャップ・ブック、説教であった。一七世紀のベストセラーは宗教的寓話と騎士道ロマンスであった。このような新しい読書嗜好は、教訓的な詩の流行や、古典の知識や古典の翻訳に対するピューリタンの反撥によって反証される[18]。

ポール・サルズマンによれば、翻訳を含む散文フィクションが（物語集も一点に数えて）、一五五八年から一六〇三年にかけて一〇〇点以上、[19] 一六〇〇年から一七〇〇年にかけて四五〇点[20]出版された。散文フィクションをどう定義するかによって数は違ってくると断っているが、ウィルソンとワーンカの紹介する、一六四〇年から一七〇〇年の間に、イングランドだけで四〇〇人の女性が出版したという推定[21]と較べると（その推定には彼女たちが何を出版したかは明示されていないが）、サルズマンの散文フィクションの定義が厳しすぎるように思われてならない。ちなみに、時代は一八世紀へと下るが、チェリル・ターナーの研究書には付録として「一六九六―一七九六年に書物として出版されたフィクション一覧」があり、それには一七四名のイギリスの女性作家名と四四六の書名が掲げられていて壮観である。[22]

二　中世フェミニズムの消長

教団の興隆期の修道院は、そのほとんどが上流階級出身者である尼僧に、男性に与えられるのと同等の教育カリキュラムを提供した。彼女たちは家政も教えられたが、実際の労働には加わらず、召使いの仕事を監督した。多くの尼僧は近代語のみならず、ラテン語にも通じ、写字室《スクリプトリウム》で写稿の仕事に勤しんだ。高い学識をもつ尼僧は、上流階級の女子、ときには男子のための学校を運営した。内乱や戦乱で男不足のときは、むしろ女性が読み書き教育の中心になった。十字軍遠征がきっかけで、女性が産業、交易に関わるようになり、手工業ギルドも、男性のみによって排他的に構成されていたわけではなかった。このように、一四世紀までは、女性の役割は、男性のそれと明確に差異化されていたわけではなかった。イタリアとドイツでは、大学で学ぶ女性がいたばかりでなく、女性の教授もいた。(23) 女性の高い知性を示すイギリスの例としては、ノリッジの尼僧ジュリアーナ（Juliana of Norwich）の『神の愛の啓示』（*Revelations of Divine Love*）と、マージェリー・ケンプ（Margery Kempe）の自叙伝『マージェリー・ケンプの書』（*The Book of Margery Kempe*）が挙げられる。後者は一九三四年に草稿が発見され、一九四〇年に印刷刊行された。告白的な宗教体験文学であるが、聖地巡礼の旅の体験が細部にわたって描写されている。(24) 同じ頃、フランスではクリスティーヌ・ド・ピザン（Christine de Pizan）が活躍していた。当時、散文物語は、女性蔑視的な見方に対する反駁の、そして女性に対する道徳的認知と擁護のための、有効な表現形式になっていた。(25) 周縁的な女性の立脚点が、時代に優勢的な女性蔑視のイデオロギーと言説に対する批判をより効果的なものにした。中世後期の女性たちは、伝統を批判できる立場を意識的に築き、伝統への盲目的な追従に異を唱える選択肢を手にした。(26) 一五世紀と一六世紀初期のイギリスで最も広く読まれた女性作家のひとりがピザンであった。ピザンは宮廷娯楽物から女性擁護論にいたるさまざまなジャンルの作品を著わした。数多くの豪華写本が、フランス語を話すイギリス人貴族の図書室に収められていた。彼女の死後は、英訳によってイギリスの読者の心をつかんだ。一四五〇年から一五五〇年の一〇〇年間に、彼女の作品の英訳が、少なくみても

図版 9　書斎で読書するピザン。ペップウェルが出版したアンスレイ訳『女たちの町の書』の挿絵。

九種類出た。ピザンは、宮廷愛の立場から騎士道のモデルを創造しようとして、騎士道の実践者の定義を、軍事行動経験者から、女性を含む戦場未経験者にまで拡大した。愛と騎士道の葛藤する従来のロマンスに異議を唱えたわけである。一五二一年、ロンドンの印刷業者ヘンリー・ペップウェルは、彼女の作品で最も有名な『女たちの町の書』(*Le livre de la cité des dames*, 1405)を *The Boke of the Cyte of Ladyes* として出版した。このブライアン・アンスレイ(Brian Anslay)による英訳は、原作にきわめて忠実であるうえに、これまで著者名を男性名に変えたもの、翻訳者を著者名にしたもの、ときにはチョーサーを著者としたものが出回っていたなかで、初めて著者名を正確に掲げた[27]。

『女たちの町の書』は、フェミニズム的立場からのユートピア小説である。マーガレット・キャヴェンディッシュの、女のユートピア世界を描いた『輝ける世界』が出たのは、この英訳から数えても一世紀半後のことである。内挿された物語を、枠になる人物が論評・分析する形式はピザンによって開発され、マルグリット・ド・ナヴァール(Marguerite de Navarre)が『エプタメロン』(*Heptamerón*, 1549)で踏襲した。フェミニズム的見解、女性の視点を表現するのに有効な形式である。『女たちの町の書』の意図は、女性嫌悪的見解を論駁すべく、女性の強さと美徳を示す反例を並置することにある。作者のペルソナ「クリスティーヌ」と三人の寓意的女性「理性」、「清廉」、「正義」(Raison, Droiture, Justice)との間の対話という構成をとる。三人は「クリスティーヌ」に対抗的戦略と論拠を教授する。内挿された話には「ノヴェッラ」形式の長めのものもある。ひとつはボッカッチョの『デカメロン』から採られた有名な「グリゼルダ物語」である。二つは『デカメロン』第四日目第一話と

第五話に拠るものである。いずれも親戚の男性による女性に対する残酷な仕打ち（女性が恋人を自らの意思で選択したことに反対し、恋人を殺して女性を処罰する）を扱ったものである。第一話では、抜き取られた恋人の心臓が女性の前に差し出される。ちなみにこの話は、ナヴァールもマリア・デ・サヤス・イ・ソトマイヨール（María de Zayas y Sotomayor）も取り上げている。ピザンが取り上げている『デカメロン』第二日第九話は、ベルナボ（Bernabo）の妻の話である。妻は夫に、事実誤認のもと不倫で訴えられる。死刑宣告に対し妻は、弁護士に変装して自らを弁護し、勝訴する。すぐあとの第一〇話の、女性の浮気心を例証する話が、ベルナボが妻を信じなかったのは正しいと結ばれることによって、第九話のフェミニズム的見解は『デカメロン』では相殺される。ピザンは妻に、ボッカッチョの場合よりも、すぐれた弁舌の才を与え、召使いに殺害の命令をした夫に向かって「十分な証拠をもたないあなたは死に値します[28]」と言わせる。サヤスは『愛の物語』（*Exemplary Tales of Love*）の第九話として分量を拡大し（手持ちの英訳で全三三頁）、フェミニズム的立場を明らかにする。ドン・カルロスは、約束を違えてエステラが、彼の美しい小姓を伴って駆け落ちしたと考える。実はこの小姓クローディオは、ドン・カルロスを愛するがゆえにエステラを憎んでいた。カルロスの手紙を見た父親はエステラをかどわかしたかどでドン・カルロスを訴える。ドン・カルロスは投獄されるが脱走する。軍隊で男装したエステラに再会するが、ドン・カルロスは気づかない。「私が、あなたのために千もの試練をくぐり抜けてきたエステラ本人なのです。それでいてあなたは、根拠のない疑惑というお返しをするのですね[29]」と、エステラはドン・カルロスを非難する。皇帝によりエステラはヴァレンシア近くの一小国のプリンセスに任ぜられ、ドン・カルロスはヴァレンシアの総督に任ぜられ、話はめでたく終わる。

ナヴァールは、枠づけされた「ノヴェッラ」という形式をさらに進化させ、『エプタメロン』では、それぞれの個性と考え方をもった五人の男性と五人の女性が議論する一種の「フォーラム」を付け加えた。そこでは、語られた物語が解釈され価値評価された。ナヴァールがこのように主体としての女性の声を形式上明確にしたことは、のちの女性作家たちに大きな影響を与えた。一七世紀のイギリス女性散文作家たちも、枠づけされた「ノヴェッラ」形式を継承した。『エプタメロン』は一五九七年に、サヤスの、変装して自らを弁護する女性の話を含む物語集は一六六五年に英訳出版された。

イタリアのヴィットリア・コロンナ（Vittoria Colonna）、ガスパラ・スタンパ（Gaspara Stampa）、フランスのルイーズ・ラベ（Louise Labe）、マルグリットの活躍にうかがわれるように、中世と同様、ルネサンスにおいても、社会は女性の作品に対して開放的であったように思われる。しかし、公共的生活領域と私的生活領域の分裂が深まるにつれ、女性の活動領域が家庭に制限され、公共的生活に参加できるという意味での自由が女性から失われた[30]。このような状況に置かれた女性は印刷文化に頼るしかなかった。印刷文化という場で意見を発表し、社会的な力をもつしかなかった。女性にとって印刷文化は、私的生活領域を公共的生活領域へと貫通させる空間であった[31]。

アフラ・ベーン（Aphra Behn）の『ある貴族と妹の恋文』（*Love-Letters Between a Nobleman and his Sister*, 1684, 1685, 1687）は、彼女自身がその流行を生み、ひとつの定型にまで高めた恋の駆け引きをめぐる小説である。全般的にベーンの小説の女主人公は力強く、恋の駆け引きはたんなるゲームではなく、選択肢の限られた女性が、男性との力関係に屈せず、男性のたんなる所有物にならないための策略という側面をももつものである。ベーンがこの作品で書簡体形式を選んだ背景には、当時イギリスでもてはやされていたビュッシー（Roger de Bussy-Rabutin）の『ゴール情話』（*Histoire amoureuse des Gaules*, 1665）、サー・ロジャー・レストレインジ（Sir Roger L'Estrange）訳『ポルトガル文』（*Five Love Letters from Nun to a Chevalier*, 1669）、ラファイエット夫人（Madame de La Fayette）の『クレーヴの奥方』（*La Princesse de Clèves*, 1679）の影響があったものと思われるが、ただ書簡だけをつなぎ合わせて成り立っているのではなく、歴史、プロパガンダ、新聞、書簡、「ノヴェッラ」「ヌーヴェル」としての書簡、笑劇、ロマンスなどの混成体である。第一部の書簡体形式が、第二部、第三部で三人称の語りに変化する。この視点の変化が、ロマンティックな話が、第二部と第三部の視点からバーレスクとして読み直される可能性を与える。これについてはあとでもう少しくわしくみてみたい。『オルーノーコ』（*Oroonoko*, 1688）は王政復古期の人気ジャンル、新世界旅行記、宮廷ロマンス、英雄悲劇を混合しようとしたもの(32)であり、新世界の設定により、名誉革命を取り巻く諸問題に暗暗裡に言及している。スリナムは卑劣で金銭づくのオランダ人の手に落ちるが、翌年、イギリスがオランダ人オランゲ公の手に落ちるのを予期しているかのようである。それはともかく、この作品は独裁的支配の道徳性をめぐる鋭い検証である。

『ある貴族と妹の恋文』は、当時のスキャンダルであったレイディ・ヘンリエッタ・バークレー（Lady

Henrietta Berkeley）とロード・グレイ・オブ・ウォーク（Lord Grey of Warke）の一六八二年の駆け落ち事件を題材にしたものである。グレイ卿は「ライ・ハウス・プロット」とモンマス公の反乱の共謀者であった。トーリー支持のベーンは、彼女にとって二重の意味で人道にもとる行為を描こうとしたわけである。一六七〇年以降、イギリスでは書簡体形式の散文作品が流行した。手紙は一般的には私人あてに書かれるものなので、本来、私的性格をもっている。公的生活の多くから切り離されていた女性にとっては、公的領域への侵犯の非難を懸念することなく利用できるのが手紙という形式であった。ベーンが『恋文』を書く頃までには、女性による書簡体散文作品は文学形式として確立していた。しかし、ベーンの作品は、欺された女と不実な男というコンヴェンションをはるかに超えるものである。第一部（一六八四年）はシルヴィア（Sylvia）とフィランダー（Philander）の、禁断の愛とは知りつつも抑制できない恋人同士の書簡から成り立っている。「私が創られたとき、私は『愛』のためにかたち造られ、わがシルヴィアを愛すべく運命が定められていたのです。そしてシルヴィアはこのフィランダーを愛すべく運命が定められていたのです。私たちは、私たちの運命を阻めましょうか、そんなことができるでしょうか。私を魅惑する人よ、そんなことはできません。……『神の命令』にさからうことが私たちにできるでしょうか」（シルヴィア宛のフィランダーの書簡）[33]。このような熱烈な求愛にシルヴィアもしだいに応じるようになる。「私の返事の内容は十分すぎるくらい御推察できるのではないかと懸念しております。返事などという顔が赤らむような面倒はあなた御自身によって省いていただきたいのです。私は深みにはまりこんでしまい、もう引き下がる希望など消えてしまいました。運命により破滅の身と定められたのですから、これ以上に輝かしい転落はありません。ですからフィランダー、もうあらがうことのできない乙女を、あなたのいとしい腕に抱いて下さい[34]」。第二部（一六八五年）は、オランダへ駆け落ちしたあとの時期に設定されている。第一部との違いは、全能の話者（数回、語り手「私」）の視点が導入されていることである。書簡はあるが、その相手には、フィランダーの友人でシルヴィアと恋に落ちる青年オクタヴィオ（Octavio）が加わる。次の引用は、捨てられたシルヴィアの、フィランダーへの怨みの手紙である。「そう、あなたは偽りの誓いをした悪党だわ。あなたの背信はすべて、私の耳についに届いたわ。あなたは私に復讐されるより、忘恩の反逆者らしく、地獄に落ちるか、公開処刑されて衆目に恥をさらせばよかったのよ[35]」。第三部（一六八七年）は、書簡体形式をほとんど捨て、その代わりに手紙の要約が提示される。第一部の、シルヴィアに宛てたフィランダーの手紙は、情熱の真の吐露と思われたのだが、フィランダーがシルヴィアを捨てて別の女（Calista. オクタヴィオの妹で、好色な老公爵の妻）を追いかけはじめる時点から振り返ってそれらの手紙を見ると、冷笑的なリベルタンの作文に見えてくる。シルヴィアはそういう彼の手紙から、他の男を意のままに操る「作文術」を実地に学んだとも言える。モンマス公を思わせるセザリオ（Cesario）のフランス王に対する反乱が第三部の興味の中心となる。第一部のシルヴィアは犠牲者的側面をもち、受動性はぬぐえないが、第二部になると、カリスタに近づくフィランダーに、カリスタの兄オクタヴィオを利用して復讐するほど能動的になる。カリスタ誘惑の戦果を、彼女の兄とは知らずにオクタヴィオに得々と語るフィランダーは、ボッカッチョの「ノヴェッラ」に出てくる人物のようだ。『私のあなたへの深い愛は、あなたの魅力的な唇から洩れる神への愛と同じくらい純粋なものなのです』。恋人たちが口にするそんな下らぬ通り言葉を使って、僕は怯える美女の恐怖心を鎮めてやったのさ。……僕は立ち上がって、全身に喜びを表わし、震え、喘ぎながら彼女に近づいた。彼女の手を取りキスをした。気絶して彼女の足元に倒れそうになるくらいの恍惚感だった。僕の言うことに答えなかったけれど、何度も溜息をつきながら、手を僕の手に委ねていた」(36)。興味深いことに、オクタヴィオ宛のこの長い報告の手紙を「ノヴェル」とフィランダーは呼んでいる(37)。言うまでもなく、「ノヴェッラ」「ヌーヴェル」を連想させる語としての「ノヴェル」である。第一部の一見高尚な恋と、第二部の喜劇的で卑俗な恋が対照を見せる。第三部では、オクタヴィオと別れたシルヴィアは、スペインの若き放蕩者(Don Alonzo)を、さまざまな変装をして追いかけるほど能動性が増している。シルヴィアはこのスペイン人を食い物にして破産させ、それが町の噂になり、フランダースの知事も乗り出し、シルヴィアに退去を求める。「彼女は新しい餌食を求めて移動しなくてはならなかった。そして彼女は、赴く先々で、毎日相当な戦果を収めた」(38)。しかし、トーリー支持の父をもつシルヴィアが、物語が進むにつれて倫理性を失うが、これはベーンの本意だったのだろうか。

ベーンの『尼僧物語』(*The Story of the Nun: or, The Fair Vow-Breaker*, 1689)は二人の「夫」をもろともに片づけてしまう女の話である。行方不明だった夫エノー(Henault)が数年後イザベラ(Isabella)のもとに帰ってくる。今の夫ヴィルノワ(Villenoys)に、窒息死させたエノーの死を自然死と偽り、死体を橋から投げ捨てるように説得する。ヴィルノワがエノーを背負ったときに、イザベラは二人の外套を縫いつける。勢いよく投げられた死体とともにヴィルノワも橋から転落し、溺死する。この作品は、敬虔な女性が、どうして重婚の罪を犯し、くわえて愛する二人の夫を一晩で殺すに至ったかを、その複雑不可解な心理と動機とともに描いたものである。男女間の力関係の逆転は、文字どおり男の力の利用という策謀に焦点化されている。「『ああ！　なんという運命、なんという定めかしら。神様でさえ私の身の破滅を妨げられないなんて、なんという呪われた星の下に私は生まれたのかしら。数時間前までは、私は自分のことをもっとも幸福な、恵まれた女だと思っていたのに、今は地獄にいる悪魔のようにみじめな境遇に転落してしまった[39]」。事は露見し、イザベラは処刑される。

一六五六年、まだ夫や他の王党派とともにアントワープに逃亡中のキャヴェンディッシュは、『ネイチャーズ・ピクチャーズ』(Margaret Cavendish, *Natures Pictures, Drawn by Fancies Pencil to the Life*, 1656) を出版した。一一部に分かれており、第一部は韻文で書かれており、最後は自伝である。間に挟まれた物語は、その大多数が美しい夫人と高貴な騎士の出てくる一見ロマンス的な物語集である。炉辺に集まった年齢も気質も違う一群の男女によって語られる。そして、愛の本質と貞節の可能性をめぐる議論の例証あるいは補強として新しい物語が語られる。女性陣は連帯して議論のテーマに対する女性の視点を呈示し、男性陣は愛する人のためには死ねるくらい貞節を貫くべきだと論じる。この作品の構成は一見『デカメロン』や一六五四年にロバート・コドリントン (Robert Codrington) の英訳が出た『エプタメロン』を連想させるが、それら「ノヴェッラ」「ヌーヴェル」よりもひとりひとりの人物の生活が広範囲に描かれている。キャヴェンディッシュは、ヒロインを無性的、あるいは両

図版10　キャヴェンディッシュ家における親しい友人たちとの語らい。『ネイチャーズ・ピクチャーズ』の口絵。

性具有的に描くことにより、ロマンティックな愛に疑問符を投げかける。「襲われ追跡される純潔」（"Assaulted and Pursued Chastity"）では、ヒロイン（そのときの名はMiseria）は女衒の手により遊女にされているが、客の求めに応じない。彼女をレイプしようとした男（実は王子）をミゼリアはピストルで撃つ。逃走中、飛び乗った船の船長に気に入られ養子になる。難破した船が人喰いの島に漂着し、あやうく生け贄にされそうになるが、「神官」をピストルで撃ち殺し、それ以後は神の使いとして拝められる。死んだと思った王子はその後回復して、なおも彼女を追いかける。王子の手から逃げ回っているうちに遭遇したのが女王の統治する国だった。ヒロイン（この頃はAffectionata, Traveliaという名）が戦争で将軍として陣頭指揮をとるに至ったのは、近隣の国王に領土拡大のための政略結婚を迫られている女王を救うためだった。乞われて国王軍の指揮をとっているのはピストルで撃たれた王子だった。ヒロインを男だと思って恋していた女王も、正体を明かされて諦め、ここに国王と女王、王子とヒロインの二組の夫婦が誕生する。王子は女王のアミティ国の副王となる。

『輝ける世界』（*The Description of a New World Called the Blazing World*, 1666）は、ロバート・フック（Robert Hooke）の『ミクログラフィア』（*Micrographia*, 1665）への批判『実験哲学管見』（*Observations Upon Experimental Philosophy*）の付録として最初は出版された。女性による最初のSF小説、あるいはユートピア小説である。一女性が絶対権力に昇りつく過程が描かれている。テクストのジャンルの異種混淆性（ロマンス、哲学、ファンタジー、風刺）が、ジェンダー、権力の二項対立を脱構築し、自らを「秩序」「原理」として提示する。「光り輝く世界」の女帝が書記を必要としたとき、「非物質的精霊」は、「それほど学識に富み、雄弁で、機知を備えて、賢いというわけではないものの、簡潔で分別のある著述家」である「ニューカースル公爵夫人」、つまりキャヴェンディッシュを推薦する。公爵夫人の霊魂が呼び出され、二人は「プラトン的恋人[40]」となる。公爵夫人も精霊が無数にあるという世界の中のひとつの世界で女帝になれないだろうか、と女帝が精霊に訊ねると、「自分で思うままに天上の世界を創造することがおできになるのに、どうして地上の世界の女帝になることを望まれるのでしょうか」と精霊は言い、地上の名声の空しさを説く。精霊は両人それぞれが心の中で世界を創造するにまかせて立ち去る。公爵夫人は試行錯誤ののち、「斬新な多様性に溢れ、秩序ある賢く統治された世界[41]」を創造する。女帝は公爵夫人の生まれた世界に行きたいと言い、留守の間、自分の体に精霊に入ってもらい、二人の霊魂は旅をする。「人間は皆等しく野心家で、高慢で、自惚れていて、虚栄心が強く、放蕩者で、狡猾で、嫉妬心が強く、悪意をもち、不公平で、復讐心が強く、宗教心がなく、分裂を好む性格[42]」であることを見て、女帝は驚愕する。キャヴェンディッシュが亡命先から見たときの母国の姿であろうか。

メアリー・ド・ラ・リヴィエール・マンリー（Mary de La Rivière Manley）の作品は、リチャードソンやフィールディングの影響を受けたフランシス・バーニーやシャーロット・レノックスの世代に較べて、女性的なウィットと知性と創意が自由溌剌に発揮されている。ベーンより一世代若いマンリーは、『恋文』に着想を得て『ニュー・アタランティス』（*Secret Memoirs and Manners of Several Persons of Quality of Both Sexes, from the New Atalantis, an Island in the Mediter[r]anean*, 1709）を書いた。

大物ホイッグの性生活を暴いた。印刷者、出版者とともに即刻逮捕された。「月世界」に住むアストレア（Astrea）は、若い王子を真に偉大な人間にするために地球を再訪する。服を切り裂かれ見る影もない母親〈美徳〉と再会する。地中海の「アタランティス」という島に降り立ち、王子が避けるべき悪徳をのちに王子に教えるために、「取り巻く空気の衣」を着て姿を消し、風俗風習に関する情報を集めはじめる。たとえば、その情報とは次のようなものである。ある公爵が、友人の死に際にシャーロットという名の娘の養育を頼まれる。公爵は娘を美徳の鑑とすべく最善を尽くす。あまりにも美しい娘に成長したシャーロットへの愛情に公爵は取りつかれる。これまでの教育がかえってあだとなって、いくら言い寄ったところで拒まれることはわかっていた公爵は、いままで教育上禁じていた本をつぎつぎに与える。シャーロットが宮廷に入った頃、公爵は戦争に赴く。シャーロットは宮廷にいたある公爵夫人に、公爵に心惹かれる胸の内をうち明ける。戦争から戻った公爵は、そのことを聞き、シャーロットをレイプして愛人にし、田舎の屋敷に囲う。シャーロットの話し相手にと呼んだ公爵夫人を次には誘惑する。シャーロットは屋敷から逃亡し、みじめな生涯を送る。この話は次のように結ばれる、「彼女は真の陸標として死にました。それは、信じやすい処女が、その貞淑を、人間の誓いの言葉や偽りの情熱という危険な岩礁で難破させないための警告なのです[43]」。人類は、アストレアが嫌気がさして見捨てたときとまったく変わらず、欠陥だらけで「あまねく腐敗」している。語られるエピソードも登場する人物も、同時代人であれば当時のイギリスの宮廷周辺が透けて見えそうなものである。二〇の挿入された物語を語るのが〈知性〉であるように、形式としては伝統的な「ノヴェッラ」「ヌーヴェル」である。アストレア、〈知性〉、〈美徳〉は「プラド」（*Prado*）という目立ちたがり屋が行く広場へ向かう。着飾った金持ちや美人、新婚の妻、人気者になるために上京した美人、ひと儲けした博打打ち、伊達男などが、華やかな馬車を供ぞろえで集うところである。〈知性〉は馬車を指さしながら、車中の人物のいわくつきの来歴を語る。主として男の悪徳、女の狡智をめぐる話である。この手法は、『ニュー・アタランティス』の二年前に出たル・サージュの『悪魔アスモデ』（Alain-Rene Le Sage, *Le diable boiteux*, 1707）を意識したのか否かは不明だが、その設定がよく似ている。学生ドン・クレオファスの下宿の「栓のふさがったフラスコ」の中に閉じ込められていた悪魔が現われる。そして悪魔が、「悪魔の力を持ちまして、家々の屋根をば引きはがしてお目にかけます。そして夜の暗闇にもかかわらず、屋内の模様はわれわれには一目瞭然とあいなりましょう」と言うと、あっと言う間に屋根という屋根は見えなくなり、学生は「表の皮をはいでパイの内を覗く」ように「真っ昼間さながらに家々の内部を見た」[44]。目の前には、守銭奴の町人、遺産をあてにしているその甥たち、寝る前に恋文を読み返している貴族、陣痛に苦しむ奥方と看病する好々爺、「奥方の陣痛の苦しみのもとの起こり」の召使い、錬金術師、薬剤師、詩人、裁判所書記、得業士、老騎士、今朝婚礼を挙げた六〇歳の婦人と一七歳の騎士などの生活が赤裸々に暴かれる。

一七二〇年に出た『恋の力』の「妻の怒り」（"The Wife's Resentment," *The Power of Love*）は、数多くの異本や語り直しのあるルネサンスに人気のあったヴィオレンタ（Violenta）物語である。誘惑されて捨てられた下層中産階級の女性が、裏切った貴族の恋人を殺して復讐する話である。バンデッロ

(Bandello)、サヤス、マンリーは、ヒロインを同情的に提示し、彼女の行為を政治的・フェミニズム的な観点から見、他の搾取されている下層階級の女性との賞讃すべき連帯を表わすものとし、貴族の恋人は、そのような運命を受けるに値することを示唆しているとドノヴァンは三人の作家のヴィオレンタ物語のメッセージをまとめている(45)。

バンデッロ版のヴィオレンタ物語は、ウィリアム・ペインターの『歓楽の宮殿』に第四二話(ノヴェル)「ディダコとヴィオレンタ」として収められている。この話は次のように締めくくられている。「そしてヴィオレンタは、裁判官たちの一致した見解により、斬首の刑が宣告された。彼女が、騎士の欺きと侮辱をおこがましくも自らの手で罰した罪ゆえばかりでなく、死体に対して過度の残虐行為を行なった罪ゆえであった。かくして不幸なヴィオレンタは生涯を終えた。彼女の母親と兄弟たちは無罪とされた。彼女は、アラゴン王フレデリックの子息であるカラブリア公爵の面前で処刑された。公爵は当時かの地の総督であり、その後フランスのトールで亡くなった。公爵は処刑執行後ただちに、この物語(ヒストリー)を、ヴァレンシア滞在中に起こった他の記憶に値する事柄とともに記録に残させた。バンデル[バンデッロ]は、女中のヤニックも主人とともに処刑されたと書いている。しかし、当時生きていたスペイン人パルダヌスは、ラテン語ですばらしい物語を書いている。その中で彼は、女中は逮捕されなかったとはっきり述べている。その見解に(もっとも蓋然性が高いものとして)私は従った(46)」。マンリー版のヴィオレンタ物語は次のように締めくくられている。ただ、ほとんど同じ内容の末尾は省略した。「ヴィオレンタは、人々の憐れみ、婦人たちの陳情、賞讃すべき彼女の貞潔と雅量にもかかわらず、斬首の刑が宣告された。伯爵の侮辱を、司直の助けを借りずにおこがましくも自らの手で罰した罪ゆえばかりでなく、その後、死体に対して例のない残虐行為を行なった罪ゆえであった。かくして美しく徳高いヴィオレンタは生涯を終えた。彼女の母親と兄弟たちは無罪とされた。彼女は自らの貞潔を守った気概と決意をもって死んだ。彼女はカラブリア公爵の面前で処刑された[47]」。マンリー版の方が、ヴィオレンタの行為に対する肯定的評価がより強く感じられる。

メアリー・デイヴィス（Mary Davys）の『改心したコケット』（*The Reform'd Coquet*, 1724）と『紳士と淑女の社交書簡』（*Familiar Letters Between a Gentlemen and a Lady*, 1725）と『札つきの放蕩者』（*The Accomplish'd Rake*, 1727）は、短い書簡体小説である。とは言っても、書簡のみから成るのは『社交書簡』だけで、あとの二作には語り手がいる。のちのフィールディングの語り手のように、読者との間に信頼関係を築こうとしており、ときおり読者を安心させるべく予告や約束をする。主人公の運命を嘆いてみせる口調は、フィールディングよりさらに下ってオースティンを連想させる。美徳は報われ、罪は罰せられるという明確な道徳に枠づけられているが、ペネロピ・オービン（Penelope Aubin）のような抹香臭さはない。会話はウィットに富み溌剌としている。レイプや婦人誘惑《セダクション》が描かれていても、ヘイウッドのような色情挑発的なところはなく、政治談義があっても、マンリーのそれのように、風刺・批判の対象が透けて見える体のものではない。

『改心したコケット』のヒロイン・アモランダ（Amoranda）は、タイトルに示されているように、無頓着、無防備、無思慮から多くの男の気を惹き、その結果、数々の危険な目に会わされるが、レイ

図版11　「女スペクテイター」クラブのメンバー。ノートを開いて鵞ペンを持っているのが女スペクテイター。背後の絵の人物も鵞ペンを持っている。二つの胸像はダシエとサフォー。

プされずに幸福な結末を迎える。颯爽と現われては彼女を危機から救い出すアランサス（Alanthus）と「老人」の後見人フォーメイター（Formator）が同一人物であることを、火事で駆けつけたフォーメイターが付け髭を忘れていたためアモランダは気づく。全体的に喜劇的で軽快なテンポで進む。三作の編者マーサ・F・ボウデンが指摘するように[48]、間接話法はほとんど使われない。女優でもあったメアリー・デイヴィスは、演劇的手法を取り入れることに自覚的であった。

エライザ・ヘイウッド（Eliza Heywood）の『過剰な愛』（*Love in Excess*, 1714）は一八世紀前半の四冊のベストセラーのひとつである。ちなみに他の三作とは、デフォー『ロビンソン・クルーソー』（一七一九年）、スウィフト『ガリヴァー旅行記』（一七二六年）、リチャードソン『パミラ』（一七四一年）である。マーガレット・アン・ドゥーディーの言うように、リチャードソンの作品が究極的にはそれに属す「婦女誘惑小説《セダクション・ノヴェル》」というジャンルを確立したのはヘイウッドの小説である[49]。中篇小説『男を手玉にとる女』（*The City Jilt*, 1726）と『金銭づくの恋人』（*The Mercenary Lover*, 1726）のいずれにも、野心と強欲と色欲に支配された不道徳な男が登場し、無垢な女主人公が犠牲にされるが、あとで復讐を果たす。『イオヴァイの冒険』（*The Adventures of Eovaai*, 1736）はウォルポールを悪と腐敗と堕落の権化として描いたきわめて政治的な作品である。小説家の顔以外に劇作家、翻訳家、書籍商、女優、劇評家の顔をもつ彼女は、イギリス最初の、女による女のための定期刊行誌『女スペクテイター』（*The Female Spectator*, 1744-46）を出版し、そのなかにもロマンス、風刺、道徳的エッセイ、社会時評が含まれており、悲惨な結婚を回避する方法、女性が求めるべき教育などフェミニスト的自覚が感じられる。

ヘイウッドの一七二〇年代の作品は、誘惑と裏切りをめぐるものが多く、ヒロインは放蕩者の餌食となる。しかし大人気を博した『過剰な愛』は、デルモント（D'Elmont）と彼が後見人を務めるメリオーラ（Meliora）との愛と、その絶えざる頓座をめぐるものである。デルモントのメリオーラに対する愛は、放蕩者の彼を、誠実な恋人、家庭的な夫に変える。メリオーラは、最初デルモントのことを、後見人ではなく求婚者と勘違いするなど、もともと好意を抱いていた。メリオーラは性的欲望の主体として描かれているが、積極的すぎる女性は作品内で処罰されている。性急な、愛のない結婚をするメランサ（Melantha）、殺されるデルモントの妻アロヴィサ（Alovisa）、自殺するチアマラ（Ciamara）。次の引用はチアマラの不幸の原因を語り手が説いたものである。「愛の苦悩は、その原因如何によってのみ同情すべきものとなる。性の違いが生み出すあらゆる種類の欲情は、ひとしなみに愛という名をもつけれども、それらには天国と地獄ほどの懸隔がある。主として享楽を目指す情熱は享楽に終わる。はかない快楽は記憶に残らず、刺すような罪悪感と恥辱感が残るだけだ。しかし、内面の美しさが考慮され、魂が帰依する場合、愛は真に高貴なものになる。そのような場合、愛は神性をもつ。なぜなら愛は不死不変だからだ。われわれの世俗的部分がこの至福にあずかるならば、そして熱望する本性にすべて従うならば、このように欲望されこのように手に入れられた所有は、飽食とはかけ離れたものとなる。この場合、『理性』が『感覚』に引きずり落とされるのではなく、『感覚』が『理性』へと自らを引き上げるのだ。異なる力が結合して、ともに純粋なものとなる」(50)。チアマラはデルモントの外見の美（身体）に目を奪われただけで、内面の美（精神）を求めることはなかったと批判するのだが、作品全篇を通して後者が描かれたのか否か、疑問が残るところだ。

ヘイウッドは『ファントミナ』（*Fantomina*, 1725）で、名のないヒロインを性的欲望の主体として赤裸々に描いている。貴族階級に属すると思われる娘が、劇場で娼婦の生態をじっくり観察し、気に入った男ボープレジール（Beauplaisir）と性的関係をもつために、娼婦に変装して近づく。ボープレジールに飽きられるたびに、田舎の屋敷の女中、未亡人、仮面をつけた匿名の貴婦人（Incognita）に変装し、ボープレジールの関心を保持する。変装と仮面によりヒロインは、見られる客体から見る主体へと変身し、同時に能動性を獲得する。しかし、結末はヒロインの行動に否定的である。妊娠していたヒロインは、夜会で失神して倒れ、後見の叔母にすべてがバレて、修道院へ入れられることになるからである。

『男を手玉にとる女』は、自分を捨てて金持ちの女を選んだかつてのフィアンセに対する「復讐」の話である。金持ちと思って結婚した女は、実は財産をめぐって係争中の身であり、結局裁判に負ける。おまけに生まれが卑しいことも判明する。これでヒロイン、グライセラ（Glicera）の復讐は間接的に果たされたわけだが、彼女はそれで満足せず、町の男たちをつぎつぎと手玉にとり、一財産を築く。その金でかつてのフィアンセの抵当権を手に入れる。かつてのフィアンセはグライセラに慈悲を乞う。怒りの矛をおさめたグライセラは、士官になるための資金を提供する。男はほどなくして戦死する。グイセラの男たちへの嫌悪感は募り、その後の人生はひとりで暮らす。一種の「ヴィオレンタ物語」だが、バンデッロ版やマンリー版の激しさは消えている。

ヘイウッドは「ヴィオレンタ物語」の別ヴァージョンも書いている。「女の復讐、あるいは幸せな交換」(“Female Revenge; or the Happy Exchange,” 1727)である。ヘイウッドの同情はベルコート(ヒロインを捨てた男)に寄せられている。ベルコートはクレメネ(ヴィオレンタ)と離婚し、ジュリアと結婚する。クレメネはかつてベルコートへの復讐のために、彼の友人のオクタヴィオと関係をもったことがあった。決闘の傷から回復したオクタヴィオは、「あざけりと侮蔑で」クレメネを拒絶し、コンスタンティノープルへ去る。そして彼女は、「不名誉がもたらした恥辱感」とともに見捨てられた「悲しみ」の重みから、毒をあおいで自殺する。女性の経済的・社会的な力が衰退しつつあった当時のイデオロギーの変化がヘイウッドの家父長的規範への屈服を説明する、とドノヴァンは言う(51)。

レナード・J・デイヴィスによると、一六世紀には、「ニュース」(“newes”)という語は、実際あった出来事にも、架空(虚構)の出来事にも使われた。たしかに、ウィリアム・ペインターは『歓楽の宮殿』(一五六六—六七年)で、彼が集めたギリシャ、イタリア、フランスの物語を「これらニュースまたはノヴェル」(“these newes or nouelles”)と呼んでいるのは有名だ(52)。さらにデイヴィスによると、「ニュース物」を指す語として、「コラント」(“corantos”)、「ヌーヴェル」(“nouvelles”)、「ノヴェル」(“novel”)があり、いずれも最近のもの、新しいものという含意がある。そして、「コラント」を除くすべての語が、虚構の物語を指す語としても使われていた。『サン・ヌーヴェル・ヌーヴェル』(*Cent Nouvelles Nouvelles*, 1486)には、民間に伝承されている多くの物語が含まれている。スペイン語の「ノヴェラ」(“Novela”)も、ジャーナリスティックな意味をもつと同時に、物語を指す語としても使われていた。英語の「ノヴェル」が物語を指す語として使われるようになったのは、OEDによると、一五五六年頃のことである。このように「ニュース/ノヴェル」言説というマトリックスから、ジャーナリズム/ヒストリーとノヴェル、つまり、事実にもとづく物語と虚構の物語が分化したという仮説をデイヴィスは提示する。[53] したがって「小説《ノヴェル》」が過去時制による「報告」という形式を用いるのは、起源の「ニュース/ノヴェル」言説のマトリックスという出自を考えれば、自然な展開なのだろう。もちろん内容と形式の乖離は、創意・創造の働く場であるとともに、作品の嘘臭さ、作者のアイロニー、作者のパロディ意識の生まれる場でもある。

ミハイル・バフチンにとって小説の特徴は、「ダイアローグ化された異種言語混淆性《ヘテログロシア》」、「社会的発話タイプの多様性」、「芸術的に組織化された個々の声の多様性」にある。[54] そしてそれを実現するのは「統合された諸ジャンル」、「芸術的ジャンル」、つまり、叙情詩、劇、ロマンスなどの芸術的ジャンルと「日常的、修辞的、学問的、宗教的ジャンル」などの芸術外的ジャンルの統合によってである。[55] 芸術外的ジャンルとしてバフチンはさらに、日記、旅行記、伝記、私的書簡を挙げているが、いくらでも追加可能なものは考えられる。芸術的ジャンルを虚構、芸術外的ジャンルを事実(学問的ジャンルも宗教的ジャンルも、事実として提示されているのであって、虚構として提示されているのではない)に置き換えれば、虚構と事実の統合が小説を形成していると言える。

ベーン、キャヴェンディッシュ、マンリー、デイヴィス、ヘイウッドの作品が、作者本人の意向にかかわらず、政治的「モデル小説」(*roman à clef*)として読まれる傾向があったのは、「ノヴェル」草創期の「ニュース／ノヴェル」言説空間を考えれば、当然起こりうることであった。むしろ作者自身が、事実をほのめかす虚構という形式を積極的に利用したのかもしれない。この傾向はデフォーまで続く。リチャードソンが自らの作品の道徳性を、フィールディングが自らの作品の芸術性を、あれほど声高に唱えなくてはならなかったのは、デフォー以後も、この傾向が根強く残っていたからであろう。

このような状況にあって、イギリスの王政復古以後の散文作家は、歴史的事実性よりも心理的事実性と虚構の統合をいち早く成し遂げたフランスの「ヌーヴェル」作家に注目したのではないだろうか。ラ・ファイエット(La Fayette)の『モンパンシエ公夫人』(*La Princesse Montpensier*, 1662)が一六六六年、『クレーヴの奥方』(*La Princesse de Clèves*, 1678)が翌年の一六七九年に英訳された。英訳の数から判断すると、フランスの「ヌーヴェル」は人気が高かったらしい。フランスの英雄ロマンスが、遠い過去に時代設定し、異国に背景設定することが多いのに対し、「ヌーヴェル」は近い過去に設定されることが多い。「ヌーヴェル」を代表する『クレーヴの奥方』は、虚構の人物の心理分析と心理描写で際立った洞察力を示した。セザール・サン゠レアルの『ドン・カルロス』(César Saint-Real, *Don Carlos*, 1672)は二年後に、マリ゠カトリーヌ・デジャルダン『愛の記録』(Marie-Catherine Desjardin, *Journal amoureux*, 1668)は三年後に、『恋愛年代記』(*Annales galantes*, 1670)も三年後に、『愛の乱れ』(*Désordres de l'amour*, 1670)も三年後に、という具合に、時をおかずつぎつぎに「ヌーヴェル」が英訳された。

ベーンは『漂流者』(*The Rover*, 1677) や『好機』(*The Lucky Chance; or, An Alderman's Bargain*, 1686)、キャヴェンディッシュは『愛の冒険』(*Love Adventures; Play*, 1662) や『悦びの修道院』(*The Convent of Pleasure; A Comedy*, 1668)、マンリーは『ルーシャス』(*Lucius; The First Christian King of Britain*, 1717)、デイヴィスは『北方の女相続人』(*The Northern Heiress*, 1716)、ヘイウッドは『妻貸します』(*A Wife to be Lett*) などの劇を書いている。劇作家でもあった彼女たちは、「ノヴェル」を書くときも、王政復古期劇、とくに喜劇に特徴的な、機知あふれる言葉の応酬、闘いあるいはゲームとしての恋愛、類型的人物(都会の洒落者、放蕩者、田舎者、うぬぼれ屋、嫉妬深い夫、腰巾着、女相続人、高級娼婦、結婚仲介人、フランスかぶれ、イタリアかぶれ、スペインかぶれ、等)に慣れている観客、あるいは出版された台本を読む読者を念頭に浮かべながら「ノヴェル」を書いたのかもしれない。彼女たちは、場所から場所への連続移動を描くには適さない演劇の不自由さを克服すべく、古くはチョーサーの『カンタベリー物語』の「枠物語」、ピカロ物の「移動」、デローニ、ナッシュの「道中物」のパノラマ的展開を利用したのかもしれない。

三　ルネサンス人文主義の残照

ジョン・リリーの『ユーフュイーズ、あるいは機知の分析』（*Euphues or the Anatomy of Wit*, 1579）と『ユーフュイーズと彼のイングランド』（*Euphues and his England*, 1580）がのちにあれほどのパロディ文体を産み出したという事実は、パロディの対象になる文体が、それだけ人口に膾炙していたことを反証する。事実、『機知』は三年で五版を数え、『イングランド』は一年で四版を数えた。一六三〇年までには合本の三版を含め、合計二九版を数えた。[56] ポール・サルズマンによると、一六三六年までに『機知』は一九版（終わり五版は『イングランド』との合本）を数えた。[57] いずれにしても堂々たるベストセラーであったことは間違いない。凝縮された散文体、濃密なイメジャリーとアルージョン、古代古典の人文学的教養と香りが大方の支持を得たのであろう。

内容はユーフュイーズ（「アテネに、家督に恵まれ、美しい容姿に恵まれ、それゆえ、顔かたちが自然に負う度合いと、豊かな持ち物が財産に負う度合いと、いずれの度合いが高いか決めがたい若い紳士が暮らしていた。しかし自然は比較を嫌い……美しい肉体に鋭い精神を付け加えた」）とフィロータス（Philautus）との友情、フィロータスのルシラ（Lucilla）への愛に示すユーフュイーズの関心、ルシラの「浮気」（「『ふん！フィロータスのことは趣味で好きになっただけで、けっして好きで愛したわけではないわ。このことは処女の信用に賭けて、そしてあなた［ユーフュイーズ］への愛に賭けて誓うわ』」）、ルシラのユーフュイーズに対する裏切り、ルシラの「打算」（「クリオというナポリの紳士がいたくルシラを魅了し、ためにユーフュイーズはフィロータスとともに捨て去られた」）、二人の友人の和解（「『この連帯を確かなものにするために』とユーフュイーズは言った、『僕の手と心をきみに委ねよう』。フィロータスも同じことを言い、二人は握手して別れを告げた」[58]）、ユーフュイーズの語る教訓（機知と英知の融合）、イギリス宮廷でカミラ（Camilla）と恋に落ちるも結局フローニス（Fraunis）と結婚するフィロータス、イギリスの宮廷と社会と女性を讃美しつつもイギリスを去り隠者となるユーフュイーズ、という具合に、主人公が恋愛、裏切り、和解、異文化（イギリス）との接触という体験を通じて英知と自制心を養う一種の教養小説である。

ジョージ・ギャスコインの『マスター・FJの冒険』（George Gascoigne, *The Adventures of Master F. J.*, 1573）には改訂版があり、イニシャルだけであった人物に固有名が与えられ、作品のモラルがより明示的に示されているが、語り手GTが消え、多数多様な視点の間の相互作用、純朴な若者、皮肉な年長者、賢明な友人の視点からそれぞれ眺められた同一の恋愛事件の万華鏡的呈示が失われており、初版の方が作品としてすぐれているとされている[59]。現在入手できる廉価版も初版にもとづくものである。初版ではGTが語り手として前面におり、FJは宮廷愛を実践すべく、エリナー（Elinor）への情熱のほどを伝える優雅な手紙を書く。二人の往復書簡も、エリナーの返信の真贋が前景化されることによって（「今眼にした彼女の筆跡のある手紙には、読者も、彼女の前の手紙と文体が大いに異なっていることにお気づきかもしれない。それゆえあなたは、その原因がおわかりかもしれない。彼女の家には、友人、召使い、秘書——どう呼んでいいのでしょうか——がいたのです」）風刺的色調を帯びてくる。ＦＪは宮廷愛の実践者というよりは、ただの間男に見えてくるのである。作品にはＦＪの詩とＧＴによる詩の説明と分析がある（「主として詩において、人はこのような慰みを一番うまく考え出すのかもしれない。それゆえ、すでに述べたように、今歓喜に浸っているＦＪは、その嬉しさを快楽の極限にまで高められるようにこのような詩を書くほかなかったのだ」[60]）。二人の書いたものをＨＷが編集し、ＡＢが草稿全体を印刷したという体裁をとっている。エリナーに夫がおり、特別な関係の秘書がおり、その秘書も、これまでの一連の「男」たちのなかで最も新しい「男」であることなど、新たな情報は徐々に断片的に判明する。ＦＪとエリナーの二人は束の間の幸福を享楽するが、ＦＪは新たな恋人を求めて宮廷に赴き、エリナーは秘書との関係を続ける。この作品にはバルダサーレ・カスティリオーネの『廷臣の書』（Baldasare Castiglione, *Libro del cortegiano*, 1526）を思わせるところがある。トマス・ホビー（Thomas Hoby）によって一五六一年に英訳された。ウルビノ公爵夫人のサロンに男女が集い、元気のよい侍女エミリア・ピア（Emilia Pia）の司会進行のもとで、理想的廷臣とは何か、をめぐって活発に議論する。『マスター・ＦＪの冒険』でも、エリナーをはじめ、ペルゴ（Pergo）、フランセス（Frances）が「恋愛評定」に加わり、男たちと、愛の無常を語る話をめぐって議論するからである。

トマス・ナッシュの『不運の旅人』（Thomoas Nashe, *The Unfortunate Traveller*, 1594）は、いたずら好

きの主人公の冒険の旅を、エピソードをつなぎ合わせるようにして描いた作品構成だけに注目すれば、「ピカレスク小説」と呼べないこともないが、構成と言えるほど意識的組織化はなされていないし、作品総体が、提示する人生観社会観もなく、いわば分類を拒む「小説」である。読後に浮かび上がるのは、道徳的に腐敗堕落した社会、血生臭く荒涼とした風景である。『ナッシュの精進料理』（*Nashe's Lenten Stuff*, 1599）はヤーマスの鰊《にしん》（精進料理）を讃美する作品であり、ルキアノスの「どうでもよいもの」を称揚して機知を競い合う修辞的作品『蝿』、『占星術』に連なる作品である。『不運の旅人』もルキアノスの『冥府の旅』、『死者の対話』に連なる作品と考えた方が、主人公がさまざまな著名な歴史上の人物と会う少々自由すぎる時空間移動がうまく説明できる。

四　イギリスのピカロたち

一六世紀から一七世紀初頭に多く出回った「悪党物」、「詐欺師物」に独特のエネルギーが感じられる。社会的背景として、アーサー・F・キニーは、囲い込み運動、修道院の解体、兵士の除隊、西ヨーロッパから渡ってきたジプシー、経済情勢の変化（出来高払い制の導入、人口急増、貨幣価値の下落）による失業者の増加を挙げている。[61] サンドラ・クラークによると、悪党や浮浪者の生活を風刺の題材とする文学は、イギリスでも大陸でも中世末期から盛んになった。ロバート・グリーンに代表されるエリザベス朝の悪党文学は、英文学史に突如現われたわけではないと言う。細部にわたる観察のリアリズム、常套的教訓、口語的対話、逸話の紹介、下層生活の正確な反映などのグリーンの悪党文学の特徴は、作者未詳の『コックローレルの船』（*Cocke Lorelles Bote*, c. 1510）、ロバート・コプランドの『貧民病院にいたる大通り』（Robert Copland, *The Hye Way to the Spyttel Hous*, 1535）にさかのぼれると言う。[62] クラークもキニーも、さらにさかのぼって重視しているのは、カタログ式に愚者を列挙して、この世の悪業・悪徳を総覧する中世の風刺である。そのなかで代表的なものはセバスチャン・ブラントの『阿呆船』（Sebastian Brant, *Narrenschiff*, 1494）である。アレグザンダー・バークレイの英訳がすでに一六世紀の初頭にあった（Alexander Barclay, trans. *The Shypp of folys*, 1509）。

『阿呆船』で時代の愚劣さを暴露したブラントは、グロビアンという新しい聖者（「七二　ならずの阿呆のこと」）を創造した。訳者尾崎盛景氏によると、グロビアンは元来「粗野なヨハン」を意味し、ブラントによって、乱暴で軽率な振る舞いをする人間の守護神として描き出され、たちまち時代の寵児になった。『阿呆船』のこの章がもとになって一六世紀に風刺文学のジャンルができ、とくに食事のときの無作法な振る舞いをグロビアニスムといって嘲笑した。すっかり有名になったこの聖者を利用したフレデリック・デデキント（Frederick Dedekint）のラテン語で書かれた『グロビアヌス』（*Grobianus*, 1549, 1552）は、教養のない田舎者に与える指導書という体裁をとっているが、愚か者はこの指導書のためにますます愚劣ぶりを発揮することになる。トマス・デカー『しゃれ者いろは帳』（『愚者入門書』。Thomas Dekker, *The Guls Horne-booke*, 1609）の訳者北川悌二氏によると、イギリスではＲＦという人物によって英訳され、『怠け者の学校』(*The School of Slovenrie: Or, Cato turn'd Wrong side outward*) と題して一六〇五年に出版された。デカーは同書の翻訳を志していたが先を越された。デカーの『愚者入門書』は『グロビアヌス』にもとづいた作品である。

エラスムスに影響を与えたか否かは定かではないが、『阿呆船』の「まえがき」に記された「世に裨益するよう、英知、理性、そして良風を教え、勧め、広めるために、またあらゆる身分階級の人その痴呆、盲目、迷誤、愚鈍を笑いいましめるため」という「ねらい」、そして「自分が阿呆と思えれば、賢者の仲間になれよもの、利口なつもりでいるよでは、これはあきれた馬鹿旦那」という「無知の自覚」の勧めは、『痴愚神礼讃』の世界に通じるものがある。ただ、語り手本人が「痴愚」であるというメニッペア的「腰くだけ」のもつ屈折した修辞的洗練はなく、風刺はストレートである。一〇二通りの「痴呆、盲目、迷誤、愚鈍」が風刺されている。二例挙げてみる。「アレクサンドロス大王は／世界があまりに狭すぎて、／自分のからだにゃ窮屈と、／かけずりまわって汗をかき、／とどのつまりが六尺の／墓で満足せにゃならぬ」。「自分で黙っていられずに／そっともらしたその秘密、／自分でさえも守れぬに、／内緒に頼む、といえますか」[63]。現代においても見られる「愚鈍」である。

『愚者入門書』で風刺されているのは「すばらしいしゃれ者志願の愚か者諸君」である。「きみたちの教育徹底を期して、このいろは帳をつくったんです」。これも二つ例を挙げてみる。「[聖ポール寺院の遊歩道で]一度か二度ブラブラし、羽根毛や銀のつま楊枝で歯をつつき、刺繡入りのハンカチで歯ぐきをふいている姿を見せびらかすのだ。きみがじっさいに食事をしたかどうか——そいつはきみの胃袋がいちばんよく知っていること――あるいはまた、どこの食堂で食事をしたかなんて、問題じゃない。たとえ自分の部屋なり書斎なりで母親手製のチーズで食事をすませてもかまいはしないのだ」。「舞台に坐りこむことで……芝居がだれの作かをたずねることもできる。この審問手続きによって……多くのあやまちを犯さずにすむわけだ。作者が知らん男だったら、そいつをののしり立てることができ、それをやったら、たぶん、作者のほうできみを知らずにはいられなくなるだろう[64]」と述べて、「芝居検閲の裁判官」「舞台の真の権威者」になる方法を教授する。「さまざまの人物の描写を示している絵板」(「読者へ」)として秀逸である。

ギルバート・ウォーカーの『さいころ賭博の見破り方』(Gilbert Walker, *A Manifest Detection of Diceplay* 1552)では、詐欺師とカモにされる人物が淡々と細部にわたって記録されており、「人物模写《ポートレイト》」としてすぐれている。学校を出て間もない、田舎からロンドンに出てきた若い紳士(R)に、主たる語り手である手だれの男(M)が、詐欺師の手口を教えるという形式をとっている。カモの気をそらせるためにどのように娼婦を使うか、詐欺がどのように仕掛けられ、どのような合図が使われるか、そのサンプルが紹介される。

ジョン・オードリーの『浮浪者仲間』(John Audeley, *The Fraternity of Vagabonds*, 1561)も写実性と迫真性に富んでいる。『仲間』は三部に分かれており、最初は「にせこじき《アブラハム》」(修道院廃止後、狂人を装って国中を徘徊した)や「負傷兵《ラフラー》」(負傷兵と称して放浪した)などの田舎の悪党の生態を描いた一連のスケッチ集、次は長めの、都会の詐欺師の描写、最後は「コック・ローレルお墨付きの二四の悪党団」の記述である。コック・ローレルの名が出てくるように、文学伝統との連続性も意識されている。

トマス・ハーマン『詐欺師にご用心』（Thomas Harman, *A Caveat For Common Cursitors*, 1566）は、治安判事を務めていたらしい著者が、病気のためにケント州の自分の地所へ隠棲するようになったとき、物乞いで訪ねてくる「旅人」を克明に記録したものである。末尾には裏世界や下層社会の「用語集」が付いている。好奇心旺盛な元判事という個性がよく出ている。田舎と都会の平和を乱す脅威としての浮浪者に対する告発と、彼らの「手柄」を魅せられたように語る語り口が、奇妙に並存している。錠前と閂で難攻不落の牧師館でまんまと盗みを働いた二人の悪党の話、「巡歴する娼婦」の助けを借りて浮気の現場を取りおさえた女房の話など、ファブリオ的逸話が収められている。治安判事として犯罪人に直接対面した経験が活かされているのであろうが、犯罪人の「性格描写《キャラクタースケッチ》」の連作として読むことができる。

ロバート・グリーンの『詐欺大暴露』（Robert Greene, *A Notable Discovery of Cozenage*, 1591）は、大学出の才人らしく、これまでの三人とは違い、洗練された学識あふれる機知が見られる。説教臭さはなく、没道徳的である。技法的には、場面転換の速さ、急テンポの物語展開、視座の遠近移動が目立つ。同じくグリーンの『閻魔大王の使い』（*The Black Book's Messenger*, 1592）は、デフォーの『モル・フランダース』へと続く「犯罪者一代記」の「はしり」である。一人称の語り手と三人称で語られる中心的人物が『大暴露』にはなかったものである。ここに描かれた犯罪者は、後悔を口にするものの、悔悟者の生活を送っているわけではない。グリーン自身が、語り手ネッド・ブラウン（Ned Browne）を恥知らずな無頼漢のまま呈示すべきか、モルのように最後に更生させて、過去の愚行の反省のもとに世間に役立つ教訓を口にさせるべきか迷っている。絞首刑の縄輪を目の前にしながら己れの犯罪者としての一生をとくとくと語るので、自殺を図る前に後悔の弁を述べても説得力がない。

トマス・デカーの『カンテラとろうそくの火』（Thomas Dekker, *Lantern and Candle-Light*, 1608）では、サタンの使いが、地球をふたたび「失楽園」と変えるべく現われる。しかし、そもそも地上を堕落世界、地獄とみなしているデカーには、そんな使者の使命など的はずれもはなはだしい。ここに描かれた市民は、暗闇と混沌のなかの万魔殿に棲息する猛獣・猛禽である。犯罪者集団の増大によりますます地獄めいてきたロンドンの暗闇を弱々しく照らすのは「カンテラとろうそくの火」だけである。この作品は好評を博し、出版された年だけでも四版を数え、数カ月後に続編が出た。

サミュエル・リッドの『奇術』（Sammuel Rid, *The Art of Juggling*, 1612）は、ジプシーの欺しの手口を暴いた点が新しい。

一五五四年にスペインで出た作者未詳の『ラサリーリョ・デ・トルメスの生涯』（*Vida de Lazarillo de Tormes*）は、一五七四年にデイヴィッド・ロウランド（David Rowland）の英訳が出た。一五八〇年と一五九六年に再版が出た。これまで見てきたイギリスの悪党文学と同様、ゲイヴィア・ヘアレロの言うように、(65)「アルカディアと騎士道の夢の世界の下に、まともに向かい合うのも恐ろしい世界が生まれつつある」ことを読者に実感させた。ラサリーリョにとっても、『不運の旅人』のジャック・

ウィルトンにとっても、過去には何の意味もない。ジャックは、人文主義的教育の仕上げである大陸旅行をしているように見えるが、現世の衰退と腐敗に直面するだけである。ラサリーリョにとってもジャックにとっても、ただの『地獄めぐり』の旅である。アプレイウスの『黄金の驢馬』(Apuleius, *The Golden Ass*, c. 2th Century) の主人公ルキウス (Lucius) は、驢馬に変えられてからは、身体的にも精神的にも、試練と虐待の旅の連続である。キニーによれば、ペトロニウスの『サテュリコン』(Petronius *Satyricon*, c. 65) の英訳は、すでに一五六五年から出はじめ、ナッシュがこの作品を書いていた頃には六種類の版があった[66]。主人公エンコルピウス (Encolpius) も放浪の旅を続けている。道連れのヘボ詩人とのコンビは、ジャックとサリー伯のコンビと似ている。両者が役柄を取り替えたあと、ジャックは見事に主人にまさる紳士ぶりを披露する。役割演技の容易さ、馬鹿々々しいほど華美な出で立ちの馬上槍試合、陳腐な措辞のソネット、これらを描くことによりナッシュは、貴族文化をつぎつぎに格下げする。ザドク (Zadok) とカットウルフ (Cutwolfe) の公開処刑も、観衆のための見せしめというよりは、観衆のための祝祭と化している。

女性版の「悪党」の自伝としては、『メアリー・カールトンの申し開き』(*The Case of Mary Carleton*, 1663) がある。これは一〇年後にフランシス・カークマン (Francis Kirkman) によって改訂され、『にせ貴婦人暴かれる』(*The Counterfeit Lady Unveiled*) として出版される。メアリー・カールトンは、男に追跡されるドイツの王女というペルソナで男たちの心を捕えた。いわば信用詐欺である。そんな彼女にサミュエル・ピープスは深い関心を示した。彼女の「自伝」とカークマンの「改訂版」

は、いわば「犯罪者ロマンス」の「はしり」としてデフォーの興味をかきたてたことは疑いない。一六七三年に処刑されるまで、同時代の犯罪者のなかでは最も多く関連文書が出版された。彼女の人気は一八世紀まで続いた。デフォーは『ロクサーナ』の主人公に、「私が『ドイツ王女』だったと言ってもよいくらいです」と言わせている。[67]

イギリスの「悪党文学」で最も人気のあったのは、リチャード・ヘッドの『イギリスの悪党』(Richard Head, *The English Rogue*, 1665) であった。その人気にあやかろうと類書が出た (*The French Rogue*, 1672; *The Irish Rogue*, 1690; *The Scotch Rogue*, 1706)。『イギリスの悪党』の主人公メリトン・ラトルーン (Meriton Latroon) は、冒頭で少年の頃の女中との性体験を赤裸々に語る。王党派の彼は、一六五〇年に処刑されそうになるが、からくも逃亡する。追い剝ぎになった彼が語る話には、追い剝ぎや泥棒の隠語にみちている。メリトンは女に手が早く、三人の追い剝ぎ仲間の女に子を生ませたり、女子寄宿学校に女装して侵入したり、徒弟をしていた商家の主人を寝取られ男にしたりと、やりたい放題である。アイルランドへ逃亡したあと家に戻ると、妻は娼婦になり、二人の若い娼婦と娼家を営んでいた。メリトンはふたたびニューゲイト監獄に入れられる。シャムと東インドで流浪の身であったメリトンは、やがて地元の商人となる。ジャワに到着するイギリス商船のさまざまな乗客を歓待し、彼らのひとりひとりから身の上話を聞くという趣向に後半では変わる。かつての愛人三人もジャワに現われ、それぞれからその後身に起こったことを聞く。

一六二三年に出版されたジェイムズ・マッブ (James Mabbe) 訳『グスマン・デ・アルファラーチ

ェの生涯』（*The Rogue, or the Life of Guzman de Alfarache*）も好評を博した。一七世紀中に、『ラサリーリョ』は八版、『グスマン』は七版を数えた。この作品にはベン・ジョンソンの詩が添えられており、主人公グスマンはすでにスペイン国境を越え、これからは「イギリスの悪党」と呼ばれるだろうと言っている[68]。グスマンは父親の死後、故郷のセヴィリアを離れ、親戚のツテを求めてイタリアに赴くが、つぎつぎに運命に裏切られ、厨房の皿洗い、乞食、小姓、泥棒、枢機卿や大使の使いをして生活をする。財産目当てに二回結婚するも無駄骨に終わる。あげくはガレー船送りとなる。この作品は一七世紀の中頃には有名になり、王党派の追い剝ぎジェイムズ・ハインド（James Hind）の伝記のタイトルは『イギリスのグスマン』（*The English Gusman*）だった[69]。

トマス・デインジャフィールドの『ドン・トマゾ』（Thomas Dangerfield, *Don Tomazo*, 1680）の主人公は「若きグスマン」になろう（「グスマンになれるのは、田舎者やのろまではなく、臨機応変に軽々と行動できる者だということを忘れてはならない[70]」）と、厳しい父親のもとを離れて、スコットランド人の召使いを連れてスコットランドへ赴く。その後、地中海一帯で暴れ回り、ヨーロッパの国々で贋金を扱い、海賊船を仕立て、さらにスパイ組織を作る。序文にはラサリーリョとグスマンへの言及がある。彼らスペインのピカロと較べ、自分の方がスケールの大きいことを自慢する。ドン・トマゾは、投獄されることも、処刑されることもなく、犯罪者の伝記によくある悔い改めの弁明もない。むしろ全体的に喜劇的な調子が一貫している。

アラン゠ルネ・ル・サージュの『ジル・ブラース』（Alain-René Le Sage, *Gil Blas*, 1715–35）はトバ

イアス・スモレットが二八歳のときに出版した英訳（一七四九年）が有名であるが、原著出版のすぐあとに匿名の英訳が出ている。岩波文庫版訳者杉捷夫氏は、その「はしがき」で、『ジル・ブラース』をドイツの「ビルドゥングス・ロマン」になぞらえるジャン・カスゥの評言を紹介しているが、スモレットのピカレスク小説『ロデリック・ランダムの冒険』との共通点もそこにある。ジル・ブラースはときどき、来し方を振り返り「反省」する。「結局、厳しい自己検討をしたあげく、私は、悪漢にあらずといえども、相去ること遠からずと自ら認めざるを得なかった。そこからさらに反省を進めて、結果はどうなろうかと考えてみると、身分のある人間を欺すことによって大きなばくちを打っているのだということを思わずにはいられなかった」（第七篇第一〇章）。公爵には、「悪い手本ばかり見ていながら、全然堕落しきらなかったとはむしろ不思議なくらいだ。まともな人間でも、もし運命のためにお前と同じような試煉にあわされたら名うての悪漢になったかもしれない者がどれほど沢山いるかも知れないのだ」（第八篇第二章）と慰さめられる。最後には「侍女と従者の間に生まれた息子」であるジル・ブラースが、「十分報償に値する忠義を陛下におつくしした」という理由で貴族に列せられる（第一二篇第六章）。念願のドロテアと結婚し、二人の子供に恵まれ、幸せな生活を送る。(71) スモレットの『ロデリック・ランダムの冒険』（一七四九年）は、『ジル・ブラース』からの影響は言うまでもなく、作中に次のような作家、作品、作中人物への言及があり、この作品の文学的系譜をうかがい知ることができる。言及されている順序で列挙すると、クセノポン『キュロス王の教育』、セルバンテス、ル・サージュ、ジル・ブラース、ジョナサン・ワイルド、オローンデイツ（ラ・

カルプルネード『カサンドラ』)、ドン・キホーテ、ホラティウス、タッソ、アリオスト、タッソ『エルサレム解放』、サッフォー、ブルーイン(『狐物語』)、ネストル、アナクレオン、ペトロニウス、ナッシュ、ティブルス、モニミア(オトウェイ『孤児』)、ポープ、『ロビンソン・クルーソー』、『カーネル・ジャック』。古代古典、古代小説、中世動物物語、中世騎士道ロマンス、騎士道小説、一八世紀の大陸および本国のピカレスク小説や風刺が、この作品の文学的土壌であることがわかる。スモレットは「著者序文」で、「私は友のない孤児が人々の利己心、羨望、悪意、卑劣な無関心からだけでなく、彼自身の経験の欠如からあらゆる困難にさらされて苦闘する、謙虚で価値あるものを描こうとしたと述べているが、これは「ビルドゥングスロマン」に通じる執筆動機ではないだろうか。主人公は、ナーシッサと結婚し、系争中の妻の財産分与も明るい見通しにある。「地上に真の幸福というものがあるとすれば、私はそれを享受している。強く高ぶった恋の心は今では落ち着いて熟し、慈しみ深く静かな愛情となり、心と心の密接なつながりと交わりによって強固なものになった。これは徳のある結婚生活によって初めて生み出されるものだ。運命の女神はかつての残酷さの償いを十分に行なってくれた(72)」と主人公は半生を振り返り、子供の誕生が近いことが述べられて作品が結ばれている。

第6章 〈ノヴェル〉のための技法——〈散文〉の勃興（二）

一 「性格描写」と「語り」の技術

「悪党文学」でも「性格描写」の技術は進んだが、テオプラストス（Theophrastus）以来の文学ジャンルとしての「性格描写」も復活した。テオプラストスの『人さまざま』の最初の英訳は、ジョン・ヒーリー（John Healey）によるもので、一六一〇年に出版された。一六九九年には、複数の未詳訳者による英訳が、ラ・ブリュイエールの『カラクテール』（La Bruyère, *Les caractères*, 1688–94）の英訳と合本で出版された。これにはラ・ブリュイエールの「テオプラストス論」の英訳も添えられていた。『カラクテール』と同じ構成なので、『人さまざま』はフランス語訳の重訳かもしれない。サー・フィリップ・シドニーの人物造形にテオプラストスの影響を見る研究があるが、「性格描写」を標榜した最初の本は、一六〇五年に出たジョゼフ・ホールの『美徳と悪徳の人々』（*Characters of Virtues and Vices*）であった。たとえば「偽善者」の文章では、「彼が施しをするときは、周囲を見回す。目撃者がいなければ、施しもしないし、祈りもしない」[1]という具合に「内面」描写と「外面」描合がうまく適合している。この本が刺激となって、一六一四年にはサー・トマス・オーヴァベリの『性格描写集』（*Characters*）が出た。もともとは『ある女房』（*A Wife*）の第二版の付録だった。ホール以上の人気を得た。最初は二二名の「性格描写」だったのが、一六二二年にはほかの著者（とくにジョン・ウェブスター）によるものが加えられ、八三名にふくれあがった。四人の生活を描いた六名の「性格描写」の著者はデカーだと考えられている。[2]たとえば「憂鬱症の男」の文章では、「さまざまな愚かしい幻影が彼の頭脳をみたす。それがために、自然の欲求に従って息をすることもできない。一回の呼吸で三回分の空気を吸わなくてはならない。睡眠では自然への支払いを拒み、覚醒によって過剰に支払う。彼の幻想を満足させるもののみが彼を喜ばせる。彼の幻想は、彼を生きながらに貪り喰らう災いにして邪悪なる消耗である」[3]という具合に、いたって凝った文体で、抽象的かつ具体的に描かれている。デカーの『愚者入門書』は、ルネサンスの儀礼入門書のパロディでもあり、彼の日頃の観察にもとづく、少々誇張気味の「性格描写」でもある。この流行は続き、ジョン・アールの『小宇宙誌』（*Micro-Cosomographie*, 1628）が出る。「衒学者」という文章では、「彼は学識においては意見のみを心に抱き、学識のないまま意見のみを買い求めようとする。無知を隠す苦労に較べれば少ない苦労で無知を矯正できるかもしれないというのに。……朝、何かを読めば、晩餐での話題はそればかり。

その話題が続くかぎりは話をひとり占め(4)」という具合に、現代でも十分に通用する人物類型が描かれている。「性格描写」の流行は一八世紀に入っても続き、アディソンとスティールの『スペクテイター』(Joseph Addison and Richard Steele, *The Spectator*, 1711-12)で花開いた。なかでも「嫉妬深い男」(一九号)、「競い合う二人の美人」(八〇号)、「ライヴァル母娘」(九一号)、「図々しい士官」(一三二号)、「女たらし」(一五一号)、「男たらし」(一八七号)、「好奇心むきだしの男」(二二八号)、「取り持ち役」(四三七号)、「怒りっぽい男」(四三八号)を描いたものは秀逸である。

ダンテの『神曲』(Dante Alighieri, *Divina commedia*, early 14th Century)の最初の英訳(部分)はチョーサーの『誉れの館』(*The House of Fame*, c. 1379)に現われた。しかし、一五、六世紀におけるイギリスの、イタリア文学に対する関心の高まりにもかかわらず、『神曲』の英訳はなかなか現われなかった。ジョヴァンニ・ダ・セラヴァッレ(Giovanni de Serravalle)は、イギリスの二人の主教の依頼で『神曲』をラテン語散文に訳した(一四一六—一七年)。チャールズ・ロジャーズ(Charles Rogers)による英語の全訳は、一七八五年に出た。一六、七世紀には主としてフランス語訳で読まれていたものと考えられる。アリオストの『狂えるオルランド』(Ludovico Ariosto, *Orlando Furioso*, 1532)は、ジョン・ハリントン(John Harington)の英訳が一五九一年に出た。タッソの『エルサレム解放』(Torquato Tasso, *Gerusalemme liberata*, 1580-81)はリチャード・ケアルー(Richard Carew)の英訳が一五九四年、エドワード・フェアファックス(Edward Fairfax)の英訳が一六〇〇年に出た。これらのイタリア文学と、その流れをくむエドマンド・スペンサーの『妖精の女王』(Edmund

Spenser, *The Faerie Queene*, 1590）が、イギリス近代小説草創期に貢献したと思われる文学技法は、テクストとしての戯曲にはできない「外面」描写と「内面」描写の適合（たとえば、醜悪な精神とその表われである醜悪な姿形、あるいはそれへの変身）であり、個性豊かな「語り手」の創出であり、新鮮卓抜な比喩表現であると考えられる。

『神曲』「地獄篇」第二〇歌でダンテは、祭の日に行列が進むさまそっくりに円い谷を黙々と涙しながら進んでくる人々を見る。しかし「私たち人間に似たこの姿は、近くから見ると、首がねじれているから目からあふれた涙が筋を引いて流れてその臀を濡らしていた」。これは、生前不遜にも未来を占った者が、胴の上に頭を後前《うしろまえ》につけられて処罰されている姿なのである。同じく第二一歌では、汚職収賄の徒が煮えたぎる瀝青《チャン》の中に漬けられている。「百余の鉤」を頭にひっかけられ、表面に浮かび出たところを沈められる。それを「肉が浮かびあがらないように料理長は見習いに命じて鉤でもって肉を大鍋の中へ漬けさせる」さまに喩えている。「煉獄篇」第一九歌の、腹ばいになっている男は、生前目が「地上のものに吸いつけられ、天を仰ごうとしなかったから」、「［神の］正義」により手足を縛りつけられ取り抑えられている「貪欲の塊のような魂」だった法王アドリアーノ五世である[5]。

『狂えるオルランド』の「語り手」は、ロマンスにありがちな分枝的展開、一時的中断、場面転換についてコメントすることが多く、作品の構成にきわめて自意識的である（ふりをする）。弁明に「原典作者テュルパン」を引き合いに出すことも多いが、自ら構成を正当化することも多い。乙女ブラダマンテとルッジェーロが同じ館の中にいながらも、妖術使いの術で、絶えず顔突き合わせ、言葉をかけていながら、互いに気づかぬもどかしい場面を「語り手」は中断し、「そのうちに乙女が魔法の館を出る時が到来すれば、ルッジェーロともどもそこから出して見せますほどに。料理を変えれば、また食欲も募りまするが、私めのこの物語とて同じこと、あるいはこちら、あるいはあちらと、いろいろに話を変えれば、お耳をお貸し下さる方の退屈も紛れることと存じます。私が織ろうとつとめておりますこの大きな綴織り仕上げますにはさまざまな糸をたくさん要します(6)」と言い置いて、ムーアの軍勢が王アグラマンテの前に整列する場面へと移る。「語り手」は第二七歌で、「これまでに私が愛した女人の中には、実ある者は一人とていはしなかったが、それでも私は女人はみんな恩をば知らぬ、不実者だとは言いはせぬ。ただわが身にはつれなき定めのせいにするのみ。男に愚痴をこぼさせる因《もと》など作らぬ女は今も数え切れぬし、昔はさらに多くいた。さりながら百人の女の中で邪悪な女はたった一人であったとしても、そのたった一人の虜になるのが私の定めであったのだ」と、個人的な不幸にもとづく女性不信を吐露する。第二九歌の末尾で「女性《にょしょう》は押しなべて恩知らずにて、いささかも善性持たぬものである」と言ったことを、第三〇歌の冒頭で「ああ、さっきの歌の終わりの方で、怒りにかられて言ったこと、今更嘆き、悔やめど空し」と後悔し、次には一転して「ご婦人がたよ、なにとぞお許し下さいますよう。激しい怒りに打ち負かされて、取りのぼせ、たわごと吐いたこの私めを御容赦下さい。その咎は私めをこの上ないほどひどいさまにと陥らしめて、あとから苦い思いを味わうようなことを私に言わしめたあの憎い女性《にょしょう》のものであるゆえ。その女《ひと》の咎かどうかは神が知り、私がいかに愛しているかはその女《ひと》が知る。オルランドにも劣らず、私も我を忘れていたし、彼にも劣らず、私にも弁解の余地とてもなし(7)」と平身低頭する。その苦渋に読者の同情を誘う個性豊かな「語り手」ではないか。醜悪な精神の持ち主が本来の醜悪な姿形に戻る「変身」場面も印象的である。「魔術で若く、美しく、うわべを装い、ルッジェーロのみならず、多くの男を惑わしてきた」アルチーナは、魔法の力をかき消す指輪によって、真の姿を暴かれる。「見惚れるばかりであったその美貌、打って変わって、地上にまたとなきほどに、老いさらぼうて、おぞましく、醜怪な老婆の姿となり果てた。アルチーナ、顔は土色、痩せさらぼうて、皺だらけ、髪の毛は白く、まばらで、身の丈は五尺に足らず、口中の歯はみな抜け落ちて、へカベやクマのシュビレや、ほかのいかなる姥よりも齢を重ねていたけれども、今の世にては知られざるわざを用いて、美しく、若く装うそのすべをわきまえていたのであった(8)」。ルッジェーロに目もくれられなかった女の猛り立つ怒りは、「粒の細かな硝石と雑り気のない硫黄とに火が移るなり、たちまちぱっと燃え上がるさま」、「黒々とした竜巻が海面《うなも》に舞い下り、その真ん中に居座って、波掻きたてるさま」に喩えられる。王女アンジェリカと貧しい異教の兵士メドーロの名が、「いろいろな形に結び合わせて」到るところに刻んであるかつての愛の現場に足を踏み入れたオルランドは、わが目を信じず、あれこれこじつけを試みるが、アラビア語で書かれたメドーロの詩を読み、真実を打ち消すことができず悲歎にくれる。「嘆くに声出ず、泣くにも涙は溢れ出ない」悲嘆を、「胴は大きく、口は小さい器の中に入れたる水を、器の底を持ち上げて、出そうとすれば、かえって中身はいっきに出ようとするあまり、狭い口にてつっかえて、辛うじて一滴ずつしか落ちぬ(9)」さまに喩え、この場面にふさわしい悲愴感と哀感と滑稽感を高めている。

タッソ『エルサレム解放』では、アルミーダの虜囚となっていた騎士たちがその後の冒険を語る。自らの、魚への「変身」体験が具体的に語られる。「あの魔女が唱えていると、しだいにわたしは考えや好みが変わってゆき、生き方や住む所を変えたくなります。(何たる魔力でしょうか！)奇妙な思いに唆《そそのか》されて、わたしは水中に飛びこみ、深々と身を沈めて潜ってゆきます。いったいどのようにして両方の足が体内に引込《ひっこ》み、どのようにして一方の腕と他方の腕が背中に滅込《めりこ》むのでしょうか。わたしは縮んで痩せてゆき、肌の上を被《おお》うのは鱗《うろこ》だらけの皮となり、かくして人間から魚へと変身したのです」。ミルトン『楽園の喪失』で、セイタンが人類を堕落させることに成功し、地獄へ凱旋し、堕天使たちを前に大演説をぶったあとに、不本意にも体が縮み手足が引っ込み蛇に変わる場面を連想させる。石礫《つぶて》と弓矢によって城壁の縁からサラセン人がつぎつぎに落下していくさまは、「枝という枝から無数の葉が椀《も》ぎとられるほど、冷たい雹《ひょう》と化した氷雨《ひさめ》に激しく打たれ続けて、未《いま》だ熟しきらぬ果実が次々に落ちてしまう」(10)様子に喩えられている。

スペンサー『妖精の女王』における悪女デュエッサの正体暴露は、『狂えるオルランド』の魔女アルチーナの正体暴露よりも過激である。「悪知恵に富んだ頭はすっかり禿《は》げ上がり、あたかも立派な老いの姿を嫌うかのように皮膚は一面に剥げ、瘡《かさ》ができており、歯茎は腐って歯は抜け落ち、呼吸《いき》はひどい悪臭を放っていた。しぼんだ乳房は、空気の抜けた袋のように垂れ下がり、汚い濃《うみ》が流れ出していた。皺だらけの皮膚は楓《かえで》の樹皮のようにざらざらし、瘡《かさ》ぶただらけ……。尻には狐の尾が生え、糞が汚らしくいっぱいくっついており……」という具合にまだまだ続く(11)。魔女アクレイジアは、人間を、その心が最もよく似ている動物に変身させる。以前は、この女の欲情を満足させる愛人だった者が、今では獣のような心に応じて醜い姿に変えられている。騎士ガイアンは「不節制な生活の哀れな最後よ、甘い喜びごとの痛ましい報いだ」と言い放つものの、霊験あらたかな杖をもった巡礼に、男たちを元の姿に返してやってもらいたいと頼む。男たちは「恥ずかしいやら、縛られた主人を見て腹立たしいやら、青ざめ顔で目をぎょろつかせていたが、時にその中の一人で先刻までは豚だったクリルという名の男は、誰よりも大いに不平を鳴らし、豚の姿から本来の姿に変えてくれた巡礼を罵った」。ガイアンは「好きこのんで卑しい獣になり、知力を欠くことを選んだのだ」と言い、「獣のような男の心[12]」にあきれ果てる。中世の『恋する男の告解』に見られるアレゴリーとしての「妬み《エンヴィ》」や「悪口《デトラクション》」が、『妖精の女王』では「性格描写」的記述に変化し具体性を強めている。「妬み」は「人が立派にやったと見えるものには何にでも腹を立て、ぶつぶつ言うのがその性質で、そういうものを見るのが最大の苦痛であり、苦悩の種だから、胆汁を噛むのである。……もし誰かに良いことが起こったと聞くようなことがあると、苛立《いらだ》ち、悲しみ、胸に秘めた激しい怒りのために自分の体を掻きむしるが、もし誰かがまずいことをやったり、災難に遭ったりしたのを目にすると、宴会に招かれた人のように浮き浮きし、他人の損失を大いに喜び、自分が得をし、大きな賭に勝ったように思う」。「悪口」は、「もし誰かの、何か悪いことを耳にすると……それに尾ひれをつけて一層悪いものにし、多くの人に言いふらして大いに喜んだ」。「悪口」は「邪《よこしま》な鬼婆であって、害悪を与える点では妬み《エンヴィ》を遥かに凌ぎ、あの女は自分だけを悩ますが、この女は、自分をも他人をも苦しめるのであった。その顔は醜く、口は歪《ゆが》み、あごのまわりには毒が泡立っており、口の中には、尖《とが》りに尖った短く厭《いと》わしい舌がまむしの毒牙のように見え、それで目指す相手をみな密かに殺すか、無残な傷を負わせる(13)」。

二 イギリスのロマンスの変容

サー・フィリップ・シドニーは、当時流行のパストラル、サンナザーロの『アルカディア』(Sannazaro, *Arcadia*)やモンテマヨールの『ディアナ』(Montemayor, *Diana*)と、当時廃れつつあった騎士道ロマンス、モンタルボの『アマディース・デ・ガウラ』(Montalvo, *Amadís de Gaula*)を組み合わせてユーフュイーズの流行を凌駕する新しい混成種のフィクションを創造した。『ユーフュイーズ』の主人公とフィロータスの、体験を通して得られた成長が、ピロクレス(Pyrocles)とムシドーラス(Musidorus)にも見られるか否かは、『オールド・アーケイディア』と『ニュー・アーケイディア』における両王子の扱いが違うため判断のむずかしいところだが、サルズマンは『ニュー・アーケイディア』の両王子はクセノポンのキュロス王に近づいていると言い(14)、ハミルトンは「道徳的自覚の深化」が見られると言う(15)。

シドニーの『アーケイディア』の模倣とされているグリーンの『パンドスト』(*Pandosto*, 1585)は、一五七七年にすでに英訳のあったヘリオドロスの『エチオピア物語』(Heliodorus, *Aethiopica*)の影響

The Pleaſant

HISTORY

OF

DORASTUS and FAWNIA.

Pleaſant for Age to avoid drowſie thoughts, profitable for Youth to avoid other wanton Paſtimes: And bringing to both a deſired Content.

By ROBERT GREENE, Maſter of Arts in *Cambridge*.

LONDON,
Printed for *Francis Faulkner*, and are to be ſold at his ſhop in *Southwark*, neare S. *Margarets* Hill, 1648.

図版12 『ドラスタスとフォーニア』の1648年版のタイトルページ。

があったと考えた方が無理がないだろう。グリーンは『マミリア』（*Mamillia*）のなかで『テアゲネスとカリクレイア（『エチオピア物語』の主人公と女主人公）』（*Theagenes and Chariclea*）に言及しており、ギリシャ・ロマンス／小説に通じていた。難破、予言、行方不明の王女の「復活」などはギリシャ・ロマンス／小説におなじみの道具立てである。アッキレウス・タティオスの『レウキッペとクレイトポーン』（Achilles Tatius, *Leucippe and Clitophon*）は、別離、欺き、誤解による不実、危険な旅に耐えぬいて結ばれる恋人たちの物語である。これもグリーンにとって尽きせぬ着想源であった。『パンドスト』にもとづくシェイクスピアの『冬物語』では、裁判の場のあと死ぬベラリァ（Bellaria）を、劇の最後に蘇生するハーマイオニ（Hermione）に置き換え、物語に「ハッピー・エンディング」を与えている。グリーンは作品末尾で、パンドストがメランコリーに襲われ自殺したと述べ、悲劇的な結末を与えている。一六三六年版のタイトルは『ドラスタスとフォーニアの物語』になり、シェイクスピアのフロリゼル（Florizel）とパーディタ（Perdita）に相当する二人の恋人のロマンスに強調が置かれている。しかし、タイトルの「時の勝利」が暗示するように、恋人たちにも暗い影がさしている。パンドストとベラリアの死に加えて、フォーニアの死も末尾に暗示されている。いずれにせよ、ロマンスのコンヴェンションに慣れた読者の意表をつく悲劇的ロマンスになっている。『パンドスト』はパストラルとギリシャ・ロマンス／小説のモチーフを組み合わせたような作品であるが、『メナフォン』（*Menaphon*, 1589）はシドニーの『アーケイディア』と多くの類似点の見られる作品であり、『パンドスト』の暗さはない。グリーンはシドニーのほかにウィリアム・ウォーナー（William Warner）

の散文ロマンス『牧神パンの笛』(*Pan his Syrinx*)の影響を受けた。ヘリオドロスを始めとするギリシャ・ロマンス/小説に多くを学んだこの作品は、錯綜したプロットを統轄する技に冴えを見せている。グリーンの多産な活動(一五八〇年代の一〇年間に一五の散文作品)をウォルター・デイヴィスは四期に分けている。「ユーフュイーズ体の実験(一五八〇―八四年)」、「短い話またはノヴェル(novell)を集めたもの(一五八五―八八年)」、「ギリシャ小説の影響の色濃いパストラル・ロマンス(一五八八―八九年)」、「多くがノンフィクションである悔い改めと悪業を扱ったパンフレット(一五九〇―九二年)」の四期である。[16] 本人の意図はともかく、文学史の縮図のような一〇年余りの著作活動であったことがわかる。

トマス・ロッジの『ロザリンド』(Thomas Lodge, *Rosalynd*, 1590)もシドニーの『アーケイディア』の影響が大きいとされている。両者は同年に出版されたが、『アーケイディア』はすでに一五八〇年に手稿本が回覧されていた、というのが推論の根拠だ。しかしながら、シドニーと、グリーンとロッジ二人の社会的身分の隔たりを考えると、手稿本を参照できた可能性はないと考える研究者もいる。[17] この作品では、追放されてアーデンの森に住む王ゲリスモンド(Gerismond)の娘ロザリンドは、いま宮廷に居場所はない。彼女の美しさが、野心を抱く廷臣を、彼女のために王国回復を画策することへと駆り立てるかもしれない。トリスモンド(Torismond)はそのことを恐れている(「彼女[ロザリンド]の顔は好意にみちており、すべての男の眼に哀れみを訴える。彼女の美しさは天上のものと思われるほど神神しい。彼女は私にとって、プリアムにとってのヘレナのごとき存在となろう。貴族の誰かが彼女の愛を勝ち得て結婚し、妻の権利を盾にこの王国をねらうだろう」）[18]。愛という本来は私的な感情が、政治的脅威と化しうるのである。トリスモンドは、ロザリンドになびきかねない人心をそらせようと、レスリングを奨励し、試合を開催する。材源の『ガメリン』（*Gamelyn*）との際立った相違点である二人の女性（ロザリンド、父トリスモンドの元を去るアリンダ［アリーナ、道中の小姓ガニミード］）の自由闊達な行動、それぞれが、父の死後兄に虐げられるロサダー（Rosader）とトリスモンドに追放されて改心する兄サラディン（Saladyn）と男女のペアになる構成は、シドニーの『アーケイディア』に見られるものである。ちなみに『ガメリン』は、作者未詳の一四世紀の中頃（一三五〇—七〇年）の作品で、チョーサーも『カンタベリー物語』でヨーマンの話に改作しようとした形跡のある作品である[19]。

一六世紀のフランス、イタリア、スペインは、貴族などのエリート階層ばかりでなく、専門職や商人の階層からも、世俗文学を書く女性作家たちを輩出していたが、イギリスの女性作家の書くものには、信仰告白の書、宗教書の翻訳が多かった。そのなかでも例外的存在はイザベラ・ホイットニー（Isabella Whitney）で、多くの韻文書簡を書き、そのなかには、ロンドンの賑わう店の情景、音、匂いを生き生きと描いたものがある。もうひとりの例外的存在は、ハワード家の侍女を務めていたらしいマーガレット・タイラー（Margaret Tyler）で、スペインの騎士道ロマンス（*The Mirror of Princely Deeds and Knighthood*, c. 1578）を訳し一七世紀の世俗文学の女性作家たちの先鞭をつけた[20]。タイラーは冒頭の「読者へ」で、この物語にあなたは「悪意と臆病の当然の応報」と「正直と勇気のもたらす成功」を見いだし、両者の外国での実例を数多く蓄えられ、「楽しみ」に「有益さ」を交え、その結果、このスペイン人（作者カラホーラ）を「いざ必要なときの正直者」、「退屈な夜」を過ごすための「善良な友」とすることができるだろうと言う。「この物語にはこれほど多くのものがあるので、女性が手を染めるのは不適当なことではなく、私のような落ち着いた年齢の者の手を必要とするものである」[21]と述べて、あえてこの作品を訳した理由を明らかにしている。

サー・フィリップ・シドニーの姪のメアリー・ロウス（Mary Wroth）は『ユレイニア』（*Urania*）を一六二一年に出版したが、『アーケイディア』の英雄的理念に疑義を呈するかのように、この作品は嫉妬と不実にみちている。女性の友情、自立が描かれる一方で、女性の欺瞞や男性の無節操の犠牲になる女性が描かれている。相互に関連する副次的な物語の増殖はいかにもロマンスを連想させるが、この多層性・多次元性は、彼女が、公的私的を問わずさまざまな状況（宮廷での策謀から家庭生活まで）を検証するのを可能にしている。騎士道の英雄的行為に対峙させるかのように、貞節、沈黙、従順が女性の英雄的行為として呈示されている。『ユレイニア』は、女性により英語で書かれた最初の（少なくとも印刷された最初の）散文作品である。彼女はロマンス形式を用いて、いわば「モデル小説」（*roman à clef*）を書いた。『ユレイニア』にも勇敢なヒーローは出てくるが、読者の注意は、遠征に発ったヒーローのあとに残される女性に引き寄せられる。求愛よりも結婚に比重があること、その結婚も作品の中ほどで成立すること、しかもその結婚のほとんどが幸福とはいえないことなど、ロマンスのコンヴェンションに違反するものである。ペリッサス（Perissus）とリメラ（Limera）の話は、貞節な妻が嫉妬深く疑り深い夫に苦しめられる話である。ヒロインのパンフィリア（Pamphilia）はいとこのアンフィランサス（Amphilanthus）と恋に落ちるが、ロウス自身もいとこ（メアリー・シドニーの息子）のハーバートと恋に落ち、二人の子供をもうけた。不幸な恋、宮廷での失墜という点で、ベラミラ（Bellamira）とリンダミラ（Lindamira）とも似ている。ロウスは、ジェイムズ一世の存命中は、王妃アンの寵愛を得ていたのだった。騎士道的ヒーローのアンフィランサスと孤独を好み自室にこもりがちなパンフィリアはロマンスにふさわしい男女であるが、そこにユレイニアが絡んでくる。ロウスは、パンフィリアの貞節・献身とユレイニアの精神的たくましさとを対照させる。ユレイニアは、勇気と判断力の欠如による愛への隷属を否定し、貞節の美徳は絶対的なものではないと主張し、暗にパンフィリアを批判している。ナオミ・ミラーは、「ユレイニアとパンフィリアは、このロマンスの全体にわたって、女性的欲望の二極化された表現」であると指摘しているが[22]、ロウス自身の体験にもとづく心の葛藤として読むこともできるだろう。

アンナ・ウィーミスによるシドニーの『アーケイディア』の『続篇』（Anna Wearmys, *A Continuation of Sir Philip Sidney's Arcodia*, 1651）は、シドニーの複雑巧緻な文体と較べると、彼女自ら言うところの「明快、直截、かつ簡潔」な文体に変化している。王政復古以来、フランスの長大な英雄ロマンスへの反動が生まれ、短いロマンスが好まれるようになり、文体も軽快単純なものが好まれるようになるが、そのような嗜好の変化を先取りする文体である。ウィーミスが元にしたのは、一五九三年版『アーケイディア』の、シドニーの死で未完に終わった『ニュー・アーケイディア』の部分である。

シドニーの妹ペンブルック公爵夫人の後援のもとに作られた一五九三年版『アーケイディア』は、未完の『ニュー・アーケイディア』と『オールド・アーケイディア』の最後の二巻半の合成版である（モーリス・エヴァンズ篇のペンギン版が手近に読める一五九三年版である）。

バフチンの言うように、そもそもロマンスという文学形式は「続篇」を産み出しやすい形式である。『ローランの歌』からボイアルドの「続篇」（『恋するオルランド』）、アリオストによるさらなる「続篇」（『狂えるオルランド』）、これら二つの「続篇」からスペンサーの「続篇」（『妖精の女王』）が生まれた。モンテマヨールの『ディアナ』からモンタルボの『アマディス・デ・ガウラ』が生まれた。『ドン・キホーテ』はその「続篇」である。ウィーミスの「続篇」のねらいは、まず、シドニーによりほのめかされていたパミラ（Pamela）とムシドーラス（Musidorus）、フィロクレア（Philoclea）とピロクレス（Pyrocles）の二組の結婚式を成就させることにあった。コリント女王ヘレナ（Helena）とアンフィアラス（Amphialus）の結婚も、ウィーミスによる「続篇」である。アンフィアラスの母セクロピア（Cecropia）は、パミラとフィロクレアの父バシリウス（Basilius）の弟と結婚し、死別するが、息子のいないバシリウスの王朝を途絶えさせるべく二人の王女を城へ拉致し、息子との結婚を強要し迫害する。アンフィアラスは、それに加担した罪悪感と母親の転落死に対する自責の念から自殺を図る。シドニーの物語は、彼を愛するヘレナが、治療のために彼をコリントへ運ぶところで中断している。傷も癒えたアンフィアラスは、もともと立派な人格の人なので、コリントの民にも歓迎されてヘレナと結婚する。二人の王女に対する謝罪も受け入れられる。喉にひっかかった魚の骨がとれたような、しっくりとくるさわやかな「後日談」になっている。ロウスもウィーミスもユレイニアの不在に創意の場を見いだしたが、扱いは対照的である。ロウスのユレイニアはたくましく、自らの欲望を追求する。ロウスは、生まれはやんごとない羊飼いというギリシャ・ロマンス／小説のコンヴェンションを採用する。シドニーも『オールド・アーケイディア』では、ストレフォン（Strephon）とクライウス（Claius）をそういう想定のもとに描いたが、『ニュー・アーケイディア』ではそうなっていない。『ニュー・アーケイディア』の冒頭のストレフォンとクライウスは、ギリシャの海岸に立って海を見つめながら、立ち去ったユレイニアの不在をかこち、自分たちが彼女への愛で大きく変わったことを回想する。二人がエスコートしてきたユレイニアがなぜ立ち去ったのか、その理由は書かれておらず、読者の想像をかきたてる。ウィーミスは、ユレイニアは、アンタクシウス（Antaxius. シドニーにおいても同じ役柄で登場する、親のすすめる金持ちの求婚者）に連れ去られたと「加筆」する。ユレイニアにとって「拒絶の沈黙」が「不満を示すただひとつのしるし」である。彼女が愛情を注ぐのはスズメだけである。「おまえの鳴き声は私にとって慰めであり励ましです。なんの楽しみも知らない私の心は、おまえの鳴き声以外に大切な調べを知りません。……［神の摂理の］全能を平身低頭して認めますから、どうかあなた様の慈悲でもって私を懲らしめ、アンタクシウスの束縛から私を解き放して下さい[23]」。親族に成金ソームズとの結婚を強要される『クラリッサ』の女主人公の苦境を連想させる。親の権力の犠牲者、男の性的欲望の対象としてのユレイニアを強調すべく、彼女をレイプしようとするラケモン（Lacemon）を登場させる。ユレイニアのペットのスズメを、言うことを聞かぬ彼女への見せしめに殺す残酷な男だ。ユレイニアを追いかけてきたラケモンをストレフォンは殺す。両親が死に、自分の意志で身を処す自由が得られたユレイニアはストレフォンと結婚する。

一五八〇年代と一五九〇年代にイギリスで流行したロマンスは、『アマディース』から影響を受けた騎士道ロマンスとは異なる、シドニーの『アーケイディア』に代表されるギリシャの古代ロマンス／小説とパストラルの影響の色濃いロマンスであった。シドニーの場合、ヘリオドロスの『エチオピア物語』の影響が顕著だが、この作品は一五八七年にアンダーダウンの英訳が出た。アッキレウス・タティオスの『レウキッペーとクレイトポン』は、英訳の登場こそ一五九七年と遅かったが、一五五四年にはラテン語訳、一五六〇年にはイタリア語訳、一五六八年にはフランス語訳が出ていた。エンジェル・デイの『ダフニスとクロエ』の英訳は一五八七年に出た。これらの近代語訳および英訳は、ロマンス流行の原因でもあり結果でもあった。スペインとポルトガルの騎士道ロマンス（*Amadis, Palmerin, Don Bellianis*）は、一六世紀の終わりから一七世紀にかけてイギリスで大いに流行した。一五〇八年から一五五〇年の間に出版されたこれら代表的な騎士道ロマンスは、一五九〇年代の終わりまで英訳されることはなかったが、フランス語訳は出回っていた。[24]『アーケイディア』に代表される洗練されたロマンスは、事実らしさを重んじて摩訶不思議を極力排し、古代ギリシャ・ロマンス／小説の影響のもとで、複雑な構成を志向した。無構成とも見える果てしなく増殖する形式をもつ騎士道ロマンスはイギリスの新しい読者層に浸透した。リチャード・ジョンソン（Richard Johnson）、ヘンリー・ロバーツ（Henry Roberts）、エマニュエル・フォード（Emanuel Forde）の騎士道ロマンスは、

『アマディース』、『パルメリン』のアントニー・マンデイ（Anthony Munday）の英訳とともに一世紀にわたって需要があった。[25] ジョンソンもロバーツも多くのエピソードの舞台にロンドンを選び、騎士道ロマンスに愛国心を注入した。フランスでは、ゴンベルヴィル（Marin Le Roy de Gomberville）の『ポレクサンドル』（*L'Exil de Folexandre*, 1619, 1629, 1632, 1637）に代表される冒険ロマンスから英雄ロマンスが生まれた。前者はエピソードの多用と騎士道が特徴であるが、後者は叙事詩的構成をもち、外的事件よりも愛（の優位）のテーマを重視した。多くの女性が後者の文学形式の創造に、作者として、あるいは、英雄ロマンスの登場人物に具現される理想的行動規範の譲成場としてのサロンのメンバーとして加わった。その代表であるマドレーヌ・ド・スキュデリ（Madeleine de Scudéry）は『イブラヒム』（*Ibrahim*, 1641）、『グラン・シリュス』（*Artamène ou Le Grand Cyrus*, 1649–53）、『クレリー』（*Clérie*, 1654–61）を書いた。英訳はフランスでの出版からほどなくして出た。短い「ヌーヴェル」とは違い、心理的深みのある一、二の主人公によって縫い合わされる長い構成になる傾向があった。イギリスでは、ロージャー・ボイル（Roger Boyle）が英雄ロマンスを模倣して『パルセニッサ』六部（*Parthenissa*, 1651–56, 1669）を書いたが、共和制時代の「空位時代」の政治的関心を反映するものであった。[26] パーシー・ハーバートの『王女クロリア』（Percy Herbert, *The Princess Cloria: or, The Royal Romance*, 1653, 1661）は「内乱」を寓意的に描いたものである。リディア国王ユアーカス（Euarchus）の敗北と上院による投獄までを扱った最初の二巻は、『クロリアとナーシッサス』として一六五三年に出版された。全五巻が出版されたのは、王政復古後の一六六一年であった。ハーバートは「序文」

で、王女クロリアは「国家の名誉」を表わしており、クロムウェルの「専制的政府」の検閲を逃れるために寓意形式をとったと述べている。かといって、人名を置き換えれば史実として読めるというわけではない。処刑宣告を受けたユアーカスの演説が描かれているが、チャールズ一世にはその機会は与えられなかった。リディア国王の処刑は、アジア（ヨーロッパのこと）の政治的無秩序と混沌の象徴として描かれている。

ラテン語によってではあるが、政治的歴史に関与しつつ社会問題を考察する歴史ロマンスがすでに一六二一年にあった。ジョン・バークレイの『アルゲニス』（John Barclay, *Argenis*）である。ロマンスによくある人名・地名の下に隠されているのはフランスの政治的歴史である。一六二五年にはキングスミル・ロング（Kingesmill Long）の、一六二八年にはサー・ロバート・ル・グリス（Sir Robert Le Grys）の英訳が出た。前者の挿絵入り版が一六三六年に出た。一七三四年にはジョン・ジェイコブ（John Jacob）が簡約版を出し、一七七二年には作家のクレアラ・リーヴが『不死鳥』（*The Phoenix*）というタイトルで英訳を出版した。[27]『アルゲニス』は、アンリ三世（在位一五七四—八九年）とアンリ四世（在位一五八九—一六一〇年）治下の宗教的・政治的な混乱のなかにあるフランスを寓意的に描いている。メレアンドル（アンリ三世）の娘アルゲニスを、悪玉リュコゲネス（ロレーヌ家）とラディロバネス（スペインのフェリペ二世）と善玉ポリアルコスとアルコンブロトスが追跡するプロットが、中心にすえられている。バークレーの開拓した政治的寓意をひそませた歴史ロマンスという形式は、イギリスの「内乱《シヴィル・ウォー》」体験を包摂する格好の形式となった。

三　商人階級の〈声〉

商人階級の生の〈声〉が聞こえはじめる一六世紀から一七世紀にかけての戯曲二篇と、それから一〇〇年余りのちの、一八世紀初頭の、すでに確立された「商人道」「商人魂」の表明が聞こえる戯曲二篇を取り上げてみたい。

トマス・デローニの『立派な職業』（Thomas Deloney, *The Gentle Craft*, 1597）で取り上げられた、靴屋から身を起こし、一四四五年にロンドン市長になったサイモン・エア（Simon Eyre）という実在の人物の物語にもとづいて、トマス・デカーは『靴屋の祭日』（Thomas Dekker, *The Shoemaker's Holiday*, 1599）を書いた。仕事場《ワークショップ》の活気に感じられるロンドン市民階級のエネルギーはサイモン・エアに集中的に体現されている。貴族のローランド・レーシーを慕うロンドン市長オトリーの娘ローズに、サイモン・エアは説教する。「お父さんの言うことをおききなさい、ローズさん。あんたはもう年ごろだ。あんたの頬のような顔のすべすべした、男のくせにひげ一本生えねえような男と結婚しちゃいけませんぜ。あの絹ずくめの手合いは絵に描いた人形でさあ。表だけさ、見かけだけ。裏をみればぼろぼろだ。いや、おまえさんは市長さんと同じ食料問屋のお婿さんをもらうんだな。食料品屋はうめえ商売だ。砂糖に、乾しあんず。このおれの息子か娘が靴屋の身内以外のやつと結婚したら、すぐにかんどうだね。紳士の職は広いヨーロッパじゅう、いや世界じゅうどこへ行っても男一匹の一生の仕事だからね[28]」という具合に意気軒昂である。商人階級の自信と互いに寄せる信頼感に溢れている。デカーの出身は不明であるが、商人階級に生まれた生粋のロンドン子と想像したくなる。

デカーには、大学出ではあるが父親は煉瓦職人であるトマス・ミドルトンとの合作『咴呵を切る娘』（Thomas Dekker and Thomas Middleton, *The Roaring Girl*, 1611）がある。ジェイムズ・ノウルズによると、ロンドンが二五万人都市に成長するにつれ、都会生活の複雑さと多様性は増し、演劇も、大衆の都会生活と文化という新しい現象を再解釈しはじめた。広い範囲の社会階層に訴える力をもつという意味での大衆的演劇は、中間階層《ミドリング・ソート》と庶民《プリビーアン》の両方を射程に入れなくてはならず、後者の口承伝統をも包含するものを目指したと言う。「もし演劇が成功を収めたいのなら、庶民階級の『楽しみ《スポート》』をも体現しなくてはならなかった。それゆえ大衆的要素が導入されたわけだが、それはたんに（いくぶん軽蔑的な）『平土間《グラウンドリング》』階級に訴えるためだけ、というのではなく、すべての社会階層が識別できる伝統的要素を効果的に使う演劇を創造するためでもあった[29]」。『咴呵を切る娘』はまさにそのような劇である。モル・フリス（Moll Frith）を代表とする男装の麗人を唱うバラッド、ジグやダンスにさかのぼる伝統を背後にもつ劇であるとノウルズは言う。この劇の主人公はモルであるが、薬剤師のゴーリポット（Gallipot）、仕立屋のオープンワーク（Openwork）、羽飾り屋のティルトヤード（Tiltyard）とそれぞれの女房という商人階級が登場する。第三場は三つの店が横一列に並んでいる印象的な場面である。それぞれの店でのおかみと客、そしておかみ同士の「掛け合い」が生き生きと描かれている

(ラクストン「ひどい金欠なんだ。食い物を恵んでくれるとありがたいぜ。でもあんたの愛情をめぐんでくれたら、それにまさるものはないね」。ゴーリポットの女房「どこまで欲しがるんだね。あんたにその価値はないね」[30])。そこへ亭主たちが遊びから帰ってくると、さらにかまびすしくなる。とりわけモルの発言はきわどい(オープンワークの女房「百万人分の価値あるお方のおいでだ」、モル「槍であんたの貞節をひと突きしようか、ティルトヤードのおかみさん。でも穴(原語は burr で、槍で突く鉄の輪のことだが "vagina" の含意がある)までは残念ながら届かない」[31])。こんなモルにセバスチャン・ウェングレイブ(Sebastian Wengrave)はプロポーズする。モルはセバスチャンの父親サー・アレグザンダーに、「町の人たちはあなたに一目置くでしょうし、あなたの敵も、私がいるのであなたのことを恐れるでしょう。たとえどれほど混み合った人中であろうと、好きな道を歩き、財布を盗まれずに見事通り抜けることでしょう。あなたが、啖呵を切る娘を息子さんの妻にもっているかぎりは[32]」、と変な売り込みをする。しかしモルは、「彼[サー・アレグザンダー]は息子が私と結婚するのを恐れていたけど、私が断わるとは夢にも思っていなかったのさ[33]」とドンデン返しを打つ。男装の麗人の身体の性的転倒は階級の転倒にまで及ぶ。

リチャード・スティールの『まじめな恋人たち』(Richard Steele, *The Conscious Lovers*, 1722)は初演がヒットしたばかりでなく、一八世紀を通じて演目のひとつであり続け、その人気は一七三〇年代から一七五〇年代にピークに達した。英文学史においては「センチメンタル・コメディ」に分類されているが、リサ・A・フリーマンは、一時代前の「コメディ・オブ・マナーズ」をもじって、「コメディ・オブ・グッド・マナーズ」としゃれた命名をしている。[34]「センチメント」と「センシビリティ」を崇拝する心情が勃興しはじめたこの時期は、中産階級の興隆期でもあり、人間本性の善良さという「教義」は、爵位も土地もない商人にとっては、自らの支持する道徳的価値を構成する不可欠な一部となった。「偉大なインド貿易商人シーランド翁（Old Sealand）」から「一人娘で、莫大な財産の唯一の相続人」ルシンダ（Lucinda）を、息子の妻として提供されたサー・ジョン・ベヴィル（Sir John Bevil）は二つ返事で承諾する。[35]ところが、ベヴィル・ジュニアにはインディアナ（Indiana）という相愛の人がいる。ブリストルの商人が左前になり、単身インドで運を開く。六年後には財産を築き、残してきた妻と娘をインドに呼ぶ。途中、船はトゥーロンの私掠船に拿捕され、二人は捕われの身となる。妻は心痛で死ぬ。人情味を残していた船長は娘を養子にするが、彼も海で死ぬ。船長の弟は娘に懸想するが、思いを遂げらず、幼児からの養育費を娘に要求する。払えずに牢獄へ引かれていくところをベヴィル・ジュニアが救ったというわけである。無思慮な婚約をした息子に腹を立てたサー・ジョン・ベヴィルは、シーランドの娘ルシンダとの結婚を息子に強要する。のちにこのインディアナは、シーランドの最初の妻との間にできた娘であることが判明する。めでたくベヴィル・ジュニアはインディアナと結婚し、前からルシンダのことを愛していたマートル（Myrtle）もめでたくルシンダと結婚する。このようなめでたい内容の劇であるが、シーランドの口からときどき洩れる「商人道」に新鮮味がある。「あなた［サー・ジョン・ベヴィル］は私を町人風情《シット》とお考えでしょうが、私は町のことと世間のことを知っています。さらに言わせていただければ、われわれ商人は、この一世紀間にこの世に生まれ出た一種のジェントリーなのです。あなたたちはいつも御自分をわれわれのはるか上にいるとお考えですが、われわれは、あなたたち地主に劣らぬくらい光栄ある身であり、ほとんど同じといっていいくらいお役に立っているのです。というのも、あなたたちの商いは、本当のところ、干し草の山、太った雄牛を越えて広がることはないからです。あなたたちはなるほど楽しい人たちです。あなたたちは一般的に、怠惰になるように育てられているからです。ですからきっと、あなたたちにとって勤勉とは不名誉なことなのでしょう[36]」。

ジョージ・リロの『ロンドン商人』(George Lillo, *The London Merchant, or, The History of George Barnwell*, 1731) は、商人にも「悲劇」が成立しうることを証明した作品である。著者は「献辞」で、「悲劇は、一般の人間という境遇の中にあっても、その威厳を失うどころか、その影響力の広がりと感動する人々の数に比例して真の威厳をますものです。……私は実際、厳粛な詩の領域を拡大しようと試みましたので、すぐれた人によって演じられるのを目にできたらうれしく思います。私的生活における道徳的な話にもとづく劇は、そもそもの最初から悪徳の息の根を止め、美徳を守るために、魂の全能力と力を結集させた抗しがたい力によって、精神に確信をもたらせる上で驚くほど役立つかもしれません[37]」と作品の目的を明言し、その効果に対する自信のほどを示している。筋はいたって簡単である。優秀な親方ソローグッド (Thorowgood) のもとで勤勉に仕事に励み、将来を嘱望され、親方の娘との結婚という可能性もあったバーンウェルが、ミルウッド (Millwood) との肉欲に溺れ、金銭欲の強いこの女にそそのかされて、親方の金をくすね、金銭目あてについには叔父を殺して破滅する話である。商人としてせっかく築いた「信用」が音をたてて崩れていくさまには迫力がある。ソローグッドがもうひとりの徒弟トルーマン（Trueman）を相手に、次のような格調高い「商人道」を教授する。「それ［商いの方法］を学問《サイエンス》として研究すること、つまり、それがどのように理性と物事の本質にもとづいているか、そして環境、風習、宗教において大きな隔たりのある国々の間に交流を開き促進することによって、それがどのように人間性を向上させるか、そして北極から南極へと相互愛を拡散させる相互の恩恵によって、それがどのように技芸、勤勉、平和を増進させるか、それを研究することは、お前の払う労苦に大いに見合うものとなろう(38)」。

四　分類を拒む作品と多数多様な翻訳

ロバート・グリーンには『プラネトマキア』（*Planetomachia*, 1585）という風変わりな作品がある。擬人化された惑星が、すぐに熱くなる議論をする。宇宙の理性的中心であり、惑星の議論の裁定者でもある「ソル（Soll）」も、不作法で見苦しい議論にあきれ果てて、こう叫ぶ、「恥ずかしくないのですか、強く正しい神々よ。あなたたちの謹厳さ《グラヴィティーズ》［引力、重力］が狂った怒りで盲目になり、たとえ秘かにであれ、考えたり口にすべきでないことを暴露して自らの信用を失うとは(39)」。人文学的教養の落魄期における、カスティリオーネ『廷臣の書』のパロディか。

サー・トマス・アーカート（Sir Thomas Urquhart）は王党派として一六五一年にウスターの戦いに加わり、そのあと投獄された。そのときに書いたのが『宝石』（*The Jewel*, 1652）である。ロマンス、歴史、言語研究、個人的嘆願書の混成体である。アーカートはフランソワ・ラブレーの『ガルガンチュワとパンタグリュエル物語』の最初の二巻の英訳を、一六五三年に出版した。残りの巻を訳したピエール・モトゥー（Pierre Motteux）によると、彼の死後、第三巻の途中までの訳稿が見つかった。本人は全訳するつもりだったらしい。『宝石』の言語実験、風刺、ウィット、幻想的想像力にラブレーの影響が感じられる。

ヘンリー・ネヴィルの『パインズ島』（Henry Neville, *The Isle of Pines*, 1668）は二部構成になっている。第一部は、島を発見したイギリス人ジョージ・パイン（George Pine）の話である。第二部は、パインの子孫に遭遇したオランダ人コルネリウス・ファン・スローテン（Cornelius Van Sloetten）の語る後日談である。パインは、マダガスカル島近くの無人島に、四人の女（雇主の娘、二人の女中、黒人奴隷）とともに漂着する。パインは、島民をふやすために、八〇歳で死ぬまでに一七八九人の子孫をもうけ（「パインズ」は「ペニス」のアナグラム）、母親にちなんだ名の部族に分けた。スローテンは、孫のウィリアムから、祖父の死後、共同体が崩壊し、密通、近親相姦、不倫が日常化したことを知る。かつては島民をふやすという「大義」のもとに行なわれていた「必要悪」が、「大義」のないまま日常化してしまったわけだ。島の統治者であるパインの息子ヘンリーは厳罰を定める。ウィリアムは反乱を抑えるために、オランダ人の協力を求め、反乱の首謀者を殺害する。自然の恵みが豊かなこの島では労働の必要がない。のちの『ロビンソン・クルーソー』とはさまざま点で対照的な作品である。

ジョン・バニヤン（John Bunyan）は、『天路歴程』（*The Pilgrim's Progress*）出版二年後の一六八〇年に『バッドマン氏の生と死』（*The Life and Death of Mr Badman*）を出版した。天国へ行った男を書いたあと、「神を恐れぬ者の生と死、この世から地獄への旅」という着想が湧いたと述べている。バッドマンは、ピカレスク小説、犯罪者の伝記、詐欺師暴露パンフレットに出てくるような人物である。『天路歴程』は、『カンタベリー物語』、宮廷ロマンスの騎士の遍歴、『アーサー王の死』の聖杯探究の混成体であったが、『バッドマン』はさまざまな「下位文学」の混成体である。

ジョン・ダントン（John Dunton）は書籍販売業者として有名であるが、『世界周航記』（*A Voyage Round the World: Or, A Pocket-Library*, 1691）という作品を残している。タイトルから想像されるような当時流行の旅行記ではなく、副題が示唆する「書物の旅」である。主人公ドン・ジョン・カイノフィラス（Don John Kainophilus）は、この『周航記』は「ファンシーの船」の中で書かれたと言っている。しばしば『トリストラム・シャンディ』の先駆けと言われるが、作品の質ははるかに劣るものの、たしかに以下のような類似点がある。なかなか誕生しない主人公（「本文」の前に何種類もの「前置き」があるところはスウィトの『桶物語』に似ているが）、ジェニーに相当する謎の女性アイリス（Iris）の存在、発達した印刷技術のフル活用、物語の前進運動の意図的拒否、学識の誇示（とくにピュタゴラスの輪廻説への興味に発するそのパロディ）、「巡礼仲間」としての読者、物語に「かたち」を与えようとする努力と百科全書的知識を誇示したい欲望とのせめぎ合い、その「知識」における高級学説と民衆的俗信との葛藤、テクストの虚構性への絶えざる注意喚起、虚構時間とテクストを読むのに必要な読書時間の紛糾、などである。

トマス・ダーフィの『英知的世界論のための試論』（Thomas D'Urfey, *An Essay Towards the Theory of the Intelligent World*, 1707）はタイトルから連想されるような哲学書ではなく、「英知的世界」の中で生き、動き、存在しようとする観念論者ゲイブリエル・ジョン（Gabriel John）を主人公とする「風刺的寓話」である。作者の風刺の対象は、主人公の観念論であり、クウェイカーの「内的光」である。ゲイブリエルはデカルト説にある「渦巻き」に運ばれて「観念の旅」に出る。ゲイブリエルの師であるマルブランシュ（Malebranche）は、知識と哲学の障害になる眼を抉り出すように助言する。全般的に観念論のナルシシズムが風刺されている。全編に空隙（lacuna）があるのは『桶物語』に似ている。

以下、一七、八世紀における翻訳の盛況ぶりを瞥見するが、近代小説草創期の執筆の現場でヒントになりえたかもしれない文学技法にも注目したい。

ホメロスの『イリアス』は、ジョージ・チャップマン訳（George Chapman, *Homer's Iliads*, 1598–1611）、ジョン・オギルビー訳（John Ogilby, *Homer His Iliads Translated*, 1660）、アレグザンダー・ポープ訳（Alexander Pope, *The Iliad of Homer*, 1715–20）が代表的なものであり、ジョン・ドライデンの部分訳（John Dryden, *The First Book of Homer's Iliads*, 1706）をはじめ多数出た。同じく『オデュッセイア』はチャップマン訳（*Homer's Odysses*, 1614–15）、オギルビー訳（*Homer His Odysses Translated*,

1665)、ポープ訳(*The Odyssey of Homer*, 1725–26)のほか、政治哲学者トマス・ホッブスの翻訳(Thomas Hobbes, *Homer's Odysses in English*, 1677)がある。アリストテレスは『詩学』で、二作品の物語構成について、「『イリアス』のほうは『単純』な構造をもっていて『苦難』を主要素とし、『オデュッセイア』のほうは『複合的』な構造をも〔つ〕――なぜなら全篇を通して『認知』があるから――かつ『性格』的であるから」[40]と述べ、『イリアス』の単線的構成、『オデュッセイア』の複線的構成を指摘する。また『オデュッセイア』について、劇においては、挿話は切りつめられるが、叙事詩は挿話によって長くなると述べ、「『オデュッセイア』に固有な肝心の部分は『ひとりの男が、長年のあいだ故郷をはなれていた。その男は、海神ポセイドンに見張られ、ただひとりであった。そして家では、彼の妻への求婚者たちによって財産が浪費され、息子が謀殺されようとしていたが、彼は苦難に揉《も》まれたすえ、帰り着き、何人かの者に自分の正体を明かしたうえで、求婚者たちを攻撃し、自分は助かり、敵たちをほろぼした』」、これだけであり、「あとはすべて挿話なのである」[41]と述べている。構成が骨太のしっかりしたものであれば挿話によっていくらでも豊かなものに仕上げられる、という、小説構想の実際に役立つ「助言」ではなかろうか。アリストテレスは、「悲劇のよろこびには及ばない」と断わりつつも、「二重構造の物語からあたえられるよろこび」として、『オデュッセイア』に見られるような「物語が二重の構造をもっていて、善き人の身の上と悪い人の身の上に、それぞれ反対の結末が起こるような物語構成法」[42]を挙げている。これも利用度の高い「助言」である。『トム・ジョウンズ』の世界(「善き人」=トム、「悪い人」=ブライフィル)がすぐに連想される。アリストテレスは、「嘘《うそ》ごとはどのように語られるべきかを、他の作家たちに最もよく教え示した」のはホメロスであったと言う。ホメロスの手法は「誤謬推論」の利用であった。「すなわち、Aがあれば Bがあり、またはAが起こればBが起こるというような場合、人々は、後者のBがあれば前者のAもあったり、起こったりしたにちがいない、と考えるものである。しかしこれは誤りである。このゆえに、前者のAが嘘ごとである場合、しかしまた、仮りにAがほんとうであるとしたら必ずBがあったり起こったりしなければならないという場合、（Aをほんとうだと信じさせるためには）このBをAに加えて提示すべきである。なぜならそのようにされると、われわれの心は、後者のBがほんとうであることを知っているために、前者のAもやはりほんとうにまちがいないと、誤って推論するからである」。スウィフト的リアリズムにも、デフォー的リアリズムにも通用する本格的なリアリズム論ではないだろうか。また「作家としては、信じられない可能事（たとえ可能であっても納得のゆかないことがら）よりは、むしろ、もっともらしい不可能事（実際にはありえなくともいかにもありそうな感じを与えることがら）のほうを選ぶべきである[43]」という「助言」は、『トム・ジョウンズ』の「巻頭エッセイ」における「ポッシビリティ」と「プロバビリティ」をめぐる議論の基になったものであろう。『イリアス』の面白さのひとつは、英雄たちよりもはるかに人間臭い、欲望むきだしのオリュンポスの神々の演じる天上界のドラマ（女神同士の嫉妬、アカイア勢につく神々とトロイエ勢につく神々との間の駆け引き、娘アテナイエの、父ゼウスへの怨み、ゼウスとヘレの夫婦喧嘩、等）であろう。たとえ翻訳を通してであれ、新鮮卓抜な比喩表現の面白さは十分に伝わったのではないだろうか。戦闘が自然現象や日常卑近な出来事になぞらえられる。ひとつだけ例を挙げよう。防壁をはさんでのダナオイ勢とリュキエ勢の、伯仲した攻防戦の描写である。「それはあたかも二人の男が、共有の耕地で手に手に測量の棹《さお》を握り、境界の標石をめぐって揉めているよう、僅かな土地で、公平な配分をせよと言い争う――そのようにも胸壁は両軍を隔て、双方は壁越しに、互いに相手の胸元を狙って牛皮の丸楯や小楯を撃ち合う(44)」。

クセノポンの『キュロスの教育』の英訳は、すでに一六世紀からあった（*The Eight Books of Xenophon, containing the Institution, School and Education of Cyrus*, trans. William Barker, 1567）。一七世紀に正確な英訳（*Xenophon: Cyropaedia*, trans. Philemon Holland, 1632）が出るまで、数度リプリント版が出た。一八世紀にも新しい英訳（*Xenophon. Cyropaedia*, trans. Maurice Ashley, 1728）が出た。この作品は、ほぼ理想的な君主に統治されたほぼ理想的な国家の成立と崩壊が描かれた歴史ロマンスである。崩壊の原因も作中に暗示されている。キュロスは、「自分の周囲にもっとも信頼のおける者として誰を配置するのがよいか」考慮し、「護衛しなければならない者以外の者を愛している人間は信頼がおけない」と判断した。したがって「子供や気性の合った妻や愛人を持っている者たちは、生来それらの者たちをもっとも愛さざるをえない」ので除外される。「このことを認識した彼は、門番を始め自分の身辺の世話をする者はすべて宦官にした(45)」。アジアでなら可能かもしれないこのような、いわば「宦官親衛隊」は、アテナイでの不可能性を暗示する。キュロスは息子のカンビュセスに、「お前は他の者たちにも一緒に王位を守らせる努力をする場合、けっして同じ血筋の者より先に守らせ始めるな。

……兄弟のためと思う者は、自分のことを配慮しているのだ。偉大である兄は弟にもっとも大きな名誉となる。……兄が偉大であれば、その弟に害を加えることをもっとも恐れるに違いない[46]」と遺言する。ところが、「キュロスが死ぬと、彼の子供たちはすぐに争い、諸都城も諸種族もすぐに離反し、すべてが悪くなっていった[47]」。この作品は、キュロスの受けた教育の成功とキュロスの与えた教育の失敗を呈示しているのである。作品に深みと陰影を与える明暗対照の文学技法である。次の『アエネーイス』も、ローマ建国にともなう光と影、つまり植民・建国と征服・支配の対照を末尾の「死闘」で呈示する。

ウェルギリウス『アエネーイス』の英語の全訳は、一六世紀に二種類（*The xii Bukes of Eneados… Translated into Scottish Metir*, trans. Gavin Douglas, 1553; *The Whole xii Bookes of the Aeneidos of Virgil*, trans. Thomas Phaer and Thomas Twyne, 1573）、一七世紀に三種類（*The XII Aeneids of Virgil*, trans. John Vicars, 1632; *The Works of Publius Virgilius Maro*, trans. John Ogilby, 1649; *The Works of Virgil*, trans. John Dryden, 1697）、一八世紀に四種類（*The Works of Virgil*, trans. Richard Maitland, ? 1709; *Virgil's Aeneis*, trans. Nicolas Brady, 1716–26; *The Works of Virgil* [*Aeneis*, 1718–20], trans. Joseph Trapp, 1731; *The Works of Virgil in Latin and English* [vols. ii–iv, *The Aeneid*, trans. Christopher Pitt, 1740], 1753）出た。『アエネーイス』にもホメロス流の斬新卓抜な比喩表現が多く見られる。以下は、鈍重な動きでかろうじて櫂で進む船を描いた箇所である。「それはまるで、土手の上の路面にときとして見つかる蛇のよう。青銅の車輪に横から轢かれたか、あるいは、重い打撃を旅人が石によって加え、半死のさまに切り刻まれた

か、体を長々とくねらせ逃げようとするが空しい。猛り立つ部位もあり、目は燃え立ち、舌を鳴らす首を高くもたげる。しかし、傷のため不具となった部位が妨げとなり、みずからを縛るように絡み、体と体がもつれ合う[48]」。戦闘場面の凄絶さは『イリアス』の世界を彷彿させる。最も迫力があるのは、末尾のアエネーアスとトゥルヌス（先住民の大将）の死闘である。挑発されて狂気に駆られた巨漢の老人エンテルスとダレスの拳闘場面も印象的である。『アエネーイス』に多く見られる怪物も、のちの中世ロマンスの世界とのつながりを暗示するものである。ラオコオンがネプトゥーヌスの神官として牡牛を祭壇の前で屠っているところを襲おうとする二匹の大蛇は、次のように描かれている。「胸は波間にもたげ、冠毛を血の色に染めて波頭の上へ出しながら、他の部位はうしろで海中を進み、巨大な背を弓なりにくねらせている。海が泡立ち、どよめく。いまや、陸に上がろうとして、両眼に血と火が満ち、赤々と燃える。舌が小刻みに震えながら口を舐める音がしゅうしゅうと響いた[49]」。針路から逸れて闇が覆う波の上をさまよっていたアエネーアスの一行は、ようやく港に入り、宴を催す。そこをハルピュイアが襲う。「だが、突如として、恐ろしい勢いで山々から飛来してきたハルピュイアどもが、大音響とともに翼を羽ばたかせながら、食べ物を奪い、すべてのものに忌まわしい手で触ってこれを汚した。このとき、鼻をつく悪臭におぞましい叫びが入り混じる[50]」。

オウィディウス『転身物語』の英語による全訳は、一六世紀に一種類（*The xv Bookes of P. Ovidius Naso, entytuled Metamorphosis*, trans. Arthur Golding, 1567）、一七世紀に一種類（*Ovid's Metamorphosis Englished*, trans. George Sandys, 1626）、一八世紀に一種類（*Ovid's Metamorphosis in Fifteen Books:*

Translated by the Most Eminent Hands, trans. John Dryden et al., 1717）出たが、最後のものが、一八世紀から一九世紀にかけて何度もリプリント版が出た。ジョン・ドライデン他訳にはオウィディウス『恋愛指南』（*Ovid's Art of Love*, tr. John Dryden et al., 1709）もあり、これも一九世紀にかけて何度もリプリント版が出た。『転身物語』の面白さはいろいろあるだろうが、ユピテルの浮気の虫に手を焼かされるユノと空とぼけるユピテルを描いたところは、『恋愛指南』を書いたオウィディウスの面目躍如たるものがある。妻が来ることを察知したユピテルはイオを真白な牝牛に変えてしまう。牝牛になってもイオは相変わらず美しい。ユノは牝牛の容姿をほめ、どこから連れてきたかと、なにくわぬ顔で尋ねる。「ユピテルは、これ以上所有者のことまで訊かれだしてはことが面倒になるので、土からうまれてきたのだと嘘をついた。ユノは、それをわたしにプレゼントしてほしいとねだった。こうなると、いったい、どうすればよいのだろう。いかになんでも、愛人をここで見殺しにするのは冷酷だし、かといって、牛を渡さなければ、疑われる。ばつの悪さから、牛をやってしまおうかと思うが、愛がそれをゆるさない。むろん、ばつの悪さよりも愛の方がつよい。しかし、たかがこれっぽちの贈物を妹であり妻であるユノにこばんだとしたら、ただの牝牛でないことがばれてしまうであろう。そういうわけで、ユノはついにその恋仇を手に入れることになったが、かの女の心配はなかなか消えなかった」[51]。ユノは一〇〇の眼をもつアルグスにイオの番をさせる。事の顚末を知ったイオの父親イナクスは、牝牛に変えられたイオの角や首にすがりついて嘆く。ユピテルは不憫に思い、わが子メルクリウスに頼み、アルグスを退治してもらう。怒りに燃えたユノはイオを追い駆け回す。イオは溜息と涙

と憐れな鳴き声とによってユピテルにわが身の不幸を訴え、この苦しみを終わらせてくださいと哀願した。「ユピテルは、妻の首をだきよせ、こんな罰はもうやめてほしいと頼み、『これからは、もう心配をかけない。イオがおまえを苦しめるようなことは、もうけっしてないから』といった。……そこで、女神のこころもやわらぎ、イオは、たちまちもとの姿にかえった(52)」。はるかのちの「ファブリオ」や「ノヴェッラ」の出現を予告するような「小話」も多い。ウェヌスとマルスの密通を見つけた太陽神ソルは、ウェヌスの夫、火神ウゥルカヌスに不義の事実とそれが行なわれた場所を教える。金細工と鍛冶の神でもあるウゥルカヌスは、「眼に見えないほど細い真鍮の鎖と網と罠」を作り、網を寝床のまわりに張りめぐらす。「やがてウェヌスがその情夫といっしょに寝床に入ると、たちまち良人のたくみな仕掛けと精巧な罠にとらえられ、抱きあったまま生捕りにされてしまいました。レムノスの神［ウゥルカヌス神］は、さっそく象牙の扉をひらいて、神々を招じ入れました。不義のふたりは、がんじがらめにされて恥をさらしました。これを見て、こんな恥ならさらしてもいいと言いだす剽軽《ひょうきん》な神々もありまして、一同はどっと笑い興じました。それ以来、この事件は、ながいこと天国の話題になっていました(53)」。新婚一カ月で女神アウロラに拉致されたケパルスは、新妻プロクリスへの断ちがたい愛を訴え、解放される。しかしケパルスは妻の貞節を試そうとする。「分別のある者なら、これだけ貞節の証拠を見せられたら、十分納得するにちがいありません。けれど、わたしはそれだけで満足せず、さらにわれとわが傷口をひろげようとしたのです。そして、ただ一夜のために大きな財産をあたえると約束し、さらに贈物の額を大きくして、ついに妻のこころをぐらつかせてしまいました。わたしは、ここぞとばかりにさけびました。『不正にこころを動かした者は、罪をおかしたも同然だ。わしこそは、仮面をかぶったおまえの良人だ。不実な女よ、いまこそ、この眼でおまえの不貞をとり押さえたぞ！』すると妻は、ひと言も答えずに、ふかい恥じらいに打ちのめされ、意地のわるい良人と自分を罠にかけた家とをすてて出ていってしまいました」[54]。ここまでなら、同工異曲の「ノヴェッラ」は多くあるが、ここから哀切な話に転調する。ケパルスはプロクリスに赦しを乞い、プロクリスも名誉を傷つけられた恨みを水に流し、二人は仲むつまじく暮らす。狩に出たケパルスは、真昼間の暑いさなかに、そよ風をもとめる。「そういうときいつも、こんな歌をうたったものでした。『ああ、アウラ［風の意］よ、来てわたしを幸福にしておくれ。おお、いとしい者よ、わたしの胸に来て、いつものように、わたしを焦がすこの熱をさましておくれ』」。この文句を小耳にはさんだ人が、プロクリスに告げ口をする。プロクリスは自分の眼で確かめようと、狩に出たケパルスの跡をつける。木の葉のかすかな音で、野獣だと思い、ケパルスは槍を投げつける。「この名前が誤解のもとであったことに気がつき、そのことを妻に知らせました。……そして、その眼が見えるかぎり、わたしをじっと見つめていましたが、ついに最期の息をわたしにむかってわたしの口のなかに吐きました。けれども、そのあかるい顔つきは、まるで安らかに死んでいったもののようでした」[55]。『恋愛指南』の第一巻と第二巻は男性読者を対象に、第三巻は女性読者を対象に恋愛の手練手管を教える。オウィディウスが教授するのは、あくまでも「浮気心による愛」である。「愛の師匠」オウィディウスの教授の対象からは「金持ち連中」は除外されている。「贈り物ができるような人物には、私の技術はまったく要らないからだ。……この私はといえば、貧しい人々のための詩人である。人を愛したころに貧しかったからだ。贈り物ができなかったので、かわりにことばを贈ったものだ[56]」。しかし贈り物は強敵である。「やさしさあふれる詩を贈れなどと、どうして私が勧めたりしようか。悲しいかな、詩歌は大して敬意を払われはしない」。かといって、まったく絶望的というわけでもない。「めったにはいないが、学のある女たちもいることはいる。それとは別に、学はないが、そうありたいと願っている女たちもいる。こういう女たちはどちらも詩歌で褒め上げてやるがいい。出来栄えはどうでもいい、作った詩歌を心とろけるような調子で朗読奴隷に読ませて、その価値を認めさせるのだ。そうすることで、彼女たちを称えて寝もやらずに書いた詩は、ほんのつまらぬ贈り物の役目ぐらいは果たすかもしれぬ[57]」。貧乏人は「詩歌」にすべてを賭けるしかないという人生の冷徹な事実を、さりげなくヒューモラスに語っている。訳者沓掛良彦氏の「解説」によると、フランスでは、一五二九年から一五八八年までの間に二八版も版を重ねたベストセラーであった。

アベラール（Abelard）とエロイーズ（Heloise）の書翰集は、一七一三年にジョン・ヒューズ（John Hughes）によって英訳され、人気を博した。『ポルトガル文』の流行の余波である。ラテン語書簡はすでに一六一六年に出版されていたが、ヒューズの訳したのはデュボア（DuBois）の編集したフランス語版（*Histoire des amours et infortunes d'Abelard et d'Eloise*）であった。これは原文とはだいぶ異なるものであった。「愛と修道の手紙」が『ポルトガル文』のような「愛と情熱と悲運の手紙」に変わってしまった。ポープの *Eloisa to Abelard* もヒューズの版にもとづくものである[58]。

フランスの東洋学者アントワーヌ・ガラン（Antoine Galland）は、一七〇四年から一七一七年にかけて、一二巻本の『千夜一夜物語』（*Les Mille et une nuits*）を出版した。このガラン版の、訳者未詳の英訳が時を移さず出版された[59]（*Arabian Nights Entertainment... Translated into French from the Arabian MSS. by M. Galland, and now done into English from the third Edition in French...* 4th edn. London: Printed for Andrew Bell, in 12 [vols. i–vi], 1713–15. 1st edn (date unknown), 2nd edn, 1712）。ホルヘ・ルイス・ボルヘス（Jorge Luis Borges）が編纂した「バベルの図書館」（La Biblioteca di Babele）には、「ガラン版千夜一夜物語」の一部が収められている。意外なことにボルヘスの「序文」にはこうある。「本巻には、ドクインシーが最高傑作と判定したものの、もともとの原文にははいっていない唯一の有名な作として、アラジンと魔法のランプの話をおさめている。それはたぶん、十八世紀の初頭、ヨーロッパに『千一夜』を紹介したフランスの東洋学者、ガランがでっちあげたものであろう。もしそういう推測を受け入れるならば、ガランは物語作者の大王朝の最後の生き残りということになるのかもしれない[60]」。貧乏な仕立屋ムスタファの、碌でなしの一人息子が、スルタンの姫と結婚したいと母親に駄々をこね、母親の協力と魔神の力を借りて実現させてしまうこの話は、西洋人の夢なのかもしれない。姫の名「バドルールブードール」も、受けをねらったふざけた命名に思われてくる。

アフラ・ベーンには意外な翻訳がある。ラ・ロシュフーコー『箴言集』（La Rochefoucauld, *Réflexions ou Sentences et Maximes morales*, 1679）の英訳（*Seneca Unmasqued; or Moral Reflexions*, 1685）とフォントネル『世界の複数性についての対話』（Berard Le Bovier de Fontenelle, *Entretiens sur la pluralité des mondes*, 1686）の英訳（*A Discovery of New Worlds*, 1688）である。前者を翻訳するに至った経緯やベーンの動機は不明である。後者については、ベーンの序論が手がかりになるとモーリーン・ダフィは言う。ベーンは「対話」の相手が女性であることを重視し、フランス女性が話したことを訳した方がよいと考えたと言う[61]。フランスに較べるとサロン文化が発達していないイギリスにおいては、知的な女性を造型するうえでモデルに乏しく、『対話』の翻訳によって創作上のヒントを得ようとしたのかもしれない。それはともかく、フォントネルは意図的に「対話」の相手を女性に設定した。フォントネルは『対話』の序文で、「私がこの対話のなかに、こういった事柄［ほかにも同じような世界があるか、そしてそこにも人が住んでいるのか］が話されるのを一度も聞いたことがない女性を登場させ、これを教えていくことにした」と言っている。むしろ、「どんな学問の色も付いていない人のもつ限界を決してはみ出ることがないにもかかわらず、それでも言われたことを理解し、さまざまな渦動と世界を混乱もなく頭の中で整理できる」程度の知性をもつ架空の侯爵夫人を設定したと言う。けっして高い知性を要求しているのではなく、『クレーヴの奥方』の筋を十分に追い、その美をすべて知りたいと思うときの、この作品にたいする打ち込み方と同じものを［この哲学体系に］要求するだけだ[62]」と断わり、過度の知性の要求に対する警戒心を解こうとしている。この設定が効を奏したのか、この作品は大きな反響を呼んだ。

『蜂の寓話』（*The Fable of the Bee*, 1714）で有名なバーナード・マンデヴィルには、ラ・フォンテーヌの『寓話』（Jean de la Fontaine, *Fables choisies mises en vers*, 1668）の翻訳がある（*Some Fables after the Easie and Familiar Method of M. de la Fontaine*, trans. Bernard Mandeville, 1703)。『蜂の寓話』の一一年前の仕事である。

未詳訳者数人によってラ・ブリュイエールの『カラクテール(ギリシャ語より訳されたテオプラトスのカラクテール付き拙著カラクテールまたの名当世風俗誌)』(*Les Caractères de Théophraste, traduits du grec, avec les Caractère ou les Mœurs de ce siècle*, 1688)が訳された(*Characters... by Monsieur La Bruyere... with the Characters of Theophrastus*, trans. by several hands, 1699)。E・M・フォースターの言う「フラット・キャラクター」として作家が利用できる人物類型のカタログである。二例だけ挙げる。「メニップは、自分のものでない色々な羽毛で飾られた鳥である。彼は語らない。考えない。彼は他人の思想と言葉を繰り返す。いや他人の智恵《エスプリ》をあまりにも自然に用いるので、第一番に彼自らがそれにだまされてしまって、往々にしておのれの趣味を語り、おのれの思想を述べているかの如くに思いこむぐらいであるが、なに、彼は今別れてきた人の反響《こだま》にしかすぎない。どうやら十五分間は人並みに通用する男であるが、それがすぎると急に品が下がって、わずかの記憶で保たれていたかすかな光沢《つや》も消えうせ、その地糸を暴露する」[63]。こういう手合いは話相手としては毒にも薬にもならないだろうが、次の例は話相手としては精神的にも肉体的にも疲れさせられるだろう。「自分の話に退屈千万な注意をこらす人たちもいる。こういう手合いにあっては、会話をしている間中、絶えず彼らの頭脳《エスプリ》の苦労をこっちも一緒にしなければならない。……即妙の語句はひとつも彼らの唇をもれない。なにひとつとうとうとして自由には流れ出ない。彼らの話し方は的確であるが退屈である」[64]。

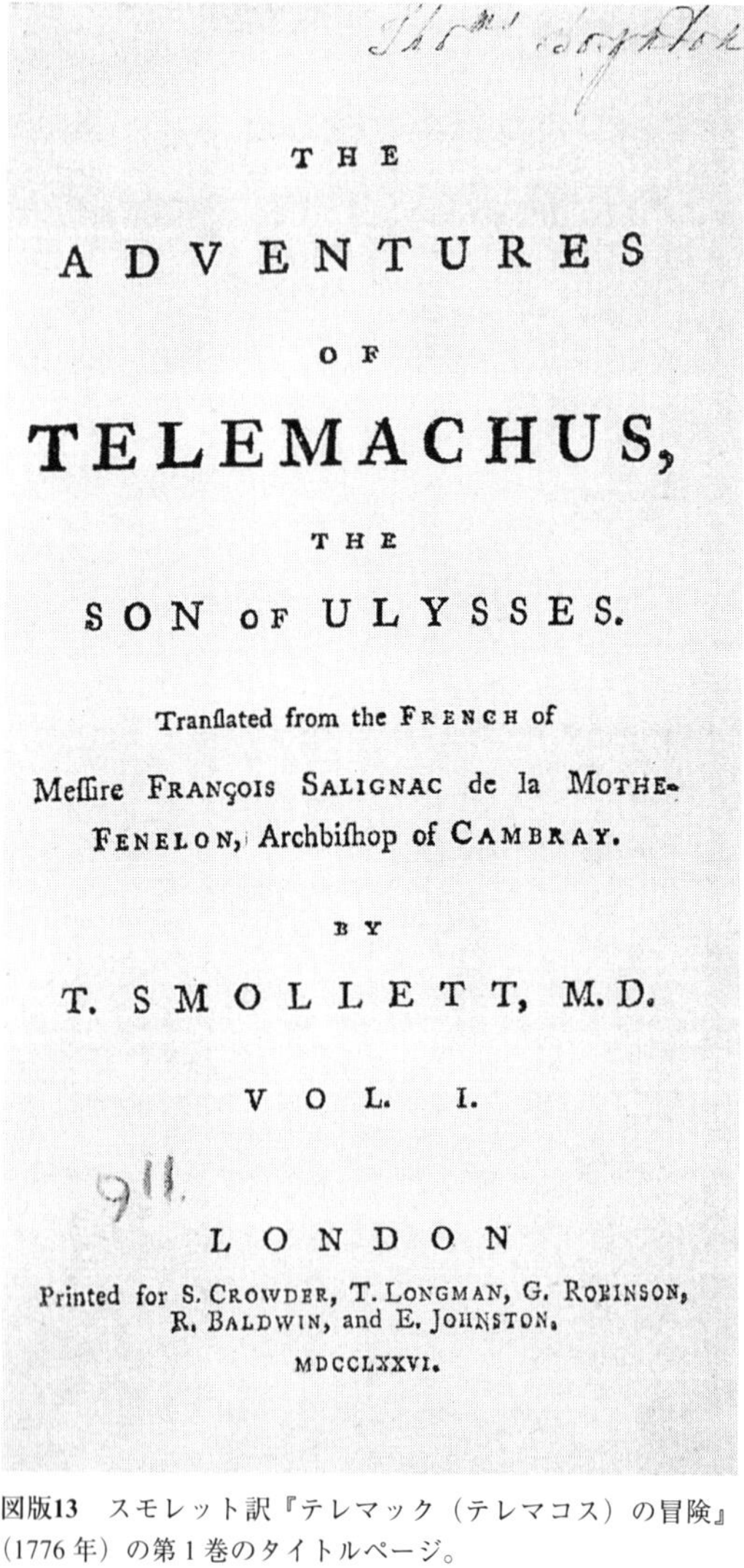

THE

ADVENTURES

OF

TELEMACHUS,

THE

SON OF ULYSSES.

Tranſlated from the FRENCH of

Meſſire FRANÇOIS SALIGNAC de la MOTHE-FENELON, Archbiſhop of CAMBRAY.

BY

T. SMOLLETT, M.D.

VOL. I.

LONDON

Printed for S. CROWDER, T. LONGMAN, G. ROBINSON, R. BALDWIN, and E. JOHNSTON.

MDCCLXXVI.

図版13　スモレット訳『テレマック（テレマコス）の冒険』（1776年）の第1巻のタイトルページ。

フェヌロン『テレマックの冒険』(François de Salignac de la Mothe-Fénelon, *Les aventures de Télémaque*, 1699) はトバイアス・スモレットの翻訳 (*The Adventures of Telemachus, the Son of Ulysses*, 1776) で有名であるが、その前にも英訳はあった。スモレットの英訳は九番目に出た英訳であった (Prose translations: Isaac Littlebury, partial translation 1699, completed 1700/01, corrected by Abel Boyer 1725; John Ozell 1718, revised 1719; Pierre Desmaiseaux, 1742; John Kelly, 1742; John Hawkesworth, 1768. Verse translations; Gibbons Bagnall, 1740; Percival Proctor, 1774; Mark Antony Meilan, 1776)。一八世紀中に一二回以上訳された(65)。この作品は、作中のマントール (老人に変身したミネルヴ女神) がフェヌロン自身を、テレマックが、フェヌロンに教育を委ねられていたルイ一四世の孫アンジュー公をモデルにしていると考えられている「帝王学」指南の書である。二つのユートピアが描かれている。最初のそれは、フェニキア人アドアムによって語られるベディック国である。アドアムはベディック国の人が語った言葉を引用する。「余剰物は、これを持たない人間の心をそそのかし、不正や暴力に訴えでも、これをかち取ろうという気を起こさせる。人間を悪へ導くことにしか役だたない余剰物が、いったい財産と呼べるだろうか。これらの国々の人間は、われわれにくらべ、健康に恵まれ強靭だろうか。われわれよりも長生きだろうか。国同士の結束はいっそう強いだろうか。いっそう自由で平穏で楽しい暮しをしているだろうか。いや、事実は逆だ。彼らは、おたがいにねたみ合い、卑劣で陰険な羨望の念にさいなまれ、四六時中、野心と畏怖と強欲に駆られどおしだから、清らかで純朴な歓楽とは縁遠いにちがいない。それというのも彼らは、ほんとうに必要でないものを必要と感ちがいして、その奴隷と化し、しかもそれを幸福の拠りどころとするからだ[66]」。テレマックは、自然に従って生きる純朴な生活を初めて知って感銘を受ける。父ユリースを捜して黄泉の国まで行ったテレマックは、そこで、偽善者が厳しく罰せられていることを知る。「両親を絞殺した子どもや、夫の血で手を染めた妻や、誓いすべてにそむいた後、祖国を売った逆臣たちでさえ、これら偽善者ほど残酷な懲らしめは受けていなかった。冥界の三人の裁判官がそう望んだからだった。その理由はつぎのとおりである。偽善者は、そのほかの不敬虔な連中のように性悪であるだけでは満足せず、さらに善良であると思われようと欲し、にせの美徳を装って、ついには真実の美徳が人びとから信用されなくなるように仕向けるからだ。神でさえ彼らによって翻弄され、軽蔑すべきものとされるので、神々は彼らの侮辱に復讐するため、好んで権能のすべてを用いる[67]」。『トム・ジョウンズ』の主人公は素行のうえでいろいろと問題があるとしても、偽善という大罪だけは免れているのではないだろうか。それとは対照的に、ブライフィルは偽善を体現したような人物である。フィールディングは『ジョウゼフ・アンドルーズ』の「著者序」で、「物語《フェイブル》、筋《アクション》、人物《キャラクター》、情緒《センチメント》、用語《ディクション》のことごとくをそなえる書物《かきもの》が、韻律の点には欠けていてもなお叙事詩とみなされることは至当である」と考え、『テレマックの冒険』は、散文であるにもかかわらず、『オデュッセイア』とともに叙事詩の部類に入るべきものだと言う[68]。『テレマックの冒険』を高く評価していることは明らかである。フィールディングは、滑稽の唯一の根源は「気取り」であると言う。さらに「気取り」は、「虚栄」と「偽善」の二つの原因のいずれかから発する。「虚栄は、他人の喝采《かっさい》を博せんがためにわれわれをして偽りの性質を装わせ、偽善は、われらの悪徳を隠すのにその正反対の美徳を装って、それによって世の非難を避けようと努めさせる。……偽善者の気取りは、自然との激しい矛盾と戦わねばならない……偽善から起こる気取りは欺瞞《ぎまん》の親類筋である……」[69]。偽善に対する強い非難の言葉は『テレマックの冒険』におけるそれとよく似ている。

法思想家モンテスキューのウィット溢れる書簡体小説『ペルシャ人の手紙』(Charles de Secondat, baron de Montesquieu, *Lettres persanes*, 1721) は、出版されたすぐ翌年に英訳 (*Persian Letters*, trans. John Ozell, 1722) が出た。これはオリヴァー・ゴールドスミスの『世界市民』(Oliver Goldsmith, *Citizen of the World*, 1762) に影響を与えた。

『パミラ』や『クラリッサ』への影響がしばしば指摘されているマリヴォーの『マリヤンヌの生涯』(Pierre Carlet de Chamblain de Marivaux, *Vie de Marianne*, 1731–41) は、最初の三部の訳者未詳の英訳 (*The Life of Marianne*, 1735) が原著進行中にすでに出版されていた[70]。主人公が、パリの仕立屋に住み込む両親不明の孤児である点、それにともない庶民の生活の描写が多い点が新しい。全体が一一部から成り、そのうち三部がある修道女の身の上話である点は、構成上少々難がある。第一部に対する「まえがき」に、「マリヤンヌは、己れの生涯のもろもろの出来事に関して、心に浮かんだいかなる反省考察をも書くことを厭わなかった」[71]とあるように、友人に宛てた長い「書簡」から成るこの小説に見られる「反省考察」には鋭い心理分析がある。第八部でマリヤンヌは、まるで作者に成り代わったかのように、「書簡」(「小説」) から月並みな小説に求められる「主人公」を排除し、「現実に存在している」「心情」を描いているのだと述べ、自らの心理的リアリズムの追求を明らかにする。「不貞な男［ヴァルヴィル］が小説の主人公！　おそらくそんな小説って、だれも見たことありませんですもんねえ。小説の主人公たちは、みな、変わらぬ愛の持ち主でなければならないときめられておりますものねえ、で、ひとびとは小説の主人公に、そういう点で興味を懐くんですわ、それに主人公たちをそういう風にすることは、実にやさしいことでしょうよ！　そうしたことは、自然に対しては何の犠牲も払わないんですもの、犠牲を払うのは、虚構《フィクション》なんですもの。……あたくし、ここでは、人間に関する事柄の変り易さに好んで適応するように進行してゆく事実をお話し申しあげているのでして、ひとびとの欲するように進行してゆく想像でこしらえあげた恋愛物語をお話し申しているのではありませんのよ。あたしがあなたに描いてお眼にかけているのは、ひとを娯しませるために拵えあげた心情ではなく、ひとりの男性の心情、こんにち現実に存在している一フランス人の心情ですのよ[72]」。

第7章　叙事詩、ロマンス、〈ノヴェル〉

一　叙事詩の自己完結性

ミハイル・バフチンは叙事詩の特徴として次の三点を挙げている。つまり「叙事詩の［表現］対象は民族の叙事詩的過去、ゲーテとシラーの用語を借りるなら、『絶対的過去』である」こと、「叙事詩の材源は民族的伝説である（個人的な体験や、それをもとに自由にふくらませた虚構《フィクション》ではない）」こと、「叙事詩の世界は絶対的な叙事詩的距離によって現在、つまり歌い手（作者とその聴き手）の生きている時代から隔絶されている」(1)ことの三点である。叙事詩においては、すべての重要なことはすでに完了完結しているものとして認識され処理されているということであろう。「叙事詩的世界には、未完結のもの、未決定のもの、未確定のものが入り込む余地はまったくない。叙事詩的過去には未来へつながる抜け道はひとつとして残されていない。これは自己充足的で、「後世による」いかなる継承も前提とせず、またこれを必要としていない(2)」。テクスト内に稀に存在する「語りの現在」を「痕跡」として無視するか、「亀裂」として重視するか、二つの立場がありうるだろうが、叙事詩の表現対象を考察しているバフチンは、当然前者の立場にある。また叙事詩の主人公《ヒーロー》は運命そのものであり、運命と一体化していると言う。バフチンは叙事詩の主人公のそのような存在様態をこう述べる、「叙事詩や悲劇の英雄《ヒーロー》は、おのが運命の外、その運命によって惹起されたプロットの外に出てしまえば、無にもひとしい存在である(3)」。ジョルジ・ルカーチは『小説の理論』で、叙事詩のテーマはあくまでも共同体の運命なのであって、叙事詩の英雄／主人公はけっしてひとりの個人ではない。共同体の運命が英雄／主人公に結晶化されていると言う(4)。

カルロス・フエンテスも同じ叙事詩観を述べている。彼は『セルバンテスまたは読みの批判』で、オクタビオ・パスの『弓と竪琴』から「アキレスもエル・シッドも、自分の世界の考え方、信念、制度などに対し、疑いを抱くことはない。……叙事詩のヒーローは決して反逆者であることはなく、英雄的な行為は概して、神話的なるものの欠如によって損なわれていた、先祖代々の秩序の回復に向けられる」という一文を引用したあと、「叙事詩の記述と読みは、予言しうる、一義的な、外延的《デノターダ》なものである」と述べ、その特徴は「一つの意味――叙事詩とその叙事詩が依拠している現実の秩序との同一性――に還元しうる」点にあると言う。さらに「この同一性は秩序――古代ギリシャのポリス、ローマ帝国、あるいは中世の自由都市の秩序――の是認でもある」と指摘し、「叙事詩の形式と規範はぴったりと符合する——『イーリアス』や『アイネーイス』、あるいは『ローランの歌』にあっては、記号《シグニフィカンテ》と記号内容《シグニフィカード》の間に介入するものは何もないのである」[5]と述べ、叙事詩の、現実の秩序との同一性、現実の秩序・規範の是認を指摘する。バフチンの、叙事詩の主人公《ヒーロー》は運命と一体化しているという発言を敷衍したものとして理解してよいだろう。

ルカーチは、『歴史小説論』で、ゲーテが叙事詩人の吟唱の現在性を重視するのに対し、すでに完全に過ぎ去ったことについて知るには、コミュニケーションの身体的直接性、公共性を必要としないと断言する[6]。ルカーチは同書で、階級社会における労働の分業化と社会関係の複雑化というプロセスの中で、公的な生と私的な生の分割が生まれ、演劇と叙事詩は正反対の方向に向かったと言う。「生の総体性」と「客体の総体性」の反映としての叙事詩はこのプロセスに順応しなくてはならなくなり、「ブルジョワの叙事詩」としての小説が生まれたとする。いわゆる「文学的叙事詩」の孕む芸術的分裂性は、古い叙事詩に対応する現実がすでに死に絶えているにもかかわらず、かつての形式的要素を保持していることに由来すると言う[7]。「文学的叙事詩」の一例としてミルトンの『楽園の喪失』を考えてみると、「セイタン主人公説」が隠然としてあるのは、この作品が叙事詩を「逸脱」して小説に近づいているからではないだろうか。セイタンは古い叙事詩の主人公《ヒーロー》のパロディだと考えた方がよいだろう、ちょうどエマ・ボヴァリーが古いロマンスのヒロインのパロディであるように。パロディ、アイロニー、ヒューマーという意識の距離化、二重化が、「芸術的叙事詩」の芸術的分裂性のひとつの要因であると考えられる。『楽園の喪失』で描かれるはずの「人類の歴史」は主題として完結しえない以上、結末も小説特有の「開かれた結末」にならざるをえないのだろう。

ルカーチは、叙事詩の筋の運び《アクション》の駆動力は叙事詩の主人公《ヒーロー》に具わるものではなく、神々に具現されている必然性の諸力そのものであると言う。そして叙事詩の主人公《ヒーロー》の偉大さは、これら必然性の諸力に対する粘り強く狡猾な抵抗にあると言う。しかしこのような抵抗の姿勢（「後退のモチーフ《リトログレッシヴ》」）は、小説において顕著なものになると指摘する。「後退のモチーフ」はしだいに重要性を帯び、目標の実現を妨げる途切れない連鎖というかたちをとって物語を支配するに至ると説く。しかしロマンスを経て近代小説に至ると、『ドン・キホーテ』に見られるように、明確な目標はなく、騎士道の復活を求める冒険の旅といった程度の具体性を欠いたものになり、オデュッセウスの帰還の旅とはきわめて異なるものに変貌したと言う。ルカーチは『トム・ジョウンズ』と『ウィルヘルム・マイスター』を例にとり、主人公が放浪の旅に出る前に達成しようと目論んでいたものと、実際に達成されたものが大きく異なっていると指摘し、それは「後退のモチーフ」の機能がさらに高まったからだと論じる。(8) 叙事詩からロマンス、ロマンスから小説への、主要ジャンルの変化を、「後退のモチーフ」の機能の高まりとして説明しているわけである。目標を欠いた世界にふさわしいジャンルが小説であると言いたいのかもしれない。

叙事詩の世界はすでにあらかじめ完結しているので、どこから始めて、どこで終わらせてもよい。たとえば『イリアス』はトロイア戦争の物語群からのランダムな引用であるから、それがヘクトルの死で終わる必要性はない、とバフチンは言う。(9) すると、叙事詩が「事のただ中」から始まるのも、文学的修辞技法というよりは、どこから始めても「事のただ中」にならざるをえないという事情によるのかもしれない。

二　ロマンスに内在するアンビヴァレンス

"Roman" は "metre en romancy"、つまり「ラテン語を卑俗語に翻訳する」ことに由来する。またこの語は、ラテン語から翻訳された物語を意味した。[10] "Enromancier," "romaçar," "romanz" (これらはロマンス語［フランス語、イタリア語、スペイン語］の古い形) と言えば、卑俗語を使って翻訳したり、作品を書くことを意味した。そこから、そのような作品自体が "romanz," "roman," "romanzo" と呼ばれるようになった。それから語義が拡大し、ラテン文学やラテン語で書かれた作品と区別して、これらの派生語による文学の特性をも意味するようになった。このようにして古仏語の "romant," "roman" は「韻文の宮廷ロマンス」を意味するようになるが、文字どおりの意味は「通俗書」である。「当時の卑俗語文学と結びつけられる特徴は、恋愛と冒険と空想力の独特な奔放さである。ロマンスの持つ『通俗的な』または『貴族的な』性格は、すでにその名前に示唆されている。ロマンスは、主題は宮廷的であっても、物語ることばはすべての人に理解できるものであった[11]」とジリアン・ビアは、ロマンスに根源的に内在するアンビヴァレンスを指摘している。ちなみに、卑俗語で書かれた物語は「ロマンス」と呼ばれただけでなく、“estoires”（物語／歴史）、“contes”（話）とも呼ばれた(12)。

アルベール・ティボーデは、ラテン語で書かれたものは「一つの文学的持続、一つの伝統に属し、文化の過去と結びつき、その将来をも準備し保証していて、かかる文化を寺院または修道院の文庫《ビブリオテク》に合体せしめている」と述べ、それに対して「ロマン［ス］語」で書かれたものは「それ自体のなかに目的をもたず、個人の読書を目的としていない。ただ音読するため、つまり公衆の前で朗読するための記憶の便に供したものである。だから、この種の書きものは書かれた文学との関係を確保するものではなく、口伝文学との結合をむしろ建て前とする。ロマン語は民衆の読む言語ではない、その明白な理由は、民衆は読むすべを知らぬからだ。つまり、ロマン語は民衆が耳で聞く言語であり、文字を知っている人たち――つまり、学者、聖職学者が読んで聞かせる言葉なのである。最初の小説ともいうべき武勲詩は、それだから、ギリシアにおけるホメロスの詩や当時の戯曲のようなもので、公衆の前で朗誦する作品だった。この朗誦こそ、書かれた目的であった(13)」と述べて、ロマンスの公共性、口承性、朗誦性を強調している。

セザール・セグレは、ロマンスの作者＝語り手には、登場人物と同一化しようとする姿勢が見られると同時に、登場人物に対して批判的距離を置こうとする態度も見られ、そのためロマンスには「視座の複数性」が生じることが多いと指摘し、多くの批評家がロマンスというジャンルの特徴としてアイロニーの存在を認めているのは、それが原因であろうと言う。その根本的原因は「騎士」（*chevalerie*）と「聖職者」（*clergie*）の対立にあるとする。つまり学僧である作者＝語り手が、騎士道を実践する主人公に対してアイロニカルな視座をとるからである。結婚によるにせよ、征服によるにせよ、継承によるにせよ、騎士である主人公が社会において自らの位置を定めるための「交渉」が、学僧である作者＝語り手の視座からアイロニカルに眺められていると言う。[14] バーバラ・ファックスも、ロマンスのアンビヴァレンスは、作者＝語り手が領主や貴婦人に完全には同一化できないことに由来すると指摘している。教会下層の学僧の仕事は、牧師の役を勤めることではなく、宮廷の事務をすることであり、その主な仕事はラテン語を読むことであった。学僧である作者＝語り手と騎士である主人公との距離がロマンスにアイロニーをもたらすと言う。たとえば『サー・ガウェインと緑の騎士』の城主夫人が、夫不在中に騎士ガウェインに求愛する場面は、貴婦人に求愛する騎士の姿の擬態《ミミック》であると言う。ロマンスには、宮廷愛の、相反する力の働く錯綜的様態、いわば宮廷愛の自己否定を構造的に内蔵している例が数多くあると指摘する。[15] たとえば、マリ・ド・フランス（Marie de France）の『レー』(*Lais*, c. 1170–80) も、短いながらもロマンスの戦略（理想化、先延ばし、軍事とエロスの緊張）を利用しており、ロマンスから引用された「スナップショット」、「エピソード」があり、そこにもアイロニー（フェミニスト的ひねりのきいた「裏から見た騎士道」）が認められる、とファックスは言う。[16]

　クリストファー・バズウェルは、ギリシャやローマの「騎士」が活躍する中世ロマンスのアナクロニズムは、作者＝語り手が安心して同時代の社会とその価値を俎上にのぼすことを可能にし、同時に中世の君主をアエネーアスの末裔に位置づけることを可能にするアンビヴァレントな設定であると言う。[17] クレチアン・ド・トロワ（Chrétien de Troyes）というオクシモロン的な「ペンネーム」（「トロイのキリスト教徒」）自体が、中世ロマンスの、作者＝語り手のキリスト教的世界観と、古代古典のルーツとの二重性を暗示しているとファックスは言う[18]。

サイモン・ゴーントによれば、クレチアン・ド・トロワの『荷車の騎士』の主人公ランスロは、目的のためにあえて荷車の上に座すという屈辱に耐えるが、その姿はいかにもキリスト教的「謙譲」を連想させる。しかしその目的というのは、王妃を追い求めるというきわめて世俗的なものなのである[19]。読者に「聖伝」というジャンルを「期待の地平」に喚起させながら、同時に世俗的な連想で切り崩している。ロマンス・イデオロギーと「聖伝」イデオロギーの葛藤とも言えるし、前者による後者のパロディとも言えるだろう。ロマンスは文学ジャンルとして安定した構造を保っているわけではなく、つねにアンビヴァレンスを、程度の差こそあれ、内蔵していると言える。

ファックスは、オデュッセウスの、イタケーで待つ妻ペネロペイアのもとへの帰還の旅が、その後も引き続き繰り返し使われるロマンス戦略の原型を作ったと説く。『オデュッセイア』は『イリアス』と共有する部分が多いが、前者の物語の関心は、帰還の旅の進捗状況にあるのではなく、帰還の旅を妨げるさまざまな障害・迂回の方にある。つまり、欲望の成就にあるのではなく、欲望の対象の先送りの方にあり、そのようなロマンス的特徴がすでに『オデュッセイア』に現われているとファックスは指摘する[20]。ヘリオドロスの『エチオピア物語』には『オデュッセイア』への言及がある。オデュッセウスの亡霊が現われて、ヘリオドロスによる『イリアス』拒否と『オデュッセイア』修正のお膳立てをしているとスティーヴ・メンツは言う[21]。ペトロニウスの『サテュリコン』とルキアノスの

「本当の話」には、『オデュッセイア』のパロディがあり、さらにルキアノスはオデュッセウスを「こうした連中［クテーシアスやイアンブーロスのような旅行記作者］の先達ともかれらのでたらめの師匠ともいうべき」人物だと言う[22]。『イリアス』に較べ『オデュッセイア』は、ロマンス的要素（難破、捕囚、予言、変装、等）を多く含んでいることは明らかである。オデュッセウスも、戦士というよりは策略家である。ペネロペイアも、オデュッセウスに劣らぬくらい、さまざまな機略を弄し、叙事詩の女主人公らしからぬ、たとえば『エチオピア物語』のカリクレイアを連想させる人物である[23]。ジョン・ウィンクラーは、「結婚—に至る—恋愛」つまりエロスと結婚の融合は、近東からギリシャに輸入され、最初に『オデュッセイア』に具体化されたのかもしれないと述べている[24]。エロスと結婚の融合は、ロマンスを飛び込えて、むしろ近代小説のモチーフである。『オデュッセイア』に内在するロマンス的要素、近代小説的要素が、この作品を叙事詩の外へと離脱させようとしていることは明らかに感じとれる。

三　牧歌ロマンス、騎士道ロマンス、英雄ロマンス、近代語訳ギリシャ・ロマンス／小説

中世ロマンスは通例、イングランドのヘンリー二世とエリナー・オブ・アキテーン（エレアノール・ダキテーヌ）の宮廷に、一一五〇年頃に現われた、当時のエリート言語（アングロフレンチ）で

書かれた愛と冒険の物語とされている。舞台は遠く古典古代か、アーサー王の時代に置かれたが、使われている道具立ては当時の宮廷および騎士道文化である。典拠はギリシャ・ローマの伝承（テーベ物語、トロイア戦争）、古代古典（ウェルギリウス、スタティウス、オウィディウス、アポロニオス、等）、中世の史誌、ケルトの伝説、武勲詩などである。一三世紀以降は、ロマンスの題材は三つに分けることができる。トロイア戦争の物語や『アエネーイス』のリメイクである「ローマもの」、アーサー王と円卓の騎士を扱う「ブリテンもの」、武勲詩で有名になったフランスの騎士をめぐる物語である「フランスもの」の三つである。人物は、前代のフランス叙事詩の人物に似ているが、強調は、公的というよりは私的な事柄、女性の視点、騎士の恋愛体験にある。[25] 武勲詩は本質的に行動的、戦闘的であり、英雄たちが活躍するが、ロマンスに戦闘があっても、それは主人公の試金石として描かれており、戦いの動機は変化している。武勲詩の主人公は大義のために戦うのに対し、ロマンスの主人公は個人的な行動の理想のために戦う。「比重をました女性の役割と性愛の強調が、アーサー王物のロマンスと、それ以前の、関連性をもったカロリンガ王朝文学とを区別する主な特徴である。これはロマンスの『女性的』性格を確立するのに役立った[26]」とビアは言う。中世ロマンスは、エリート文学とはいえ、卑俗語で書かれているため、宮廷圏をはるかに越えた幅広い読者層に迎えられた。しかし、宮廷はロマンスの舞台以上の存在であり、求心力をもった文化的結節点として機能した。ゴーントは宮廷のもつ中心性をこう説明している。「この中心点——法律的、財政的、社会的中心点——は、領主の優越性を示威するための儀式を通じて、世俗的権力が発揮され確立されるフォーラムであった。

強烈な政治的環境である宮廷は、多様な文化的・社会的な背景をもつ人々が出会う場でもあった[27]」。

クレチアン・ド・トロワはロマンスの材料を、ジェフリー・オブ・モンマス（Geoffrey of Monmouth）やワース（Wace）の作品から得たが、ギネヴィアとランスロの不倫、キャメロットの宮廷、聖杯の探究は、彼が付け加えたものである。クレチアンによるこれらの創作部分は、広く模倣され、エッシェンバッハ（Wolfram von Eschenbach）の『パルツィヴァル』（*Parzival*, c. 1205–12）にもその影響が見られるし、マロリーの『アーサー王の死』（*Le Morte Darthur*, 1469–70）を経て、クレチアンが忘れ去られたあとも、イギリス文学に影響を与え続けた。多種多様な人物が動き回り、多種多様な挿話が語られ、しかも同時にそれらが織り合わされてひとつの調和した全体を構成するロマンスの語り口を表わすのに、C・S・ルイスは「多声曲的叙述《ポリフォニック》」という比喩を使った。

古代のロマンス／小説の翻訳も、新しい作品と並行して出版され続けた。たとえばロンゴスの『ダフニスとクロエ』は、「再発見」された一六世紀よりも、一八世紀により多く出版された[28]。時代の趣味に合わせるべく、より「自然」で「秩序」立てられた構成に変えられた。物語の内容の要約や再配列、「驚異」の整除が行なわれた。典型的なのは、「事のただ中」から始まることで有名な『エチオピア物語』は、出来事の起こる順序に再配列された[29]。一六世紀末のイギリスに古典的プロットを提供するうえで大きな役割を果たしたのは、ヘリオドロスの『エチオピア物語』であった。一六世紀に「再発見」され、ヨーロッパ中で翻訳・出版されたこの作品は、エリザベス朝の散文作品に構成上のモデルを提供した。『エチオピア物語』は、古代世界の物語の「大全」（*summa*）であり、一千年間蓄積された異教世界のプロット技術の、百科全書を意図した統合体であり、世界理解の一方法としての物語というゲームの統合体である。その後一千年以上、この作品は窮極の言葉であり続けた[30]」と、N・J・ロウは熱っぽく語る。ロバート・グリーンも『エチオピア物語』を主たるプロット材源のひとつにし、多様な読者の興味を引くためのモデルとした[31]。

ロンゴスやヘリオドロスのロマンス／小説の近代語訳の影響を受けて、一六世紀の終わりには牧歌ロマンスやギリシャ・ロマンス／小説の模倣がフランスに現われた。一七世紀には、騎士道ロマンスの荒唐無稽さと差別化すべく、「礼節」（*bienséance*）と「真実らしさ」（*vraisemblance*）を美学的規範とする長大なロマンスが現われた。譲成母体となった貴族的な文芸サロンを支配していた「洗練」（*préciosité*）という文化コードを反映するものであった。離れ離れになった恋人たち、果てしない危難、試練ののちの再会・合一という筋立てはギリシャ・ロマンス／小説と同じであるが、そこにさらに多くの物語が外挿されて長大化したのである[32]。オノレ・デュルフェ（Honoré d'Urfé）の牧歌ロマンス『アストレ』（*Astré*）は、一六〇七年から一六二八年にかけて五部に分けて出版されたが、完成されることなく終わった。ホルヘ・ド・モンテマヨール『ディアナ』（Jorge de Montemayor, *Diana*）、シドニー『アーケイディア』、セルバンテス『ガラテア』（*Galatea*）が、牧歌ロマンスの代表的なものである。富よりも美徳を、政治よりも安らぎを選んで羊飼い生活を送る貴族が登場する。『アストレ』は、『ドン・キホーテ』とほぼ同年代の作品であるが、『ドン・キホーテ』のように騎士道をパロディ化することはなく、貴族の読者のために「ロマンスの冒険を利用・修正して、彼ら貴族の封建時代の騎士道的過去という小さな世界の、虚構による歴史的幻影[33]」を描いてみせた。

デュルフェのあとを継いだのはスキュデリ（Scudéry）であったが、彼女は牧歌ロマンスは書かず、英雄ロマンスを書いた。舞台は田園からギリシャあるいは「東洋」へ移ったが、極端に理想化された女主人公像に変化はなかった。スキュデリは『イブラヒム』（*Ibrahim*）の序文で、「私は人々の習俗、習慣、宗教、性向に従った。真実らしさをより多く与えるために、私の作品の基盤に置いた」と述べているが、一般庶民を描いているわけではなく、理想化された英雄の歴史物語と概括できる作品である。一六九一年に英訳された『アルタメーヌ』（*Artamène*）の英訳者は、訳者序文で次のようにロマンスのもつ「歴史の真実」を把握する力について述べている。「戦争と平和にまつわる陰謀や失策は、純然たる歴史によるよりも、ロマンスによる方が、何倍も巧みにそれらを暴露し風刺することができる。純然たる歴史は実名を挙げなくてはならないので、さまざまな理由と動機から、偏った控え目な記述にならざるをえない。しかし、実在と架空の人物を混在させて人物化するロマンスは、真実を語る十全の自由を備えている[34]」。ロマンスの擁護者として有名なピエール・ダニエル・ユエ（Pierre Daniel Huet）は『ロマンスの起源』（*Sur l'origine des Romans*, 1670）（一七一五年に英訳[35]）のなかで、ロマンスは道徳を効果的に教えると論じた。ロマンスは道徳的教示を受け入れやすくするために楽しさを利用するからだと言う。「ロマンスの読書ほどウィットを洗練し磨きをかけるものはないし、ロマンスの読書ほどウィットの形成と増進に寄与するもののないことは、世間の認知するところである。ロマンスは大学教師のあとを継ぐ沈黙の教師であり、大学教師よりも説得力があり教育的な方法で、生き方話し方を教えてくれる。ホラティウスの『イリアス』に対する賛辞、『この作品は最も有能な哲学者よりも効果的に道徳を教えてくれる』という賛辞をロマンスは受けるに値する」[36]。ユエはフランスの貴族的・道徳的な価値にとって身近なモデルとして同時代の英雄ロマンスを呈示し、フランスの文化的優位性を熱心に主張する。しかし同時に、ロマンスの起源が東洋とアフリカにあることを強調している。マーガレット・ドゥーディは、ユエはサルマシウス（Claude de Saumaise）の主張を踏襲していると言う。サルマシウスは、ペルシア、小アジア、アラビア諸国、スペインを経てフランスに渡った想像的フィクションの長い歴史を強調しているからである[37]。アリストテレス的立場に立つ新古典主義からのロマンス批判があった。批判の矛先は、古典詩学で扱われていないジャンルであることと、プロットと人物の増殖、歴史という権威からの逸脱に向けられた[38]。

他方イギリスには、次のような、フランスの英雄ロマンスに相当するものがあった。ジョン・バークレイ『アルゲニス』（John Barclay, *Argenis*, 1621）、メアリー・ロウス『ユレイニア』（Mary Wroth, *Urania*, 1621）、ロバート・ボイル『テオドーラの殉教とディディムス』（Robert Boyle, *The Martyrdom of Theodora and Didymus*, written in the late 1640s or 1650s）、トマス・ベイリー『ヘルバ・パリエティス』（Thomas Bayly, *Herba Parietis*, 1650）、作者未詳『テオファニア』（*Theophania*, 1655）、ジョージ・マッケンジー『アレティーナ』（George Mackengie, *Aretina*, 1660）、ナサニエル・インジェロ『ベンティイヴォリオとユレイニア』（Nathaniel Ingelo, *Bentivolio and Urania*, 1660, 1664）、リチャード・ブラスウェイト『パンサリア』（Richard Brathwaite, *Panthalia*, 1659）、作者未詳『エリアーナ』（*Eliana*, 1661）、

パーシー・ハーバート『王女クロリア』(Percy Herbert, *The Princess Cloria*, 1661)、ジョン・クラウン『パンディオンとアンフィゲニア』(John Crowne, *Pandion and Amphigenia*, 1665)[39]。上記のイギリス版英雄ロマンスは、およそ四〇年間の盛期を経て、王政復古後数年で終焉を迎えた。イギリス版英雄ロマンスも『エチオピア物語』の大きな影響下に生まれたものである。最初の英訳者トマス・アンダーダウン(Thomas Underdowne)は、『エチオピア物語』は、騎士道ロマンスへの解毒剤となる上質の冒険物語を提供すると主張する。一五七七年の第二版に付された書簡形式の序文のなかで、アンダーダウンは、「この作品を、同じ筋立て《アーギュメント》をもつほかの作品と較べるなら、これに及ぶものはまったくないと私は考える。『アーサー王の死』、『アーサー・オブ・リトル・ブリテン』、『アマディス・オブ・ゴール』は、暴力的な殺人あるいは大義のない殺人、男らしさ、私通、不法な情欲、馴れ馴れしい情愛を伝える。この本は悪をなす者のすべての罪を罰し、正しく生きる者に償いを与える[40]」と述べ、「同じ筋立て」をもつ騎士道ロマンスの道徳上の問題を解決すべく『エチオピア物語』の道徳的卓越性を強調する。「ヘリオドロス・ブーム」は、一五八〇年頃にグリーンの『マミリア』(*Mamillia*)とシドニーの回覧草稿の『アーケイディア』とともに始まり、一五九〇年代にピークに達した。グリーンの『メナフォン』(*Menaphon*, 1589)、シドニーの『ニュー・アーケイディア』(*New Arcadia*, 1590)、ロッジの『ロザリンド』(*Rosalynde*, 1590)など、ヘリオドロスの影響の顕著な作品が現われた。ヘリオドロスの英訳ロマンスとその影響を受けたグリーン作品を筆頭とする作品群が、エリザベス朝散文作品を大いに活気づけた。ヘリオドロス的作品は一七世紀に入って大きく変質しつつも、メアリー・ロウス、マーガレット・キャヴェンディッシュ、アフラ・ベーンにも影響が見られる。

いわゆる「一二世紀ルネサンス」に現われたロマンスは、初期近代のイギリスにとって問題を孕んだジャンルだった。まずアリストテレス的な、またはヘリオドロス的な物語の一貫性を欠いていたし、宗教的にはカトリックであったからだ。クレチヤン・ド・トロワからマロリー、『アマディース』に至るこの系譜のロマンスに対して、ヘリオドロスの作品は道徳的モデルを提供した。騎士道ロマンスもイタリアのノヴェッラも、初期近代の、モアやエラスムスと同時代のヒューマニストたちに攻撃された文学ジャンルであった。血醒い戦場を描いた道徳的にもアナーキックな騎士道ロマンスと、もっぱら色恋沙汰を描いたノヴェッラに、道徳的貞節を標榜する恋と冒険のヘリオドロス的プロットがとって代わったのである。(41)

四　英訳英雄ロマンスから「アマトリー・ノヴェラ」へ

スキュデリの英雄ロマンスはつぎつぎに英訳された。『イブラヒム』(*Ibrahim*, 1641) は一六五二年に、『アルタメーヌ』(*Artamène ou le Grand Cyrus*, 1649–53) は一六五三年と一六六五年に、『クレリー』(*Clélie*, 1654–61) は一六五五年と一六五六年に部分的に、一六五六年から一六六一年にかけて完訳され、一六七七年と一六七八年にふたたび英訳された。『アルマヒデ』(*Almahide*, 1666) は一六七七年に英訳された[42]。次の引用は、『茶卓』(*The Tea-Table, or a Conversation between Some Polite Persons of both sexes at a Lady's Visiting Day*, 1725) のなかで、「ノヴェラ」(novella) が朗読されたあとの、一人物の発言である。「[スキュデリ、スグレのような] 常識のある著者が、たんに作り話を考える楽しみのためだけに多くの労苦を払い多くの時間を費やしたとは思われません。……彼らは道徳がほとんど顧みられない時代の気風を観察して、……『教示』を『楽しさ』でくるむのが正しいことだと思ったのです。そうすれば『教示』が知らぬ間に魂に忍び込み、思い通りの効果をあげること必定であることを彼らは知っていたのです[43]」。「ノヴェラ」に対する英雄ロマンスの優位の論拠が、「楽しさ」でくるまれた「教示」として示されている。一六五〇年代から一六七〇年代にかけてつぎつぎに英訳されたスキュデリの作品は、通常、歴史的過去に設定されている愛と名誉にかかわる副次的な物語が多数絡み合った複雑な作品であったが、女性読者の間で人気を博した。しかしイギリスでは、女性作家によって直接模倣されたわけではなかった。

演劇が最も盛んだったイギリスにおいても、ロマンスは、印刷されたものとしては演劇をしのぐほどの人気を得ていた。ルネサンス期のロマンスは、成人男子にとっての「コンダクト・ブック」になった。フォードやジョンソンの書いた騎士道ロマンス (Emanuel Forde, *Ornatus and Artesia*, 1595; Richard Johnson, *Seven Champions of Christendom*, 1596; *Tom a Lincoln*, 1599) は、一五九〇年代の国家主義的熱情とも合致し、男性的武勇と騎士道へのノスタルジアを喚起した。また彼らの描く青年主人公たちは、ただ冒険に繰り出すだけではなく、その途次に、将来立派な夫・家長となるための変身も遂げる[44]。それゆえ「コンダクト・ブック」の側面をもつ。ロリ・ニューカムによると、大衆的散文ロマンスは、当時「楽しい物語」(“pleasant histories”)として知られ、「大衆文学の核」を形成していたが、読者に非貴族階級や女性が多かったため「下級」文学とみなされた。シドニーの『アーケイディア』とグリーンの『パンドスト』は、いずれもギリシャ・ロマンス／小説に依拠したものであるにもかかわらず、学問上差別的に扱われてきたのは、第一期印刷時代を迎えて急にふえた非貴族階級読者や女性読者に『パンドスト』は浸透し、ために「サブ・カルチャー」とみなされたからだろうと推測している[45]。

マンリー(Mary de la Rivière Manley)は『女王ザラ』(*The Secret History of Queen Zarah and the Zarazians*, 1705)の「読者へ」で、本を手にとるとすぐに結末を知りたがるイギリス人は「息の長いロマンス」を好まないし、多くの異常な冒険が入り乱れ多数の人物が登場する「時代遅れのロマンス」に嫌悪を覚えるようになった。また、大きな出来事に多様性を加えるべくエピソードを混ぜて読者を主題から遠ざける「ヒストリカル・ノヴェル」も、読者を騙すようなものだと言う。マンリーの考える登場人物は、ロマンスに出てくるような模範的人物であってはならない。「人間である以上、不完全なところがなくてはならないが、かといってその不完全性は、彼らに割り当てられた性格を破壊するものであってはならない」。たとえば、寛大な人物を描くのであれば、その性格に卑劣さを持ちこんではならない[46]。堂々たるロマンス批判であり先駆的な小説人物論であるが、編者注によると、プレジールの『文学と歴史についての所感』(Sieur de Plaisir, *Sentiments sur les lettres et sur l'histoire,*

1683）のパラフレーズであるベルガルドのエッセイ（一七〇二年に出版された *Lettres curieuses de litterature* に収められており、この本は一七〇五年に英訳が出版された）のほぼ逐語的な翻訳だそうである。プレジールの本が出た一六八三年は、フランスでは英雄ロマンスの流行が「スーヴェル」（nouvelle）の流行にとって代わられつつあった頃であり、そのような背景のもとでのロマンス批判であろう。しかしイギリスでは、すでにみたように、一六五〇年代から一六七〇年代の終わりにかけて、スキュデリの作品がつぎつぎに英訳されてきた。ポール・サルズマンによれば、一六七〇年以降もイギリス女性作家に影響を与えていた[47]。英雄ロマンスの流行がまだ消えていないイギリスにあって、マンリーはロマンス批判の「代弁者」を見つけたというわけではないだろうか。一八世紀初頭の二〇年間、イギリス産の「アマトリ・ノヴェラ」もしくは「アモラス・ノヴェル」は比較的少なく、マンリーは例外的存在であった。彼女はフランスの「醜聞もの」（*chronique scandaleuse*）を、当時のイギリス政界の裏面史に結びつけ成功を収めた。ベーンは読まれ続けたが、「アマトリー・フィクション」（「アマトリー・ノヴェラ」「アモラス・ノヴェル」）はほとんどフランス作品の翻訳だった。一七三〇年代にヘイウッドが現われるまで、翻訳物の人気に勝てるものはなかった[48]。アン女王治世初期の混乱期に題材を得たマンリーの『ニュー・アタランティス』（*The New Atalantis*, 1709）は、フランスの「醜聞もの」に相当するものであり、ホイッグの政治家に対するトーリーの立場からの風刺である。ベーン作品に見られた愛と名誉への情熱は、この『ニュー・アタランティス』という作品においては、写実性はましたものの、見え隠れする党派的憎悪、私的怨恨にとって代わられている。ヘイウッドの作品になると、ジョン・リシェッティの言葉を借りれば、ベーンやマンリーから連想される「性愛がらみの政治的スキャンダル」とは無縁であり、「上流階級の道徳的バランスの欠如の暴露と苦しめられる罪なき人のスペクタクル」から「女性の情熱の高揚」へと変化する。(49)「イギリス小説の父」サミュエル・リチャードソンは、エアロン・ヒル宛の手紙の中で「ロマンス作品の華美《ポンプ》と虚飾《パレイド》」を軽蔑し、「ノヴェルにみちあふれているありえなさと信じがたさ」を難じているが、(50)『パミラ』にも「アマトリ・ノヴェラ」「アモラス・ノヴェル」的要素が見られるし、大小説『クラリッサ』といえども、出だしは「迫害される乙女」という「アマトリ・ノヴェラ」「アモラス・ノヴェル」の定石を踏んでいる。ちなみに、イギリスの女性作家によって書かれたフィクションの量は一七四〇年頃にピークに達し、そのまま一七八〇年代中頃までその優勢を維持した。(51)

五　「ロマンス・ノヴェル／ノヴェル・ロマンス」としての「小説《ノヴェル・ロマン》」

パミラ・レジスの『ロマンス・ノヴェルの博物誌』(Pamela Regis, *A Natural History of the Romance Novel*, 2003) は、「ロマンス・ノヴェル」を「ひとりもしくは二人以上のヒロインの求愛《コートシップ》と婚約を語る物語」と定義し、『パメラ』、『高慢と偏見』、『ジェイン・エア』から「ハーレクィン・ロマンス」まで系譜をたどり、受動的消費者としての女性の弱みにつけ込んだジャンルという批判に反論し、結婚というゴールを唯一の統轄原理としているわけではなく、自由と喜びの祝福、堕落した社会の向上、ヒーローとヒロインの境界の除去という積極的価値があることを力説している。大枠は「ロマンス」だが、扱われているシリアスなテーマと写実的な書法から「ノヴェル」でもある、ということだろうが、すべて英語の「ノヴェル」の窮屈さから生じた苦肉の策であろう。しかし「ロマンス」と「ノヴェル」の二極化や二項対立は、散文フィクションの展開を分析するうえで不十分な方法であることをわからせてくれる呼称・命名である。「ノヴェッラ、ヌーヴェル、ノヴェラ／ノヴェル（novella, novelle）」が、「ロマンス」を斥けて優勢化して「ノヴェル」（novel）が生まれたわけではない。日本語の「小説」に「ノヴェル」と「ロマン」（roman）のいずれのルビを置くことも可能であるように、「小説」はそもそも「ロマンス」と「ノヴェル」の融合体である。「ロマンス」と「ノヴェル」の連続性を強調するなら「小説」は「ノヴェル・ロマンス」、つまり「新しいロマンス」でもある。これがけっして突飛な発想ではないことを、以下の記述が明らかにするであろう。

バフチンは、出来事には接続があるが、連続する冒険には内的制約はないと言う。それは冒険的時間のなかの行動は、通常の時間的継起の埒外にあるからだと言う。したがって一連の冒険は、原理的にはいくらでも拡大可能である。それが一七世紀のフィクションに起こったことであるとバフチンは言っているが、たぶん、フランスの十数巻に及ぶこともある英雄ロマンスを念頭に置いての発言であろう。「冒険的な時間の構成要因は、出来事の正常な進行が断ち切られ、生活の正常な連続、因果の系列なり目的志向の系列なりが断ち切られた地点におかれている」。こうして「非人間的な力――運命・神々・悪漢——が介入してくるのにふさわしい状況[52]」が生まれる。定義上、偶然的出来事は予言できないからこそ、この種の物語では占い師、神託、夢が重要な役割を果たすことになる。「あらゆる種類の具体化は——地理的なものであれ、経済的なものであれ、風俗的なものであれ——いずれの場合も」、「偶然の支配力は重大な制約をこうむる」ことになり、「冒険は有機的に位置づけられ、時間と空間とのなかで、その展開が相互に結びつけられたもの」になり、「ギリシア小説の冒険的な時間に欠かせぬ抽象性[53]」は実現不可能になる。「人間の発展、形成」、漸進的成長を描こうとする小説は、登場人物を、時間的諸関係のネットワーク、具象世界の中に埋めこむための技術を開発する。ギリシャ・ロマンス／小説の人物は本質的に受動的で不変であり、彼の行動は「空間を通り抜ける強いられた運動（逃走・迫害・探究）」をする。つまりギリシャ・ロマンス／小説の人物は空間的存在である。ギリシャ・ロマンス／小説の主人公は通常の生活を願うが、それとは対照的に騎士道ロマンスの主人公は冒険を求める。「世界は彼にとって、奇跡的な『突如』の相のもとにしか存在しない。……彼はその本性からして、奇跡的な偶発事からなる世界でしか生きられない。その中でのみ、おのれの自己同一性を保つこともできる[54]」。バフチンが「試練小説」と呼ぶギリシャ・ロマンス／小説の変種が中世の騎士道ロマンスである。騎士道物語（「十二—十三世紀の韻文騎士道物語ならびに十三—十四世紀およびそれ以降の散文騎士道物語［『アマディス物語』や『パルメリン物語』］をふくめて」）に見られる多様なタイプは、「試練のイデーのイデオロギー的内容がもつさまざまなニュアンスに規定されている」と言う。「試練小説」の最後であり、最も重要で、歴史的に最も影響力をもった変種が、バフチン呼ぶところの「バロック小説」(「デュルフェ、スキュデリ、カルプレネード、ローエンシュタインその他」)である。「バロック小説は試練のイデーから、そこに込められている筋の構成のあらゆる可能性を、スケールの大きな小説の構成のために抽出することに成功した。このゆえにバロック小説は、他のいかなる小説にもまして、試練のイデーがもつ構成上の可能性を明るみに出すと同時に、現実をリアリスティックに洞察するさいのみずからの限界性と狭小性をも露呈する[55]」。バフチンは、「ほとんどあらゆる種類の近代小説は、起源的にはバロック小説の様々な要素から発生したものである」とまで言う。「その遺産のすべて(ソフィスト小説〔ギリシャ・ロマンス/小説〕、『アマディス物語』、牧人小説)を広範に利用」した「バロック小説」、「それまでの小説の発展全体の後継者であった」「バロック小説」、それは「ソフィスト小説の完成者」でもあった。「それはやはり(愛しあいながら引き離された二人の信頼と純潔の)試練の小説であった。しかしこのバロック小説においては、主人公の勇気と忠誠、あらゆる点で非のうちどころなさに対する試練は、小説の壮大かつきわめて多様な素材をはるかに本質的に統合している。バロック小説においてはすべてが試金石であり、主人公に対してバロック的ヒロイズムの理想が要求するあらゆる資質と側面を試みる手段なのである。その素材は試練の理念《イデー》によって根底から堅固に組織化されている[56]」。ギリシャ・ロマンス/小説と英雄ロマンスを「試練のイデー」という観点から関係づけ、文学史ではシーラカンス的扱いを受けることの多い英雄ロマンスの意義を説きつつも、「現実をリアリスティックに洞察するさいのみずからの限界性と狭小性を露呈する」ものとしてその欠点をも指摘した、バランスのとれた批評である。

メアリー・マクマランの調査によると、一六六〇年から一七七〇年にかけて、フランスのロマンスや小説の翻訳は、ある年には、出版された散文フィクションの三六パーセントを占めた。一八世紀の終わりに至るまで、一五パーセントから三〇パーセントの数値を保った。現在、英語を母国語とする国々において出版される（あらゆる言語・ジャンルの）外国の書物の翻訳は、わずか二パーセントから四パーセントを占めるにすぎない。一七〇〇年から一七四〇年にかけてのイギリスのベストセラー上位八つのうち、四つは翻訳（フェヌロン『テレマックの冒険』、セルバンテス『ドン・キホーテ』、中英語『ウォリックのガイ』の現代語訳、フランス語からの重訳の『アラビアン・ナイト』）であった。一七五〇年から一七六九年にかけて最も人気のあった二〇の小説のうち、六人が外国人（マリ＝ジャン・リコボーニ、ヴォルテール、マルモンテル、セルバンテス、ルソー、マリ・ル・プランス・ド・ボーモン）によるものであった(57)。以上のように、外国語作品の翻訳や古い英語作品の翻訳が自国語作品と同列に存在していたのが、一八世紀イギリスの出版状況であった。アッキレウス・タティオス、ヘリオドロス、ロンゴスは、初めて英訳やフランス語訳で人気を得た一六世紀よりも、一八世紀においてより多く再翻訳・再出版されたので、これらギリシャ・ロマンス／小説も一八世紀の小説市場の一部を形成していたと考えられる。ロマンスや小説が多くの国境を越えたばかりでなく、古代ロマンス／小説と近代小説との間にも厳然たる区別はなかったのではないかと思われる。

一七世紀の終わりの一〇年間に英雄ロマンスは廃れ、もっと短い「ヌーヴェル」（nouvelle）が現われた。ヌーヴェルの興隆とともに現われた批評風土がリアリズムを志向する感性を育んだ。英語のノヴェルという名称は、たしかにノヴェッラ、ヌーヴェルに由来するものであるが、両者の文学伝統を継承する直系のジャンルではなく、ノヴェッラ、ヌーヴェルが翻訳・模倣されていくなかで、既存の諸ジャンルの書法や、起源がフィクションでない書法（日誌、書簡、航海記、旅行記、キャラクタースケッチ、ジャーナリズム、伝記、自伝、等）が統合吸収された「新しい書法」を指す便利な用語として、ノヴェルが使われたのであろう。しかしロマンスとノヴェルという語は、ゴシック・ロマンスが盛んになる一八世紀末までは、ほとんど互換可能な語として使われていたようでもある。一七世紀のフランスでは、ヌーヴェルがロマンに代わって使われるようになったが、やがてヌーヴェルは、ロマンよりも短く構造も単純なロマンを指すようになった。そのため、一八世紀の初めに現われつつあった新しい形式のフィクションを記述するには不十分と考えられ、ふたたび柔軟性に富んだ古い語であるロマンが使われるようになったと考えられる[58]。

一七世紀の末から一八世紀の終わりにかけて、「ロマンス」と「ノヴェル」という語がどのように使い分けられているか、駆け足で追ってみたい。

ウィリアム・コングリーヴは『インコグニタ』（*Incognita*, 1691）の序文で、ロマンスとノヴェルを区別している。真実らしさと蓋然性という観点から、ロマンスの「主人公、女主人公、王と女王の変わらぬ愛情と不屈の勇気」とノヴェルの「策謀《イントリーグ》の実践」とを対比し、後者が「思いがけない出来事や奇妙な出来事」から構成されているものの、「まったく異常で前例のないことというわけでもなければ、まったく信じがたいことというわけでもないので、喜びを身近に感じさせてくれる[59]」出来事である、と述べている。コングリーヴは、ノヴェルの方が、道徳と理性の点でも、ロマンスに較べて当惑を与えることが少ないとも言っており、当時の虚構作品に対する非難（虚構ゆえに無価値）を逸れうるものとしてノヴェルを支持しているように思われる。ただ、「策謀《イントリーグ》の実践」をノヴェルの内容の特徴としていることから考えると、「ノヴェッラ」「ヌーヴェル」の系譜に連なる「ノヴェル」（“novel”とあるが“novella”と理解すべき語）がコングリーヴの念頭にあったのだろう。ウィリアム・ウォーナーは、外国のノヴェルの有害な影響への警告の多さは、それらの、容易に国境を越える可動性《モビリティ》を裏書きしていると言う。ウォーナーは、クラーク・ライブラリーで、一六八四年以降のノヴェルの表と裏の表紙の広告を調べたところ、フランスのノヴェルの原典と英訳が、イギリスの英語で書かれたノヴェルと混在していたと言う。一七世紀から一八世紀初頭にかけてのフランスは、ロマンスとノヴェルの制作のうえで「プロデューサー」的位置にあったのではないか、とウォーナーは考える[60]。

チェスターフィールド伯にとってノヴェルとは「短い色恋《ギャラント》の物語」であり、一、二巻を越えることはないが、恋愛や情事が満載である。恋人たちは、恋の成就を阻む困難や障害に出会うが、それを克服して幸福な大団円を迎える。ノヴェルはロマンスをいわば短くしたものである。ロマンスは通常一二巻から成り、生気のない恋のナンセンスや信じがたい冒険にみちている。ロマンスの題材は、まったくの創作で虚構のものもあれば、本当の話もあるが、すっかり変えられているので本当の話とは思われないほどだと言う。「有名なロマンスである『グラン・シリュス』［スキュデリ『アルタメーヌ』］、『クレリア』［スキュデリの『クレリー』のことか］、『クレオパトラ』［ラ・カルプルネード］にはいくらか本当の話が含まれているが、嘘や愚かしい恋の冒険がまじっているので精神を堕落させる」と言う。二、三〇〇年前の古いロマンス、たとえば『アマディス』や『オルランド』は、魔法、魔術師、巨人など「ありえないこと《インポッシビリティーズ》」にみちていたが、最近のロマンスは「ありうること《ポッシビリティ》」の埒内にあるものの、「ありそうなこと《プロバビリティ》」の埒外にあると断じる。[61] この可能性と蓋然性の区別と後者の重視は、フィールディングの『トム・ジョウンズ』の「巻頭エッセイ」の所説に一〇年先んじる先見である。一七四〇年か一七四一年に書かれた手紙の中で以上の所見が述べられているので、チェスターフィールドがノヴェルによって思い浮かべていたものは、たぶん、ヘイウッド『過剰な愛』（Eliza Haywood, *Love in Excess*, 1714）やデイヴィス『改心したコケット』（Mary Davys, *The Reform'd Coquet*, 1724）のような、女流作家の「アマトリー・ノヴェラ」「アモラス・ノヴェル」であろう。

フィールディングの『ジョウゼフ・アンドルーズ』（*Joseph Andrews*, 1741）の語り手は、この作品が「これまでわが国の言語で試みられたことのないような著作[62]」と豪語し、「一方ではロマンス作家の作品、他方ではバーレスク作品と異なる」と言い、「伝記作者」としての自分は「驚くべき天才、長大なロマンスを書く作家、あるいは現代のノヴェルや『アタランティス』を書く作家［マンリーのことか］」と異なると言い、彼らは「自然や歴史の助けを得ずに、かつてまったくいたこともなく、これからもいないであろう人物を記録し、これまで一度も起こったことがなく、とうてい起こりえない事柄を記録している[63]」と非難する。フィールディングは自らの物語叙述を「ヒストリー」と呼び、自らを「ヒストリアン」と名乗る。彼の言う「ヒストリー」は、ロマンスや当時のノヴェルと違うのはもちろん、通常理解されている歴史とも違う。なぜなら、彼が『ジョウゼフ・アンドルーズ』とともに「ヒストリカルな著作」と呼んでいるのは、『ジル・ブラース』、『アラビアン・ナイト』、『ドン・キホーテ』だからである。また『トム・ジョウンズ』(*Tom Jones*, 1749) では、「われわれの登場人物には立派な権威」、つまり「自然という土地台帳」があるので、「われわれの労苦の作は『ヒストリー』という名を得るに十分な資格がある」(64) と言う。OEDの「ヒストリー」の項で、フィールディングが思い浮かべていたかもしれない意味としては、「(古くは真実の、あるいは架空の、のちには真実と公言された) 出来事の叙述」、「ナチュラル・ヒストリー」という表現で用いられるような「自然現象の体系的説明」、「ある出来事もしくは一連の出来事の絵画的描写、一八世紀には歴史的絵画」がある。フィールディングにとっては、マイナス・イメージの強い「ロマンス」や「ノヴェル」という語は避けたかったのだろう。少し気負って、「ネイチャー」(自然、人間性) の真実を伝える物語」という意味を込めていたのかもしれない。いずれにせよ、フィールディングにとって「ヒストリー」という語は、手垢にまみれていないニュートラルな語であったのだろう。

ウィリアム・ウォーバートンは『クラリッサ』第三巻の序文 (一七四八年) で、フランスの英雄ロマンスは、古代の名高い物語が、現代の寓話や作り話で汚されており、プラトニックな感情の洗練が情熱の澱の中に沈下していると批判する。もっと自然な描写を目指す「短いアマトリー・ノヴェル」も、描写があまりにも写実的すぎて、趣味の腐敗よりも悪質な、心の腐敗という災いを招いていると難じる。精神を向上させるものは「生活と風習《マナーズ》」の忠実かつ簡素な描写であるとし、リチャードソンの唯一の対象は「人間性」であると言う。[65]『ジェントルマンズ・マガジン』（一七四九年）の匿名の『クラリッサ』書評子は、フランスのロマンスには私人の生活に起こる出来事が描かれておらず、ロマンスの主人公は、その属性として、勇気、寛大、貞節しか与えられておらず、すべてを婦人への献身に捧げていると言い、シリュス（『グラン・シリュス』）が、ただ恋人を求めてアジアを征服するのを見ると微笑を禁じえないと言う。マリヴォーは『マリヤンヌ』によって自国民を「ネイチャー」へと引き戻そうとしたが、私的な家庭的な出来事では自国民を楽しませることはできなかったと言う。『マリヤンヌ』には美徳を作り上げる細部描写はなく、一般的な記述にとどまっていると言う。『マリヤンヌ』は、「クロニクル」であり、それに対し『クラリッサ』は「ヒストリー」であると言う。リチャードソンは「ネイチャー」を描いていると賞揚する。[66]『クラリッサ』の副題は「ザ・ヒストリー・オブ・ア・ヤング・レイディ」である。厖大な書簡体小説をリチャードソンが「ヒストリー」と呼ぶ動機も、フィールディングとさほど変わりはないのではないか。「ネイチャー」（自然、人間性）の真実を伝える物語」なのである。

サミュエル・ジョンソンは一七五〇年の『ランブラー』のなかで、ノヴェルをロマンスの一形式であると述べ、伝統的書法との連続性を指摘しているように見えるが、英雄ロマンスの「からくり《マシーン》や便法」を取り去った無理のない手段で自然な出来事を現出させ、驚異の力を借りずに好奇心をかきたてる昨今の著作を「ファミリアー・ヒストリー」、「コメディ・オブ・ロマンス」と呼び、これらの方が、格言や定言よりも、善悪の知識をより効果的に伝えるとも言っており、新しい書法が生きられた体験に近いものとして重視しているようにも思われる[67]。

クレアラ・リーヴの『ロマンスの進展』（*The Progress of Romance*, 1785）では、ロマンスとノヴェルは区別されており、この文章の目的は「ノヴェルが［ロマンスの］廃墟から生まれたことを示す[68]」ことであると述べているが、タイトルにうかがわれるように、現在「嘲笑されている」文学形式（ロマンス）が、古代古典のロマンス、中世のロマンスを経てフランスの英雄ロマンスというかたちで生きのびてきたことを重視しており、主役はロマンスである。ジョン・バークレイのラテン語の歴史ロマンス『アルゲニス』（一六二一年）を訳し、『不死鳥』と題して一七七二年に出版し、「ア・ゴシック・ストーリー」という副題のある『イギリスの老男爵』を一七七八年に出版したリーヴは、一七八五年出版の『ロマンスの進展』で、ロマンスの長い伝統を確認し、その衣鉢を継ぐものとして自らの作品を位置づけようとしているのではないだろうか。

騎士道ロマンスの理念性を疑問視するリアリズムが優勢になった文学風土に『ドン・キホーテ』が生まれたと考えるのは短絡的である。『ドン・キホーテ』はロマンスであり、かつロマンスの分析を主題としたノヴェルでもある。アイデアリズムとリアリズムが角逐・葛藤しつつも、からくも絶妙なバランスの上に成立している作品である。

ウラジーミル・ナボコフは『ナボコフのドン・キホーテ講義』において、セルバンテスがやっている「三つの奇妙なこと」を挙げている。第一に、セルバンテスはアラビア人の歴史家（シーデ・ハメ

図版14　ドロテーアを王女ミコミコナとして崇めるドン・キホーテ。ひざまずくサンチョ。スモレット訳『ドン・キホーテ』(1755年) の挿絵。著名な画家フランシス・ヘイマンが描いた口絵と27枚の挿絵を4人の彫版師が彫った。

ーテ）を想定し、この人物が歴史上のドン・キホーテの生涯をたどったことにしている。「この手法は空想的な騎士道物語作家たちが話を本当らしく見せかけるために用いる常套手段なのである」、とナボコフは指摘する。第二に、常識ある人とされている作中の司祭に六冊ほどの騎士道物語を讃美させている。少なくとも焼却処分にする必要のないものと判断させている。「六冊の中に『アマディース・デ・ガウラ』があり、この本はドン・キホーテの冒険の過程で常に脚光を浴び、彼の狂気の主要な源となっているように思われるのだ」。第三に、「作者セルバンテス」は、「批評家セルバンテスが騎士道物語を論じる際に嘲笑している誤り――趣味と真実に関する誤り」を犯している。「というのは、そういう騎士道物語におけるのと同じように、『ドン・キホーテ』のなかの狂人、乙女たち、さまざまな羊飼いなどはシエナ・モレーナ山地の中で自然に帰った生活をして、読者の胸を悪くするような甘っちょろい、わざとらしいきらびやかな恋の歌を作っている」(69)、第一と第三の「奇妙なこと」は、反ロマンスのはずの近代小説の元祖に、騎士道ロマンスの常套手段と道具立てが存在している奇妙さであり、第二の「奇妙なこと」は、『アマディース』が焚書処分を免れたばかりか、ドン・キホーテの「狂気の主要な源」として、この作品の中心的駆動力となっている奇妙さである。『アマディース』がなければドン・キホーテの遍歴もないので、『ドン・キホーテ』という作品は成立しない。オルテガ・イ・ガセーは『ドン・キホーテをめぐる省察』のなかで、「そもそも小説はそれ自身の内部に喜劇的な棘をもちながら誕生した」と言う。「批判と揶揄《からかい》とかは、『ドン・キホーテ』の非本質的な飾り物ではなくて、小説というジャンルの、そしておそらくはすべてのリアリズムの組織そのものなのである」[70]。パロディ、アイロニー、ヒューマーという喜劇的精神、オルテガの言う「喜劇的な棘」「批判とか揶揄《からかい》」が、叙事詩からロマンスを離脱させ、さらにはロマンスから近代小説を産み出す駆動力となったのだ。

ドン・キホーテの「狂気」は模倣した「狂気」である。アリオスト（Ludovico Ariosto）の『狂えるオルランド』（*Orlando Furioso*, 1516）は、騎士を恋に陥らせるというオクシモロニックなプロットにおいて、ボイアルドの『恋するオルランド』（Matteo Boiard, *Orlando Innamorato*, 1483, 1494）を踏襲している。ファックスは、恋する騎士というトポスが叙事詩とロマンスを結びつける働きをしていること、軍事的探究のベクトルと恋による迂回のベクトルとの間の緊張関係が作品の構成原理になっていることを指摘し、それら二点が、『恋するオルランド』『狂えるオルランド』ばかりでなく、タッソ『エルサレム解放』、スペンサー『妖精の女王』などのルネサンス文学を特徴づけていると言う。とくにアリオストは騎士道の孕む矛盾を前景化し、火薬の時代における騎士道の時代遅れぶりを強調する。それにもかかわらず『狂えるオルランド』は、『オデュッセイア』のキルケーにもとづく魔女アルキーナ、巨人、魔術師、魔法にかけられた城、多くのプロットをもつ「編み込み」という道具立ての点で、ロマンスの伝統の「大全《スンマ》」であると言う[71]。「矛盾」「時代遅れぶり」が誘う読者の微笑を、バフチンは小説に特有の「二声性」と呼んでいるのではないだろうか。バフチンはエッシェンバッハ（Wolfram von Eschenbach）の『パルツィヴァル』（*Parzival*, 1200–10）を、次の理由で「本質的な二声性をもった最初のドイツ小説」と呼んでいる。「自己の諸志向の絶対性を言語への距離の微妙かつ賢明な保持と、またこの言語の軽い客体性および相対性とを共存させることに成功している――この言語はアイロニカルな微笑によって作者の口からわずかに隔てられているのである」(72)。オルランドの「狂気」は読者にも「アイロニカルな微笑」を誘う。『狂えるオルランド』のオルランドは、アンジェリカが、メドーロという正体も定かならぬ回教軍の一兵士と結ばれたと知って狂乱する。『アマディース・デ・ガウラ』のアマディースも、オリアーナに不実をなじられ落胆絶望し、岩山にひきこもる。ドン・キホーテの「狂気」はオルランドやアマディースの「狂気」の模倣である。バフチンは、パロディ的もじりは、「笑いと批評の絶えざる修正」を「高尚で直線的な言葉の一面的な生直面目さに持ち込む」と言う。そして現実は「高尚で直線的なジャンルに収めるにはあまりに豊かで本質的なもの」であり、「言語的にあまり大きな矛盾と多様性を含んでいる」(73)ことを読者に実感させると言う。バフチンは、パロディ作家は、権威ある文体から距離を置くので、新しい視点がトピックにもたらされ、潜在的可能性が浮上すると言う。このような「言語意識は……直線的な言葉の圏外で構成され」、「創作者は言語の外から、他人の眼によって、別に存在するはずの言語と文体の視点から見ることを学ぶのである」(74)と言う。パロディは権威を否定するのではなく、絶対化(視)される権威に揺さぶりをかける。パロディ文学により読者は、既存の文学ジャンルの圏外に立ち、それに対し新たな態度で臨むことを可能にしてくれる。ノースロップ・フライは、小説は「パロディ・ロマンス」であると言う。

フライは、小説は、「ロマンスを写実的に転位したもの」であり、「ロマンスとほぼ同じ全体構造を使い、その構造を通常経験により順応させるという読者の要請に合わせて」おり、「こうした転位は……小説とロマンスの関係に強力なパロディ的要素を与えた」と言う。デフォーからヘンリー・ジェイムズまでの「写実的フィクション」は、「本質的にはパロディ・ロマンス」なのだと言う。「現実についてのロマンス的な仮定に惑わされ、同じ類のパロディを際立たせている登場人物は、小説では中心的な存在である」と言い、例としてエマ・ボヴァリー、アンナ・カレーニナ、ロード・ジム、イザベル・アーチャーを挙げ、「ロマンスの写実的パロディの最高の実例は、言うまでもなく『ドン・キホーテ』である」[75]と言う。

ミラン・クンデラは小説論『裏切られた遺言』で、「ユーモアは人間の大昔からの慣行ではなく、小説の誕生と結びついている発明なのである」と言う。「道徳的判断を中断すること、それは小説の不道徳ではなく、それこそが小説の道徳なのである。……道徳的判断が中断される想像上の領域を創造したことは、はかりしれぬ影響力をもつ壮挙だった」、と小説の誕生を礼讃する。「ユーモアは、この世界の多義性、他者を裁くことについての人間の根本的な無資格性を明るみに出す、すばらしい閃光である。ユーモアとは、人間的事象の相対性にたいする同意の陶酔、確信というものはない確信から生じる不思議な快楽である」[76]。バフチンとクンデラという全体主義の脅威にさらされた二人の文学者の、小説の可能性に見た自由の〈夢〉が似てくるのも無理からぬことである。理論的に語られているか、箴言風に語られているかの違いだけである。

註　記

第1章　小説の〈起源〉をめぐって

（1）Ian Watt, *The Rise of the Novel: Studies in Defoe, Richardson, and Fielding* (London: Chatto & Windus, 1957), pp.12, 61, 222, 288.

（2）伊藤誓『スターン文学のコンテクスト』（法政大学出版局、一九九五年）に「附論」として収めた「小説研究の動向」を参照されたい。

（3）B.P. Reardon ed., *Collected Ancient Greek Novels* (Berkeley: University of California Press, 1989).

（4）Petronius, *The Satyricon*, tran. P.G. Walsh (Oxford: Clarendon Press, 1996); Apuleius, *The Golden Ass*, trans. P.G. Walsh (Oxford: Oxford University Press, 1995).

（5）B.P. Reardon, "General Introduction," in B. P. Peardon ed., *Collected Ancient Greek Novels*, pp.5, 8.

（6）Quoted in Margaret Anne Doody, *The True Story of the Novel* (New Brunswick, N.J.: Rutgers University Press, 1996), p.17.

（7） M. Rostovtzeff, *A History of the Ancient World* (Oxford: Clarendon Press, 1925), vol. 1, p. 370.

（8） Mikhail Bakhtin, "Epic and Novel," in *The Dialogic Imagination*, ed. Michael Holquist, trans. Caryl Emerson and Michael Holquist (Austin: University of Texas Press, 1981), p. 12. [「叙事詩と小説——小説研究の方法論をめぐって（一九四一年）」杉里直人訳、「ミハイル・バフチン全著作」第五巻『小説における時間と時空間の諸形式』（水声社、二〇〇一年）]。

（9） Hubert McDermott, *Novel and Romance: The "Odyssey" to "Tom Jones"* (London: Macmillan Press, 1989), p. 6.

（10） Consuelo Ruiz-Montero, "The Rise of the Greek Novel," in Gareth Schmeling ed., *The Novel in the Ancient World* (Leiden: E.J. Brill, 1996), p. 31.

（11） Ronald Paulson, *Satire and the Novel in Eighteenth Century* (New Haven: Yale University Press, 1967), pp. 11–23.

（12） Chartiton, *Chaereas and Callirhoe*, in B. P. Peardon ed., *Collected Ancient Greek Novels*, pp. 22, 46, 54.

（13） Heliodorus, *An Ethiopian Story*, in B. P. Peardon ed., *Collected Ancient Greek Novels*, pp. 373, 470.

（14） Mikhail Bakhtin, "Forms of Time and of the Chronotope in the Novel," in *The Dialogic Imagination*, pp. 90, 99, 101, 107–08. [「小説における時間と時空間の諸形式——歴史詩学概説（一九三七—三八、一九七三年）」北岡誠司訳、前掲『小説における時間と時空間の諸形式』]。

（15） David Konstan, *Sexual Symmetry: Love in the Ancient Novel and Related Genres* (Princeton: Princeton University Press, 1994), pp. 46–47; Doody, *op. cit.*, pp. 2, 135.

（16） S.J. Harrison, "Apuleius' *Metamorphoses*," in S. J. Schmeling ed., *The Novel in the Ancient World*, p. 502.

（17） Georg Lukács, *The Theory of the Novel*, trans. Anna Bostock (Cambridge, Mass: The MIT Press, 1971), pp. 34, 60, 80, 88. ルカーチ「小説の理論」佐々木基一訳、『近代の文芸思想』（河出書房、一九六六年）所収、二七五、二九八、三一四、三二〇頁。

(18) Bakhtin, "Epic and Novel," in *The Dialogic Imagination*, pp. 13–15, 20.

(19) Bakhtin, "Forms of Time and of the Chronotope in the Novel," in *The Dialogic Imagination*, p. 118.

(20) Mikhail Bakhtin, *Problems of Dostoevsky's Poetics*, trans. Caryl Emerson（Minneapolis: University of Minnesota Press, 1984）, pp. 114–9. 伊藤『スターン文学のコンテクスト』の第四章「スターン、漱石、ルキアノス――〈メニッポス的諷刺〉について」、第五章「パラドックスの文学――ルキアノスからスターンへ」を参照されたい。

(21) Longus, *Daphnis and Chloe*, in B. P. Peardon ed., *Collected Ancient Greek Novels*, p. 409.

(22) Doody, *op. cit.*, p. 45.

(23) Doody, *op. cit.*, p. 145; McDermott, *op. cit.*, p. 46.

(24) Heliodorus, *An Ethiopian Story*, in B. P. Peardon ed., *Collected Ancient Greek Novels*, p. 409.

(25) Doody, *op. cit.*, p. 151.

(26) Joel C. Relihan, *Ancient Menippean Satire*（Baltimore: The Johns Hopkins University Press, 1993）, pp. 95, 98, 111.

第2章　古代ロマンス／小説の翻訳

(1) これらの作品には、すでに邦訳がある（カリトン『カイレアスとカッリロエ』とヘリオドロス『エチオピア物語』は国文社「叢書アレクサンドリア図書館」に、クセノポン『エペソス物語』とロンゴス『ダフニスとクロエー』とアッキレウス・タティオス『レウキッペーとクレイトポーン』は筑摩書房「世界文学大系」64『古代文学集』に、ペトロニウス『サテュリコン』とアプレイウス『黄金の驢馬』は岩波文庫に収められている）が、英文学徒にはあまりなじみはないと思い、以下に簡単に梗概を記す。

カリトン『カイレアスとカッリロエ』

カイレアス（シケリア島シラクサ市の市民、美青年）は美人の妻カッリロエ（シラクサ市の有力者であるヘルモクラテス将軍の娘）を得て幸せであったが、かつてのカッリロエの求婚者たちの謀略で、妻を疑い、妻を強く蹴り死なせてしまう。彼女の墓は盗賊に暴かれ、死んではいなかったカッリロエはミレトスへ連れていかれ、奴隷としてディオニュシオス（ミレトス市の有力者）に売られる。彼はすぐにカッリロエに惚れこむ。すでにカイレアスとの子を宿していたカッリロエは、子を父なし子にしないため、そして子に社会的地位を確保してやるため、ディオニュシオスの求婚に応じる。他方カイレアスは、盗賊の首領からカッリロエの行方を知り、ミレトスに直行する。しかしカイレアスは捕えられて奴隷となり、ミトリダテス（カリア地方を治めるペルシャの総督）の手に委ねられる。かつてカッリロエを一目見て惚れこんだミトリダテスは、女を自分のものにすべく、カイレアスの妻捜しを手伝う。ディオニュシオスは、友人パルナケス（リュディアとイオニアを治めるペルシャの総督）に、妻とミトリダテスの不倫の疑惑を打ち明ける。しかし、パルナケスもカッリロエに惚れこんでおり、ペルシャ王アルタクセルクセスにご注進に及ぶ。ミトリダテスは、王の主宰する法廷で弁明を与儀なくされる。王もまたカッリロエの美貌の虜となり、女をわがものにしようと画策する。後半部の始めの法廷の場面がこの作品のひとつのクライマックスであり、「直接話法」が多用され、きわめて劇的に描かれている。ミトリダテスの手筈によって、カッリロエもディオニュシオスもともに死んだものと思っていたカイレアスが突然法廷に姿を現わす。カッリロエの合法的な夫は誰であるのか、という問題が、ペルシャ王アルタクセルクセスによって先延ばしにされてしまう。王は判決までの時間を利用して、腹心を使って自分の思いをカッリロエに伝える。しかし、属国であるエジプトの反乱によりそれも妨げられる。カイレアスはエジプト側の将軍として参戦する。ディオニュシオスはペルシャの陸軍に入り、めざましい働きをし、反乱鎮圧に貢献する。カイレアスは、ペルシャ王がハーレムとカッリロエを送りこんだアラドス島を占拠する。二人は再会を喜び、シラクサに帰還し、幸せな結婚生活を送る。

クセノポン『エペソス物語』

主人公ハブロコメースはエペソスの名家の生まれの美青年。日頃から美貌と知性を鼻にかけ、ついにエロース神を軽侮するに到る。怒った愛の神は、罰として、ハブロコメースに、アルテミスを祝う行列の中にいたアンテイアに一目惚れさせる。子供たちの両親は、コロポンでのアポロンの神託により、子供たちの互いに寄せる愛を知らされる。そして子供たちが遍歴、試練ののち、幸運に恵まれるという託宣を受ける。二人の結婚後ほどなくして、親たちは二人を船旅に出す。二人は、金の武具を奉納するために立ち寄ったロードス島で海賊にさらわれる。首領のアプシュルトスは少年ハブロコメースを口説き落そうとする。首領の相談相手のエウクセイノスはアンテイアに思い焦がれる。ハブロコメースとアンテイアは自殺を決意する。首領は二人を自分のものにし、二人の奴隷であるレウコーンとローデとともに、故郷のフェニキアの町テュロスに連れていく。首領の娘マントーはハブロコメースが気に入り、言い寄るが拒絶される。マントーは復讐心から二人を離れ離れにする。おまけに、父親の前で、ハブロコメースにレイプされかけたと訴え、ハブロコメースは牢屋に入れられる。アンテイアはレウコーン、ローデとともに、シリア人と結婚するマントーに奴隷として随ってアンチオケに行かなくてはならない。アンテイアはマントーに無理やり山羊飼いと結婚させられるが、アンテイアを憐れに思う山羊飼いは、彼女に触れようともしない。夫がアンテイアに気があることを知ったマントーは、山羊飼いにアンテイアを殺すように命じる。山羊飼いは命令には従わず、アンテイアをキリキアの商人に売る。キリキアへの途次、アンテイアは盗賊ヒッポトオスに捕えられる。アレス神の生け贄にされそうになったところを、タルソスの長官ペリラーオスに救出される。ペリラーオスに求婚されるアンテイアは、返事の期限を三〇日引き延ばすのがやっとの状態。嫌疑が晴れて牢屋を出られたハブロコメースは、アンテイアの跡を追うが、いつも一足遅れだった。道中で出会った山羊飼いとヒッポトオスからアンテイアの消息を知る。三〇日間の猶予期間が過ぎたアンテイアは、エペソスの医師エウドクソスから毒薬をもらう。しかしアンテイアは墓の中で目をさます。毒薬ではなく、眠り薬だったのだ。墓場荒らしがアンテイアをアレキサンドリアへ連れ去り、奴隷として売る。インド人の主人プサンミスは、真剣にアンテイアに求婚するが、アンテイアは、生まれた時に仕えたイシス神への奉公があと一年残っているという口実でかわす。アレキサンドリアへ向かう航海で難破したハブロコメースは、船荷略奪者に捕えられ、年とった退役軍人アラクソスに売られる。その妻キュノーは、夫を殺して添いとげようと言い寄るが、ハブロコメースは拒絶する。夫を殺したキュノーは、その罪をハブロコメースに着せる。ハブロコメースはエジプトの総督の前に突き出される。死刑の危険にさらされながらも、どうにか釈放されたハブロコメースは、アンテイア追跡を続行する。アンテイアはインド人主人とともにエチオピアへ行くが、ふたたびヒッポトオスの掌中に陥る。しかし両者とも相手の正体には気づいていない。ヒッポトオスの部下にレイプされそうになったアンテイアは、剣でその男を殺す。アンテイアは大型犬が二頭いる堀の中へ投げこまれるが、彼女を愛するもうひとりの部下によって助け出される。ヒッポトオス一味を襲撃したポリュイドス（エジプトの総督の親戚）がアンテイアに求愛すると、アンテイアはイシス女神の神殿に逃げこみ、ハブロコメースとの再会を祈願する。ポリュイドスの妻は嫉妬心からアンテイアを遊女屋に売る。アンテイアは癲癇の発作をよそおって「お勤め」を回避する。老女と結婚し、その遺産で今は羽振りのよい元盗賊ヒッポトオスは、アンテイアと出会い、その後の身の上話を聞かされる。アンテイアとヒッポトオスはロードス島へ行き、解放されて今は金持ちになったかつての奴隷レウコーンとローデと再会する。今は石工として働いているハブロコメースは、彼らの再会の話を耳にし、アンテイアの名を叫びながら町中を突っ走る。イシス女神の神殿でやっと二人はめぐり会う。二人は貞節を守ったことを誓言する。翌朝二人はエペソスへ帰り、その後幸せに暮らす。

アッキレウス・タティオス『レウキッペーとクレイトポーン』

語り手はフェニキアの町シドンで、エウローパ誘拐を描いた絵に出会ったことを語る。エロースの力を讃嘆する言葉が語り手の口から洩れたとき、主人公クレイトポーンは、語り手と会話を始め、美しいレウキッペーとの結婚までのいきさつを語りはじめる。クレイトポーンのレウキッペーへの思いは稔り、レウキッペーは説得に応じて寝室でクレイトポーンを待つ。しかし二人の婚前交渉は、母親の乱入で実現しない。クレイトポーンはからくも脱出する。面倒な事態になるのを恐れたクレイトポーンは、レウキッペーとともに、奴隷のサテュロスと友人二人を連れてアレキサンドリアに向けて船出する。恋人たちはナイル川の三角洲で盗賊に捕まる。盗賊たちはレウキッペーを生け贄に供することを決める。兵士たちによって解放されたクレイトポーンは、広い堀の反対側から、レウキッペーが腹を切り開かれる様子を見守らざるをえなくなる。しかし、盗賊に捕えられていたサテュロスと友人のひとりが、この役を引き受け、役者が使うスライドする剣と動物の内臓を使って任務を果たす。レウキッペーは死んだと思ったクレイトポーンは、エジプトに戻り、そこで出会った裕福な未亡人メリテと結婚の約束をする。メリテの家へ行くと、レウキッペーが奴隷として働いていることを知る。クレイトポーンはメリテとの結婚を拒む。溺死したと思われていたメリテの夫が家に戻り、奴隷のレウキッペーに付きまとう。メリテの夫に苦しめられるクレイトポーンを窮地から救ったメリテは、クレイトポーンを説き伏せて床を供にする。夫の策略によりクレイトポーンは、レウキッペーは殺害されたと信じこむ。悲しみにくれるレイトポーンは、彼女の死の責を負い、自らを苦しめる。そのとき、エペソスのアルテミスの司祭、次にはレウキッペーの父親が現われる。

クレイトポーンの実質的な「貞節」、レウキッペーの純潔が証明されて、二人はめでたく結婚する。

ロンゴス『ダフニスとクロエー』

作者がミューティレーネ近くの、ニンフにささげられた聖なる森で狩をしていたとき、ある絵を目にする。その絵の内容を物語りたいという衝動を作者に覚えさせる。いいかえれば、彼がこれから語る物語は、すべてすでにその絵の中に描かれているということである。いわば画家と作家の競合にして共働である。ダフニスもクロエーも、生まれたときに親に捨てられ、前者は山羊の、後者は羊の乳で育てられる。二人は別々の羊飼いの家で、家族の一員として育てられる。ダフニス一五歳、クロエー一三歳のとき、二人はいっしょに山羊と羊に草を食べさせるようになり、恋に落ちる。二人の無垢な少年少女は、互いに寄せる愛情と憧憬を、どのように言葉に表わしたらよいかとまどう。愛の成就に到るまでの危険にみちた旅の始まりである。観察から得た「ひらめき」、他人の教示、失敗に終わる「試み」が続く。二人は老練な羊飼いから愛の何たるかを教わる。「キスをして、抱き合い、裸で横たわればよい」と言われてそのとおりにするが、ラチがあかない。「雄羊が雌羊にすること」、「雄山羊が雌山羊にすること」をダフニスはクロエーにもしてみるが、背後から抱くだけで、何の「改善」もない。町から嫁いだ農夫の妻リュカイニオンはダフニスに惚れこみ、以上の「不手際」を観察していたので、実地にレッスンに及ぶ。しかし、ダフニスはクロエーにこの「新知識」を応用することをためらう。警告された、相手に及ぼす心身両面の「思わぬ結果」が恐ろしかったからだ。レスボス島の海岸に上陸したフェニキアの海賊は、ダフニスと家畜の群を誘拐する。メテュムナの町から来た金持ちの若者たちは、力ずくでクロエーを船に乗せる。クロエーの奏でる笛の音で、家畜が海に飛びこみ、船は転覆する。羊飼いの守護神であるパン神が恐ろしい亡霊を現出させ、もう一方の船の出発をくいとめる。最後に、ダフニスとクロエーのいずれもが、ミューティレーネの裕福な市民の子供であることが判明し、二人はめでたく結婚する。

ヘリオドロス『エチオピア物語』

山上から見おろす山賊の一団の目に、不思議議な光景が徐々に繰りひろげられる。積荷を満載した無人の船、浜辺の上にひっくり返されたテーブル、豪華な宴の残り物、その間に散乱する深い傷口を見せる死体、まだ手足がピクピク動いている「死体」。岩の上にすわり、深手を負った美青年を悲しげに見おろす美少女。この二人がカリクレイア（エチオピア王女）とテアゲネス（アイニアネス人の神聖使節団長、アキレウスの子孫）であることが判明するのは、もっとあとになってからである。そしてこの場面に戻り、事の真相が明らかになるのは、作品の中程にきてからである。前半部においては、盗賊出現までのことが、さまざまなフラッシュ・バックの技法で示される。しかし、同時に、その後に起こったことも続けて描かれる。作者は一方では、カラシリス（元メムピスの大神官、盗賊の首領テュアミスの父）が挿入的に恋人たちのそれまでの体験を語るが、その話のなかにも別の話も挿入され、きわめて複雑な語りになる。他方、カラシリスの話に耳を傾けるクネモン（「牧人の地」の囚われ人、アテナイ人）の発言もそのなかに散りばめられている。カラシリスとクネモンの話の合い間を縫うように、中心となる話は着実に進行する。このように複雑な構成の作品ではあるが、以下、主要な出来事を時系列で説明する。エチオピア王ヒュダスペスと王妃ペルシンナの娘であるカリクレイアは、赤ん坊のときに、彼女の身分を示す品物を添えて捨てられ、ギリシャで成長する。のちに子供を捜すためにペルシンナが送ったカラシリスは、カリクレイアを見つけ出す。カリクレイアとテアゲネスは恋仲であった。三人はエチオピアに向かうが、海賊に捕えられる。船は嵐に流され、ナイル河口に漂着する。カリクレイアに懸想する二人の海賊は喧嘩を始め、海賊全員が巻きこまれ、互いに殺し合う結果になる。これが冒頭の場面である。カラシリスは逃れるが、カリクレイアとテアゲネスは盗賊に捕えられる。盗賊と囚われ人のアテナイ人クネモンとともに、二人は危険な旅を続ける。カリクレイアとテアゲネスはしばし離れ離れになる。再会するのはカラシリスの故郷メムピスにおいてである。カラシリス一家の複雑な過去が明らかにされる。カラシリスの死後は、カリクレイアとテアゲネスの話は直線的に進行する。メムピスでテアゲネスは、エジプト地方大守オロオンダテスの妻アルサケに恋慕されるが、拒み続ける。エチオピアと交戦中のオロオンダテスは、妻の行状を知らされ、カリクレイアとテアゲネスを召喚する。道中、二人は偵察隊に捕えられ、ヒュダスペスへ連行される。エチオピア軍に包囲攻撃されていたシュエネの町が陥落する。戦勝祝賀会で二人は神々の生け贄にされることになる。テアゲネスは最初は雄牛と、次にはエチオピア人戦士と闘わされ、いずれにも勝利する。カリクレイアがエチオピア王女であることが両親に認知され、テアゲネスとカリクレイアは結婚し、前者は太陽の神官、後者は月の神官に任命される。

ペトロニウス『サテュリコン』

この作品はホメロスを意識して、二四巻から成るものであったらしいが、残存しているのは一四―一六巻、一七―二〇巻を構成するものと推定されるものの一部である。主人公で語り手のエンコルピオスは、修辞学校の旅浪学生である。プテオリの町で修辞学校教師アガメムノンと昨今の雄弁の衰退について議論する。遅くに下宿に帰ると、同宿者のアスキュルトスが、エンコルピオスの稚児である巻毛の美少年ギトンをレイプしようとしたことを知る。いずれ喧嘩別れになることを予感しつつも、三人は冒険の旅に出る。市場で田舎者夫婦と口論するが、そのいさかいのさなか、失った、金貨を縫いつけた大事な外套を取り戻す。クァルティラ（淫らな、プリアポス神の女祭司）の家での、プリアポス神を祝う乱痴気騒ぎ。そしてトリマルキオン（少年の頃に奴隷としてローマに来て、一代で財産を築いた解放奴隷）の家での饗宴。プラトンの饗宴では、主人と客との議論というかたちで、さまざまな話題や物語が提供されるが、トリマルキオンの饗宴では、富を誇示する珍しい料理の数々がつぎつぎと供され、歌や踊りや演奏が披露される。トリマルキオンは、天文学、医学、修辞学、神話、文学について生かじりの、しかも不正確な知識を披歴する。人前で稚児といちゃついたり、夫婦喧嘩をしたり、遺言書を朗読し自分の葬式のリハーサルをしたりと、平気で私生活を見せる露悪趣味の持ち主である。饗宴後、エンコルピオスとギトンはしばらく別れる。エンコルピオスとアスキュルトスが喧嘩をする。ギトンは意外なことにアスキュルトスと旅を続ける。エンコルピオスは画廊でエウモルポス（好色な狂気じみた老詩人）と知り合う。ギトンとアスキュルトスは戻ってくるが、後者はほどなくして（残存する）作品から姿を消す。ギトンはエウモルポスの興味をかきたてる。新しい三人組は船に乗る。海に出てから初めて、旧敵の船長リカスと乗客のトリュパイナ（彷徨する売春婦）の存在に気づくが、和解する。エウモルポスは「エペソスの寡婦」の話をする。淑徳の誉れ高い女性が、夫の死後、地下安置室の夫の死体の傍で余生を過ごすことを決意する。処刑された犯罪人の死体が家族に盗まれないように監視している兵士が、地下の女の泣き声を耳にし、降りていく。二人はほどなくしてねんごろの仲になる。ある晩、兵士が地下安置室を訪ねていたとき、犯罪人の死体が盗まれる。処罰を恐れる兵士に寡婦は夫の死体を提供する、という話である。和解した船の一行も、嵐と難破で離れ離れになる。クロトンへの道中、老詩人エウモルポスは、エンコルピオスとギトンを相手に、カエサルとポンペイウスの内乱をめぐる自作の叙事詩を吟唱する。遺産目当てに生きている人の多いクロトンの町で、エウモルポスは、アフリカに莫大な財産をもっているものの遺贈すべき子もいない病人であると吹聴し、あちこちで歓待される。エンコルピオスは、身分の低い男に情欲をそそられる上流階級婦人キルケとねんごろの仲になるも、突然不能状態に陥る。女祭司オイノテアは、手をかえ品をかえて、エンコルピオスの不能を治療しようとする。エウモルポスが、遺産をもらいたい者は私の死体を食べなければならないと宣言するところで、この作品は唐突に終わっている。

アプレイウス『黄金の驢馬』

ルキウスは、テッサリアのミロウの家に泊まり、そこの女中のフォーティスとなじみになる。ミロウの妻が魔法でフクロウに変身する様子を、フォーティスのはからいで、物陰に隠れて観察することができる。ルキウスは体に塗る薬を間違えて、フクロウではなく驢馬に変身してしまう。強盗が押し入り、山奥のアジトへ連れて行かれる。そこで働く老婆が、さらわれてきた少女に、クピードーとプシケーの話を物語る。ウェヌスを嫉妬させるほど美しい王女プシケーは、寂しい切り立った岩の上に連れ去られ、野獣の花婿を迎えることになる。そこに一陣の風が吹き、プシケーは無人の壮麗な宮殿に運ばれる。プシケーはクピードーと床を共にするが、彼の正体は知らない。クピードーはプシケーに顔を見ることを禁じる。自らの好奇心から、そして、宮殿を訪れた不埒な姉たちのそそのかしでさらにたきつけられた好奇心から、プシケーは警告を無視してランプの灯りでクピードーの寝顔を凝視する。クピードーは罰として彼女の元を飛び去る。クピードーを見たことで愛が燃え上がったプシケーはクピードーを探し回る。義理の母であるウェヌスにすがるが、三つの課業を言いわたされる。冥府へ行ってプロセルピーナから箱を盗んでくるように命じられる。プシケーはこのときも好奇心から箱をあけてしまい、死の眠りに落ちる。クピードーがプシケーの目をさまさせ、ユピテルもプシケーが愛の神と結婚できるように、不死の命を与える。二人は結ばれ、ヴォルプタス（悦楽）という子が生まれる。アプレイウス独自の創作と考えられている挿話である。ルキウスは少女を背中にのせて脱走する。ルキウスは馬丁の家や牧場で苦業に耐える。ルキウスは逃亡した馬丁たちとともに苦労を重ね、次にはシリア女神の信徒一行とともに流浪する。信徒らの悪業が露見し、土牢にぶちこまれる。粉屋に奉行したあとは、畑作人の手にわたる。兵士が畑作人からルキウスを奪う。

次には親切な主人に買い取られる。主人は召使いたちからルキウスが人間のように振る舞えることを知らされ、客人の前で芸をさせて客人を楽しませる。それを見ていた金持ちの婦人は、情欲をみたそうと二晩ルキウスを雇う。主人は女囚とルキウスをペアで見せ物に出そうとするが、ルキウスはこれを恐れて逃走する。ルキウスは浜辺で一晩、元の姿に戻れるようにイシス女神に祈願する。夢の中で女神は願いはかなえられると告げる。翌日、イシス女神を祝う行列のなかの、神官のもつ花輪のバラを食べると、お告げどおり人間の姿に戻る。ルキウスはイシス女神の信徒に加えられ、献身の秘儀にあずかり、ローマに行って浄福の生活を送る。

(2) Georg Lukács, *The Theory of the Novel*, trans. Anna Bostock (Cambridge, Mass: The MIT Press, 1984), p. 34.

(3) Mikhail Bakhtin, "Epic and Novel," in *The Dialogic Imagination*, ed. Michael Holquist, trans. Caryl Emerson and Michael Holquist (Austin: University of Texas Press, 1981), pp. 13–15.［「叙事詩と小説——小説研究の方法論をめぐって（一九四一年）」杉里直人訳、「ミハイル・バフチン全著作」第五巻『小説における時間と時空間の諸形式』（水声社、二〇〇一年）］。

(4) Homer, *The Odyssey*, trans. Walter Shewring (Oxford: Oxford University Press, 1980), pp. 96–97. ホメロス『オデュッセイア』松平千秋訳（岩波文庫、一九九四年）、上巻、二一二—二一三頁。

(5) Mark A. Sherman, "Problems of Bakhtin's Epic: Capitalism and the Image of History," in Thomas J. Farrell ed., *Baktin and the Medieval Voices* (Gainesville: University Press of Florida, 1996), p. 187.

(6)『ベーオウルフ』厨川文夫訳（岩波文庫、一九四一年）／羽染竹一訳『古英詩大観』（原書房、一九八五年）所収／忍足欣四郎訳（岩波文庫、一九九〇年）。

(7) Sherman, *op. cit.*, p. 188.

(8) Ben Edwin Perry, *The Ancient Romances: A Literary-Historical Account of their Origins* (Berkeley and Los Angeles: University of California Press, 1967).

(9) 研究者によっては今でも「ロマンス」と呼ばれることはあるが、「ノヴェル」が学界のほぼ「合意事項」となっていることは、以下の最近の論文集のタイトルを見れば明らかである。J.R. Morgan and Richard Stoneman eds., *Greek Fiction: Greek Novel in Context* (Routledge, 1994); James Tutum ed., *The Search for the Ancient Novel* (Johns Hopkins University Press, 1994); Gareth Schmeling ed., *The Novel in the Ancient World* (E.J. Brill, 1996); Heinz Hofman ed., *Latin Fiction: The Latin Novel in Context* (Routledge, 1999); S.T. Harrison ed., *The Roman Novel* (Oxford University Press, 1999); Simon Swain ed., *The Greek Novel* (Oxford University Press, 1999).

(10) Chariton, *Chaereas and Callirhoe*, in B.P. Reardon ed., *Collected Ancient Greek Novels*, p. 110. カリトン『カイレアスとカッリロエ』丹下和彦訳（国文社、一九九八年）、二二六―二七頁。

(11) Thomas Hägg, *The Novel in Antiquity* (Oxford: Basil Blackwell, 1980), pp. 113, 115, 118, 146, 200.

(12) Earnest A. Baker, *The History of the English Novel*, vol. I: The Age of Romance: from the Beginnings to the Renaissance (New York: Barne & Nobel, 1924).

(13) Hägg, *op. cit.*, p. 73.

(14) 原典印刷本や翻訳・翻案の出版年は主として次の研究に拠る。Henry Burrowes Lathrop, *Translations from the Classics into English from Caxton to Chapman 1477–1620* (1932; New York: Octagon Books, 1967); Peter France ed., *The Oxford Guide to Literature in English Translation* (Oxford: Oxford University Press, 2000); *The Oxford History of Literary Translation in English* (Oxford: Oxford University Press, vol. 1, 2008, vol. 2, 2010).

(15) Margaret Schlauch, *Antecedents of the English Novel 1400–1600, form Chaucer to Deloney* (1963; Westport, CT: Greenwood Press, 1979), p. 62.

（16） Thomas R. Hart, *Cervantes' Exemplary Fictions: A Study of the "Novelas ejemplares"* (Lexington, Ken.: The University Press of Kentucky, 1994), pp. 42–3.

（17） A.C. Hamilton, *Sir Philip Sidney: A Study of His Life and Works* (Cambridge: Cambridge University Press, 1977). 引用は『エリザベス朝宮廷文人　サー・フィリップ・シドニー』大塚定徳・村里好俊訳（大阪教育図書、一九九八年）、二三五頁より。

第3章　ロマンスの変容

（1） Paul Zumthor, *Essai de poétique médiéval* (Paris: Seuil, 1972), p. 63.

（2） Simon Gaunt, "Romance and Other genres," in Roberta L. Krueger ed., *The Cambridge Companion to Medieval Romance* (Cambridge: Cambridge University Press, 2000), p. 48.

（3） Erich Auerbach, *Mimesis: The Representation of Reality in Western Literature*, trans. Willard R. Trask (Princeton and Oxford: Princeton University Press, 2003), pp. 127–28. E・アウエルバッハ『ミメーシス』篠田一士・川村二郎（筑摩書房、一九六七年）、上巻、一四二―四三頁。

（4） Marina S. Brownlee, "Romance at the cross-roads: medieval Spanish paradigms and Cervantine revisions," in Roberta L. Krueger, ed. *The Cambridge Companion to Medieval Romance*, p. 255.

（5） W.J. Courthope, *History of English Poetry*. Quoted in Earnest Baker, *The History of the English Novel*, vol. I (New York: Barne & Nobel, 1924), p 235.

（6） Chrétien de Troyes, *Arthurian Romances*, trans. William W. Kimbler (Harmondsworth: Penguin Books, 1991), p. 214. クレチアン・ド・トロワ『ランスロまたは荷車の騎士』神沢栄三訳、『フランス中世文学集2――愛と剣と』（白水社、一九九一年）所収、一九頁。

（7） Volfram Von Eschenbach, *Parzival*, trans. A.T. Hatto (Harmondsworth: Penguin Books, 1980), pp.41, 48.
（8） Roberta L. Krueger, "Introduction," in Roberta L. Krueger ed., *The Cambridge Companion to Medieval Romance*, p.5.
（9） *Sir Gawain and the Green Knight*, ed. William Vantuono (Notre Dame, Indiana: University of Notre Dame Press, 1999), pp.140–43.『サー・ガーウェインと緑の騎士』道行助弘訳（桐原書店、一九八六年）、一六八—七〇頁。
（10） Geoffrey Chaucer, *Troilus and Criseyde*, trans. Nevill Coghill (Harmondsworth: Penguin Books, 1971), p.120.『恋のとりこ』刈田元司訳（一九四八年：伸光社、一九八三年）、一一三頁。
（11） *Ibid.*, p.90. 同右、八五頁。
（12） *Ibid.*, p.167. 同右、一五六頁。
（13） *Ibid.*, p.157–58. 同右、一四八—九頁。
（14） Geoffrey Chaucer, *The Canterbury Tales* (New York: The Modern Library, 1994), p.189. ジェフリー・チョーサー『カンタベリー物語』桝井迪夫訳（岩波文庫、一九七三—九五年）、中巻、三六九頁。
（15） Sir Thomas Malory, *Le Morte Darthur* (Oxford: Oxford University Press, 1998), pp.443–44.『アーサー王の死』厨川文夫・圭子編訳（ちくま文庫）、二九四—九五頁。
（16） Brownlee, *op.cit.*, p.258.
（17） Miguel de Cervantes Saavedra, *Don Quixote*, trans. P. Motteux (Dent: Everyman's Library, 1906), vol.I, p.38. ミゲル・デ・セルバンテス『才智あふるる郷士ドン・キホーテ・デ・ラマンチャ』会田由訳、「筑摩世界文学大系」15『セルバンテス』（一九六七年）所収、三五頁。
（18） Caroline A. Jewers, *Chivalric Fiction and the History of the Novel* (Gainesvill: University Press of Florida, 2000), pp.130, 132, 141.
（19） *Ibid.*, pp.103, 128.

（20） Cervantes, *Don Quixote*, pp. 392–94. 邦訳、三〇〇—〇一頁。

（21） Mikhail Bakhtin, "Forms of Time and of the Chronotope in the Novel," in *The Dialogic Imagination*, ed. Michael Holquist, trans. Caryl Emerson and Michael Holquist（Austin: University of Texas Press, 1981）, p. 165.［「小説における時間と時空間の諸形式——歴史詩学概説（一九三七—三八、一九七三年）」北岡誠司訳、『ミハイル・バフチン全著作』第五巻『小説における時間と時空間の諸形式』（水声社、二〇〇一年）］。

（22） Ioan Williams, *The Idea of the Novel in Europe 1600–1800*（London: Macmillan, 1979）, p. 33.

（23） Wilbur L. Cross, *The Development of the Novel*（New York: Greenwood Press, 1899）, p. 14.

（24） Clara Reeve, *The Progress of Romance*（1785; New York: Garland Publishing, Inc. 1970）, vol. I, p. 69.

（25） Ioan Williams ed., *Novel and Romance 1700–1800: A Documentary Record*（London: Routledge & Kegan Paul, 1970）, pp. 27–28.

（26） Henry Fielding, *Tom Jones*（Oxford: Oxford University Press, 1996）, pp. 422–24.

（27） Reeve, *op. cit.*, p. 111.

（28） 『ふらんすデカメロン《サン・ヌーヴェル・ヌーヴェル》』鈴木信太郎・渡辺一夫・神沢栄三訳（筑摩叢書、一九六四年）、三一一—三一二頁。

（29） Cross, *op. cit.*, p. xiii.

（30） Jean De Joan, *Tender Geographies: Women and the Origin of the Novel in France*（New York: Columbia University Press, 1991）, p. 176.

（31） Bakhtin, *The Dialogic Imagination*, p. 12.

第４章　ピカレスク小説再考

（1）Homer, *The Odyssey*, trans. George Chapman (1614–15; Princeton: Princeton University Press, 1956), p. 232.『オデュッセイア』松平千明訳（岩波文庫、一九九四年）、下巻、二四頁。

（2）Tzvetan Todorov, *The Poetics of Prose*, trans. Richard Howard (Ithaca: Cornell University Press, 1977), pp. 62–63.

（3）Richard Bjornson, *The Picaresque Hero in European Fiction* (Wisconsin: The University of Wisconsin Press, 1977), p. 252.

（4）*Ibid.*, p. 10.

（5）Robert Giddings, *The Tradition of Smollett* (London: Methuen, 1967), p. 26.

（6）*Ibid.*, p. 41.

（7）*Ibid.*, p. 45.

（8）*Ibid.*, p. 33.

（9）Francisco Rico, *The Spanish Picaresque Novel and the Point of View* (Cambridge: Cambridge University Press, 1984), p. 61.

（10）*Ibid.*, p. 78.

（11）*Ibid.*, p. 83.

（12）*Ibid.*, pp. 89–90.

（13）Peter N. Dunn, *Spanish Picaresque Fiction: A New Literary History* (Ithaca and London: Cornell University Press, 1993), p. 15.

（14）*The Pleasaunt Historie of Lazarillo de Tormes*, trans. David Rowland (London, 1576). 以下翻訳事情については、現代の英訳の序文と Peter France ed., *The Oxford Guide to Literature in English Translation* に拠る。

（15） *The Rogue; or, The Life of Guzmán de Alfarache*, trans. James Mabbe（London, 1622; New York: AMS Press Inc., 1967）, vol.2, p.62, vol.3, pp.255-56.「グスマン・デ・アルファラーチェ抄」牛島信明訳「澁澤龍彦文学館」②『バロックの箱』（筑摩書房、一九九一年）、一〇三—〇四、一五一頁。

（16） *The Life of Paul the Spanish Sharper*, trans. John Stevens, in *The Comic Works of Don Francisco de Quevedo*（London, 1707）. 引用は以下に拠る。Francisco de Quevedo, *The Swindler*（*El Buscón*）, trans. Michael Alpert in *Two Spanish Picaresque Novels*（Harmondsworth: Penguin Books, 1969）, pp.86, 104, 112, 121, 210, 214. フランシスコ・デ・ケベード『ペテン師ドン・パブロスの生涯』竹村文彦訳、「スペイン中世・黄金世紀文学選集」⑥『ピカレスク小説名作選』（国書刊行会、一九九七年）所収、二〇、一四九、一六一、一七五、三一五、三二一頁。

（17）『フランス中世文学集3——笑いと愛と』（白水社、一九九一年）、新倉俊一「解説」、『フランス文学講座——小説Ⅰ』（大修館書店、一九七六年）、新倉俊一「笑いの文学」に拠る。

（18） 岡三郎『比較物語学序説——中世文学研究Ⅰ』（国文社、一九九七年）二二一頁に引用されている Eric Hertog, *Chaucer's Fabliau as Analogues* の一文を訳した。

（19） アーロン・グレーヴィチ『中世文化のカテゴリー』川端香男里・栗原成郎訳（岩波書店、一九九九年）、九六頁。

（20） Alison Williams, *Tricksters and Pranksters: Roguery in French and German Literature of the Middle Ages and the Renaissance*（Amsterdam: Rodopi, 2000）, p.85.

（21） Kenneth Varty, "Reynard in England: From Caxton to the Present," in Kenneth Varty ed., *Reynard the Fox: Social Engagement and Cultural Metamorphoses in the Beast Epic From the Middle Ages to the Present*（New York and Oxford: Berghahn Books, 2000）, p.163.

(22) *Ibid.*, p.166. 続篇を読む便宜が得られず、以下はヴァーティの紹介の祖述である。『ルナール物語』の引用の訳文は『狐物語』鈴木覺・福本直之・原野昇訳（白水社、一九九四年）に拠る。キャクストン版の邦訳には『きつね物語――中世イングランド動物ばなし』木村建夫訳（南雲堂、二〇〇一年）があり、詳しい訳者解説がある。

(23) Marie de France, *Fables*, ed. and trans. Harriet Spiegel (Toronto: University of Toronto Press, 1987), p.3.

(24) Jayne Elizabeth Lews, *The English Fable: Aesop and Literary Culture 1651–1740* (Cambridge: Cambridge University Press, 1996), p.6.

(25) N.S. Thompson, *Chaucer, Boccaccio, and Debate of Love: A Comparative Study of "Decameron" and "The Canterbury Tales"* (Oxford: Clarendon Press, 1996), p.177.

(26) Laura Kendrick, *Chaucerian Play: Comedy and Control in The Canterbury Tales* (Berkeley: University of California Press, 1988), p.76.

(27) Geoffrey Chaucer, *The Canterbury Tales* (New York: The Modern Library, 1994), p.305.

(28) Guillaume de Lorris and Jean de Meun, *The Romance of the Rose*, trans. Harry W. Robbins (New York: Syracuse University Press, 2002), pp.459–60. 『薔薇物語』篠田勝英訳（平凡社、一九九六年）、四九六―九七頁。

(29) ファン・ルイス『よき愛の書』牛島信明・冨田育子訳、「スペイン中世・黄金世紀文学全集」②（国書刊行会、一九九五年）、一二頁。

(30) 同右、四五四頁。

(31) Fernand de Rojas, *Celestina*, trans. James Mabbe (1631: New York: AMS Press, Inc., 1967), pp.33, 70, 158. フェルナンド・デ・ローハス『ラ・セレスティーナ』杉浦勉訳、「スペイン中世・黄金世紀文学選集」④（国書刊行会、一九九六年）、四四、八九、一九五頁。

(32) アローン・Ya・グレーヴィチ『同時代の見た中世ヨーロッパ――十三世紀の例話』中沢敦夫訳（平凡社、一九九六年）、一七頁。
(33) ペトルス・アルフォンシ『知恵の教え』西村正身訳（渓水社、一九九三年）、四―五頁。
(34) 同右、三〇頁。
(35) 同右、一六、三八頁。
(36) 『ゲスタ・ロマノールム』伊藤正義訳（篠崎書林、一九八〇年）、七八頁。
(37) 同右、一二八頁。
(38) 同右、七八七―八八頁。
(39) John Gower, *Confessio Amantis*, ed. Russell A. Peck (Kalamazoo, Michigan: Medieval Institution Publications, 2001-04), vol. 2, p. 131. ジョン・ガワー『恋する男の告解』伊藤正義訳（篠崎書林、一九八八年）、七八頁。
(40) *Ibid.*, pp. 131-35. 同右、八八九―九〇頁。
(41) 引用の訳文は鈴木信太郎・渡辺一夫・神沢栄三訳『ふらんすデカメロン《サン・ヌーヴェル・ヌーヴェル》』（筑摩叢書、一九六四年）に拠る。
(42) David LaGuardio, *The Iconography of Power: The French "Nouvelle" at the End of the Middle Ages* (Newark: University of Delaware Press, 1999), p. 47.
(43) この段落の記述は以下の邦訳の訳者解説に多くを負っている。サッケッティ「新奇な物語三百話　抄」古林和宏訳、バンデッロ「新奇な物語集　抄」望月紀子訳、アレティーノ「好色談義（六日物語）　抄」古賀弘人訳、チンツィオ「百物語（エカトンミーティ）　抄」望月紀子訳、「澁澤龍彦文学館」①『ルネサンスの箱』（筑摩書房、一九九三年）所収、フランコ・サケッティ『ルネッサンス巷談集』杉浦明平訳（岩波文庫、二〇〇三年）、ジャンバッティスタ・バジーレ『ペンタメローネ（五日物語）』杉山洋子・三宅忠明訳（大修館書店、一九九五年）。

（44）Marguerite de Navarre, *The Heptameron*, trans. P.A. Chilton (Harmondsworth: Penguin Books, 1984), pp.214-19. マルグリット・ド・ナヴァール『エプタメロン』名取誠一訳（国文社、一九八八年）、一七六―八二頁。本段落の記述は、後者の訳者解説に多くを負っている。

（45）Marcel Tetel, *Marguerite de Navarre's "Heptameron": Theme, Language, and Structure* (Durham: Duke University Press, 1973), p.104.

（46）Nancy M. Frelic, "Reading Violent Truths," in Colette H. Wim ed., *Approaches to Teaching Marguerite de Navarre's Heptameron* (New York: The Modern Language Association of America, 2007), p.113.

（47）*Till Eulenspiegel His Adventures*, ed. and trans. Paul Oppenheimer (New York and London: Routledge, 2001), p.lxiii. 引用訳文は『ティル・オイレンシュピーゲルの愉快ないたずら』藤代幸一訳（法政大学出版局、一九七九年）に拠る。

（48）*Ibid.*, p.lix (quoted in Oppenheimer).

（49）*Ibid.*, p.lxi.

（50）H.J.C. von Grimmelshausen, *The Adventurous Simplicissimus*, trans. A.T.S. Goodrick (Lincoln: University of Nebraska Press, 1962), p.xiv.

（51）*Ibid.*, pp.95, 97.

（52）*Ibid.*, p.141.

（53）*Ibid.*, p.356.

（54）Alan Menhennet, *Grimmelshausen the Storyteller: A Study of "Simplician" Novels* (Columbia: Camden House, 1997), p.37.

(55) シャルル・ソレル『フランシヨン滑稽物語』渡辺明正訳（国書刊行会、二〇〇二年）、三四三―四四頁。

(56) Scarron, *Le Roman comique* (Paris: Editions Garnier Frères, 1955), p. 3. ポール・スカロン『滑稽旅役者物語』渡辺明正訳（国書刊行会、一九九三年）、一三頁。

(57) *Ibid.*, pp. 55–56. 同右、七三頁。

(58) Henry Fielding, *Tom Jones* (Cxford: Oxford University Press, 1996), p. 154. ヘンリー・フィールディング『トム・ジョウンズ』朱牟田夏雄訳（岩波文庫、一九五一年）、第一巻、一八五―八六頁。現代表記に改めさせていただいた。

第5章　〈ノヴェル〉への胎動――〈散文〉の勃興（一）

(1) Nicola McDonald, "Introduction," in Nicola McDonald ed., *Pulp Fictions of Medieval England: Essays in Popular Fiction* (Manchester: Manchester University Press, 2004), p. 16.

(2) John Simons, "Introduction," in John Simons ed., *Guy of Warwick and Other Chapbook Romances: Six Tales From the Popular Literature of Pre-Industrial England* (Exeter: University of Exeter Press, 1998), p. 15.

(3) Kathleen M. Ashley, "Medieval Courtesy Literature and Dramatic Mirrors of Female Conduct," in Nancy Armstrong and Leonard Tennenhouse eds., *The Ideology of Conduct: Essays on Literature and the History of Sexuality* (New York and London: Methuen, 1987), pp. 25–38.

(4) Constance C. Relihan, *Fashioning Authority: The Development of Elizabethan Novelistic Discourse* (Kent, Ohio, and London: The Kent State University Press, 1994), p. 13.

(5) Sandra Clark, *The Elizabethan Pamphleteers: Popular Moralistic Pamphlets 1580–1640* (London: The Athlone Press, 1983), p. 19.

（6） Antonia Fraser, *The Weeker Vessel: Women's Lot in Seventeenth Century England* (London: Weidenfeld & Nicolson, 1984), p. 129.

（7） Vivian Jones, "Introduction," in Vivian Jones ed., *Women and Literature in Britain 1700–1800* (Cambridge: Cambridge University Press, 2000), p. 3.

（8） J. Paul Hunter, *Before the Novels: the Cultural Contexts of Eighteenth-Century English Fiction* (New York and London: W.W. Norton, 1990), pp. 61–85.

（9） Quoted in John Skinner, *An Introduction to Eighteenth-Century: Raising the Novel* (Hampshire: Palgrave, 2001), p. 10.

（10） David Cressy, *Literacy and the Social Order: Reading and Writing in Tudor and Stuart England* (Cambridge: Cambridge University Press, 1980), pp. 144, 146, 176.

（11） Kate Loveman, *Reading Fictions, 1660–1740: Deception in English Literary and Political Culture* (Hampshire: Ashgate, 2008), p. 21; Alexander Halasz, *The Marketplace of Print: Pamphlets and the Public Sphere in Early Modern England* (Cambridge: Cambridge University Press, 1997), p. 11.

（12） Tessa Watt, *Cheap Print and Popular Piety, 1550–1640* (Cambridge: Cambridge University Press, 1991).

（13） Lennard J. Davis, *Factual Fictions: The Origins of the English Novel* (Philadelphia: University of Pennsylvania Press, 1983), p. 46.

（14） Neil Rhodes, *Elizabethan Grotesque* (Routledge & Kegan Paul, 1980). ニール・ローズ『エリザベス朝のグロテスク』上野美子訳（平凡社、一九八九年）、六七頁。

（15） John Richetti, *Popular Fiction Before Richardson: Narrative Patterns 1700–1739* (Oxford: Clarendon Press, 1992), p. xv.

（16） Louis B. Wright, *Middle-Class Culture in Elizabethan England* (Chaoel Hill: University of North Carolina Press, 1935), pp. 103–18; Caroline Lucas, *Writing for Women: The Example of Woman as Reader in Elizabethan Romance* (Milton Keyns: Open University Press, 1989), pp. 14–18.

（17） David Margolies, *Novel and Society in Elizabethan England* (London: Crocm Helm, 1985), pp. 10–11.

（18） Clark, *op. cit.*, p. 23.

（19） Paul Salzman, "Introduction," in Paul Salzman ed., *An Anthology of Elizabethan Prose Fiction* (Oxford: Oxford University Press, 1987), p. vii.

（20） *Ibid.*, p. xi.

（21） Ketharina M. Wilson and Frank J. Warnke, "Introduction," in Ketharina M. Wilson and Frank J. Warnke eds., *Women Writers of the Seventeenth Century* (Athens and London: The University of Georgia Press, 1989), p. xi.

（22） Cheryl Turner, *Living by the Pen: Women Writers in the Eighteenth Century* (London and New York: Routledge, 1992), pp. 152–216.　一八世紀における女性作家の具体的数値については、宮崎芳三・水越久哉両氏の労作『イギリス文学者論——過渡期としての第一八世紀』（松蔭女子学院大学学術研究会、一九九一年）の第五章「女性作家の登場」を参照されたい。

（23） Mary R. Mahl and Helene Koon, "Introduction," in Mary R. Mahl and Helene Koon eds., *The Female Spectator: English Women Writers Before 1800* (Bloomington & London: Indiana University Press, 1977), p. 5.

（24） Carolyn Dinshaw and David Wallace, "Introduction," in Carolyn Dinshaw and David Wallace eds., *The Cambridge Companion to Medieval Women's Writing* (Cambridge: Cambridge University Press, 2003), pp. 1–6.

（25） Josephine Donovan, *Women and the Rise of Novel 1405–1726* (London: Macmillan, 1999), p. 10.

（26） Jennifer Summit, *Lost Property: The Woman Writer and English Literary History, 1380–1589* (Chicago and

London: The University of Chicago Press, 2000), p. 16.

(27) *Ibid.*, pp. 33, 61, 93.

(28) Christine de Pizan, *The Book of the City of Ladies*, trans. Earl Jeffrey Richards (New York: Persea Books, 1998), p. 183.

(29) María de Zayas y Sotomayor, *Exemplary Tales of Love and Tales of Disillusion*, trans. Margaret R. Green and Elizabeth Rhodes (Chicago and London: The University of Chicago Press, 2000), p. 172.

(30) Wilson and Warnke, *op. cit.*, pp. xvii–xxi.

(31) Paula R. Backscheider, *Revising Women: Eighteenth-Century "Women's Fiction" and Social Engagement* (Baltimore and London: The Johns Hopkins University Press, 2000), p. ix.

(32) Stephanie Hodgson-Wright, "Introduction," in Stephanie Hodgson-Wright ed., *Women's Writing of the Early Modern Period, 1588–1688: An Anthology* (Edinburgh: Edinburgh University Press, 2002), p. xvi.

(33) Aphra Behn, *Love-Letters between a Nobleman and his Sister* (Harmondsworth: Penguin Books, 1996), p. 16.

(34) *Ibid.*, p. 69.

(35) *Ibid.*, p. 218.

(36) *Ibid.*, p. 236.

(37) *Ibid.*, p. 242.

(38) *Ibid.*, p. 439.

(39) Aphra Behn, *The History of the Nun, or, The Fair Vow-Breaker*, in Paula R. Backscheider and John Richetti eds., *Popular Fiction by Women: An Antholgy* (Oxford: Clarendon Press, 1996), pp. 39–40.

(40) Margaret Cavendish, *The Blazing World & Other Writings* (Harmondsworth: Penguin Books, 1994), p. 183. 『新世

界誌　光り輝く世界』川田潤訳「ユートピア旅行記叢書」②（岩波書店、一九九八年）、一三六頁。

(41) *Ibid.*, p.188. 同右、一四三頁。

(42) *Ibid.*, p.190. 同右、一四五頁。

(43) Mary de La Rivière Manley, *The New Atalantis* (Kessinger Publishing, Print on Demand), p.49.

(44) Alain Rene Le Sage, *The Devil upon Crutches*, trans. Tobias Smollett (1750; Athens and London: The University of Georgia Press, 2005), p.19. ル・サージュ『悪魔アスモデ』中川信訳、「集英社版世界文学全集」⑥『悪漢小説集』（集英社、一九七九年）、一四三頁。

(45) Donovan, *op. cit.*, p.96.

(46) William Painter, *The Ralace of Pleasure* (1566–67; New York: Dover Publications, 1890), vol.I, p.239.

(47) Manley, "The Wife's Resentment," in Mary R. Mahl and Helen Koon eds., *The Female Spectator: English Women Writers before 1800* (New York: Feminist Press, 1977), p.177.

(48) Martha F. Bowden, "Introduction," in *The Reform'd Coquet* (Kentucky: The University Press of Kentucky, 1999), p.xxviii.

(49) Margaret Ann Doody, *A Natural Passion: A Study of the Novels of Samuel Richardson* (Oxford: Clarndon Press, 1974), p.149.

(50) Eliza Haywood, *Love in Excess* (1719; Toronto: Broadview, 2000), pp.224–25.

(51) Donovan, *op. cit.*, pp.110–11.

(52) Painter, *op. cit.*, vol.I, p.10.

(53) Davis, *op. cit.*, p.50.

(54) Mikhail Bakhtin, "Discourse in the Novel," in *The Dialogic Imagination*, ed. Michael Holquist, trans. Cary

Emerson and Michael Holquist (Austin: University of texas Press, 1981), pp. 262–63.

(55) *Ibid.*, pp. 320–21.

(56) Arthur F. Kinney, *Humanist Poetics: Thought, Rhetoric, and Fiction in Sixteenth-Century England* (Amherst: The University of Massachusetts Press, 1986), p. 134.

(57) Paul Salzman, *English Prose Fiction 1558–1700: A Critical History* (Oxford: Clarendon Press, 1985), p. 35.

(58) John Lyly, *Euphues: The Anatomy of Wit, An Anthology of Elizabethan Fiction* (Oxford: Oxford University Press, 1987), pp. 89, 130, 141, 150.

(59) Salzman, *op. cit.*, p. 33.

(60) George Gascoigne, *The Adventures of Master F.J., An Anthology of Elizabethan Prose Fiction* (Oxford: Oxford University Press, 1987), pp. 15, 41.

(61) Arthur F. Kinney, "Introduction," in Arthur F. Kinney ed., *Rogues, Vagabonds, & Sturdy Beggars: A New Gallery of Tudor and Early Stuart Rogue Literature* (Amherst: The University of Massachuesetts, 1990), p. 19.

(62) Clark, *op. cit.*, p. 40.

(63) S・ブラント『阿呆船』尾崎盛景訳（現代思潮新社、一九六八年）、上巻、一三、九二―九五、一八一頁。

(64) Thomas Dekker, *The Gvls Horne-Book*, The Non-Dramatic Works of Thomas Dekker, vol. II (Russell & Russell, Inc., 1885), pp. 197, 232. トマス・デカー『しゃれ者いろは帳』北川悌二訳（北星堂、一九六九年）、一九、五五頁。

(65) Gavier Herrero, "Renaissance Poverty and Lazarillo's Family: The Birth of the Picaresque Genre," *PMLA* 94: 876. Quoted in Kinney, *Humanist Poetics*, p. 297.

(66) Kinney, *Humanist Poetics*, p. 357.

(67) Daniel Defoe, *Roxana: The Fortunate Mistress*, ed. Jane Jack (New York: Oxford University Press, 1964), p. 271.

(68) Quoted in Salzman, *op. cit.*, p. 209.

(69) Patric Parrinder, *Nation & Novel: The English Novel form its Origins to the Present Day* (Oxford: Oxford University Press, 2006), p. 46.

(70) Thomas Dangerfield, *Don Tomazo, An Anthology of Seventeenth-Century Fiction* (Oxford: Oxford University Press, 1991), p. 367.

(71) Tobias Smollett, trans., *The Adventures of Gil Blas of Santillane* (Athens and London: The University of Georgia Press, 2011), pp. 312, 345, 530.

(72) Tobias Smollett, *The Adventures of Roderick Random* (Oxford: Oxford University Press, 1981), pp. xxv, 435. トバイアス・スモレット『ロデリック・ランダムの冒険』伊藤弘之他訳（荒竹出版、一九九九年）、五、四九八頁。

第6章 〈ノヴェル〉のための技法——〈散文〉の勃興（二）

(1) Edward Leeson ed., *The Macmillan Anthology of English Prose* (London: Papermac, 1994), p. 53.

(2) Sandra Clark, *The Elizabethan Pamphleteers: Popular Moralistic Pamphlets 1580–1640* (London: The Athlone Press, 1983), p. 82.

(3) Leeson, *op. cit.*, p. 61.

(4) *Ibid.*, pp. 65–66.

(5) Dante Alighieri, *The Divine Comedy*, trans. C.H. Sisson (Oxford: Oxford University Press, 1980), pp. 127–28, 133, 282. ダンテ『神曲』平川祐弘訳（河出書房「世界文学全集」Ⅲ・3、一九七一年）、九四、一〇〇、一二六

七頁。

（6） Ludovico Ariosto, *Orlando Furioso*, trans. Guide Waldman（Oxford: Oxford University Press, 1974）, p. 136. アリオスト『狂えるオルランド』脇功訳（名古屋大学出版会、二〇〇一年）、上巻、二一六―一七頁。

（7） *Ibid.*, pp. 336–37, 360. 同右、下巻、八八、一一五頁。

（8） *Ibid.*, p. 69. 同右、上巻、一〇八頁。

（9） *Ibid.*, pp. 97, 279. 同右、上巻、一五二―五三、四四〇頁。

（10） Torquato Tasso, *Godfrey of Bulloigne or the Recoverie of Ierusalem*, trans. Edward Fairfax（1600: London: Centaur Press Ltd., 1962）, pp. 267, 285. タッソ『エルサレム解放』鷲平京子訳（岩波文庫、二〇一〇年）、二八〇―八一、二九四頁。

（11） Edmund Spencer, *The Faerie Qveene*, The Works of Edmund Spencer, vol. 1, pp. 108–09. スペンサー『妖精の女王』和田勇一・福田昇八訳（ちくま文庫、二〇〇五年）、第一巻、二三〇―三一頁。

（12） *Ibid.*, vol. 2, p. 180. 同右、第二巻、一四八―四九頁。

（13） *Ibid.*, vol. 5, pp. 149–50, 150–51. 同右、第四巻、一〇五―〇六、一〇七―〇八頁。

（14） Paul Salzman, *English Prose Fiction 1558–1700: A Critical History*（Oxford: Clarendon Press, 1985）, p. 52.

（15） A.C. Hamilton, *Sir Philip Sidney: A Study of His Life and Works*（Cambridge: Cambridge University Press, 1977）, p. 145.

（16） Walter R. Davis, *Idea and Act.*, p. 139. Quoted in Salzman, *op. cit.*, p. 59.

（17） Lori Humphrey Newcomb, *Reading Popular Romance in Early Modern England*（New York: Columbia University Press, 2002）, p. 63.

（18） Thomas Lodge, *Rosalynd*, ed. Brian Nellist（Keele: Keele University Press, 1995）, p. 44.

(19) Brian Nellist, "Introduction," in *Rosalynd*, p. 8.

(20) "Introduction," in *Major Women Writers of Seventeenth-Century England*, eds. James Fitzmaurice et al. (Ann Arbor: The University of Michigan Press, 1997), p. 2.

(21) Randall Martin ed., *Women Writers in Renaissance England: An Annoted Antholoty* (Harlow: Longman, 2010), p. 23.

(22) Naomi J. Miller, "Mary Wroth, *The Countess of Montgomery's Urania*," in Anita Pacheco ed, *A Companion to Early Modern Women's Writing* (Malden, MA: Blackwell, 2002), p. 156.

(23) Anna Weamys, *A Continuaion of Sir Philip Sidney's Arcadia*, ed. Patrick Colborn Culler (Oxford: Oxford University Press, 1994), p. 88.

(24) Salzman, *op. cit.*, p. 98.

(25) *Ibid.*, p. 99.

(26) *Ibid.*, pp. 179, 190.

(27) *Ibid.*, p. 149.

(28) Thomas Dekker, *The Shoemaker's Holiday*, in James Knowles ed. *The Roaring Girl and Other City Comedies* (Oxford: Oxford University Press, 2001), pp. 31-32. トマス・デカー『靴屋の祭日』三神勲訳、小津次郎・小田島雄志編『エリザベス朝演劇集』（筑摩書房、一九七四年）、二〇八頁。

(29) James Knowles, "Introduction," in *The Roaring Girl and Other City Comedies*, pp. vii–viii, p. xiv.

(30) *Ibid.*, p. 241.

(31) *Ibid.*, p. 247.

(32) *Ibid.*, p. 305.

(33) *Ibid.*, p. 316.

(34) Lisa A. Freeman, "Introduction," in *The Broadview Anthology of Restoration & Early Eighteenth Century Drama*, Gen. Ed. J. Dougles Canfield (Toronto: Broadview Press, 2002), p. 428.

(35) Richard Steele, *The Conscious Lovers*, ed. Shirley Strum Kenny (London: Edward Arnold, 1967), p. 12.

(36) *Ibid.*, p. 75.

(37) *The Broadview Anthology*, p. 295.

(38) *Ibid.*, p. 308.

(39) Robert Greene, *Planetmachía*, ed. Nandini Das (Hampshire: Ashgate, 2007), p. 23.

(40) Aristotle, *Poetics*, trans. Stephen Halliwell (Cambridge, Mass. and London: Harvard University Press, LCL199, 1995), p. 119. アリストテレス『詩学』藤沢令夫訳、「世界の名著」⑧『アリストテレス』所収（中央公論社、一九七二年）、三四二頁。

(41) *Ibid.*, p. 91. 同右、三二四頁。

(42) *Ibid.*, p. 73. 同右、三一〇頁。

(43) *Ibid.*, p. 123. 同右、三四五頁。

(44) *Chapman's Homer: The Iliad* (Princeton: Princeton University Press, 1998), p. 250. ホメロス『イリアス』松平千秋訳（岩波文庫、一九九二年）、上巻、三九〇頁。

(45) クセノポン『キュロスの教育』松本仁助訳（京都大学学術出版会、二〇〇四年）、三三二頁。

(46) 同右、三九七―九八頁。

(47) 同右、四〇二頁。

(48) Virgil, *The Aeneid*, trans. W.F. Jackson Knight (Harmondsworth: Penguin Books, 1956), p. 127. ウェリギリウス

『アエネーイス』岡道男・高橋宏幸訳（京都大学学術出版会、二〇〇一年）、二〇四頁。

(49) *Ibid.*, p. 57. 同右、六二―六三頁。

(50) *Ibid.*, p. 82. 同右、一一三頁。

(51) Ovid, *Metamorphoses*, trans. A.D. Melville (Oxford: Oxford University Press, 1987), p. 19. オウィディウス『転身物語』田中秀央・前田敬作訳（人文書院、一九六六年）、三四頁。

(52) *Ibid.*, p. 23. 同右、三九頁。

(53) *Ibid.*, p. 79. 同右、一二五頁。

(54) *Ibid.*, p. 167. 同右、二五五―五六頁。

(55) *Ibid.*, p. 170. 同右、二六一頁。

(56) オウィディウス『恋愛指南』沓掛良彦訳（岩波文庫、二〇〇八年）、六一―六二頁。

(57) 同右、六六―六九頁。

(58) Robert Adams Day, *Told in Letters: Epistolary Fiction Before Richardson* (Ann Arbor: The University of Michigan Press, 1966), pp. 36–38.

(59) Robert L. Mack, "Cultivating the Garden: Antoine Galland's *Arabian Nights* in the Traditions of English Literature," "*The Arabian Nights*" in *Historical Context: Between East and West*, ed. Saree Makdisi and Felicity Nussbaum (Oxford: Oxford University Press, 2008), p. 54.

(60) 『ガラン版千夜一夜物語』井上輝夫訳（国書刊行会、一九九〇年）、一二頁。

(61) Maureen Duffy, *The Passionate Shepherdess: Aphra Behn 1640–89* (London: Methuen, 1977), p. 288.

(62) ベルナール・ル・ボヴィエ・ド・フォントネル『世界の複数性についての対話』赤木昭三訳（工作舎、一九九二年）、一〇頁。

(63) La Bruyère, *La Bruyère, Œuvres complètes*(Paris: Gallimard, Bibliothèque de La Pléiade 23, 1951), p.124. ラ・ブリュイエール『カラクテール――当世風俗誌』関根秀雄訳(岩波文庫、一九五二―五三年)、上巻、九八―九九頁(現代表記に改めさせていただいた)。

(64) *Ibid.*, p.175. 同右、上巻、八二頁。

(65) Leslie A. Chilton, "Introduction," in *The Adventures of Telemachus, the Son of Ulysses*, trans. Tobias Smollett (Georgia: The University of Georgia Press, 1997), p.xx.

(66) Smollett trans., *Telemachus*, p.99. フェヌロン『テレマックの冒険』朝倉剛訳(現代思潮社、一九六九年)、上巻、一七九頁。

(67) *Ibid.*, p.222. 同右、下巻、一六〇頁。

(68) Henry Fielding, *Joseph Andrews and Shamela* (Oxford: Oxford University Press, 1980), p.3. フィールディング『ジョウゼフ・アンドルーズ』朱牟田夏雄訳(岩波文庫、二〇〇九年)、下巻、三〇四頁。

(69) *Ibid.*, pp.6–7. 同右、三一〇頁。

(70) Day, *op.cit.*, p.47.

(71) M. de Marivaux, *La vie de Marianne*, Œuvres complètes de M. de Marivaux, tome VI (Genève: Slatkine Reprints, 1972), p.252. マリヴォー『マリヤンヌの生涯』佐藤文樹訳(岩波文庫、一九五七年)、第一巻、一七頁。

(72) *Ibid.*, tome VII, p.262. 同右、第三巻(一九五八年)、一一二頁。

第7章　叙事詩、ロマンス、〈ノヴェル〉

(1) M.M. Bakhtin, "Epic and Novel," *The Dialogic Imagination*, ed. Michael Holquist, trans. Caryl Emerson and Michael Holquist (Austin: University of Texas Press, 1981), p.13. 「叙事詩と小説――小説研究の方法論をめぐ

って（一九四一年）」杉里直人訳、「ミハイル・バフチン全著作」第五巻『小説における時間と時空間の諸形式』（水声社、二〇〇一年）、四八四頁。

（2）*Ibid.*, p. 16. 同右、四八八頁。

（3）*Ibid.*, p. 36. 同右、五一五頁。

（4）Georg Lukács, *The Theory of the Novel*, trans. Anna Bostock (Cambridge, Mass: MIT Press, 1973), p. 66.

（5）カルロス・フエンテス『セルバンテスまたは読みの批判』牛島信明訳（水声社、一九九一年）、一七頁。

（6）Georg Lukács, *The Historical Novel*, trans. Hannah and Stanley Michell (London: Merlin, 1962), p. 129.

（7）*Ibid.*, p. 131.

（8）*Ibid.*, p. 146.

（9）Bakhtin, *op. cit.*, p. 32.

（10）Simon Gaunt, "Romance and Other Genres," in Roberta L. Krueger ed., *The Cambridge Companion to Medieval Romance* (Cambridge: Cambridge University Press, 2000), p. 5.

（11）ジリアン・ビア『ロマンス』田辺宗一訳（研究社、一九七〇年）、六頁。

（12）Roberta L. Krueger, "Introduction," in Roberta L. Krueger ed., *The Cambridge Companion to Medieval Romance*, p. 1.

（13）アルベール・ティボーデ『小説の美学』生島遼一訳（人文書院、一九六七年）、八頁。

（14）Cesare Segre, "What Bakhtin left Unsaid: The Case of Medieval Romance," in Kevin Brownlee and Marina Scordilis Brownlee eds., *Romance: Generic Transformation from Chretien de Troyes to Cervantes* (Hanover and London: University Press of New England, 1985), pp. 23–46.

（15）Barbara Fucks, *Romance* (New York and London: Routledge, 2004), pp. 40–46.

（16）*Ibid.*, p. 61.

(17) Christopher Baswell, "Marvels of Translation and Crises of Transition in the Romance of Antiquity," in Roberta L. Krueger ed., *The Cambridge Companion to Medieval Romance*, pp.32–33.
(18) Fucks, *op. cit.*, p.51.
(19) Gaunt, *op. cit.*, p.52.
(20) Fucks, *op. cit.*, p.14.
(21) Steve Mentz, *Romance for Sale in Early Modern England* (Hampshire: Ashgate, 2006), p.29.
(22) *Selected Satires of Lucian*, trans. and ed. Lionel Casson (New Brunswick and London: Aldine Transaction, 2008), p.14.「本当の話」呉茂一訳、『本当の話――ルキアノス短篇集』(ちくま文庫、一九八九年)、一〇頁。
(23) Hubert McDermott, *Novel and Romance: "The Odyssey" to "Tom Jones"* (London: Macmillan, 1989), p.12; Mentz, *op. cit.*, p.73.
(24) John J. Winkler, "The Invention of Romance," in James Tatum ed., *The Search for the Ancient Novel* (Baltimore: Johns Hopkins University Press, 1994), p.36.
(25) Fucks, *op. cit.*, p.39.
(26) ビア、前掲書、二六頁。
(27) Gaunt, *op. cit.*, p.47.
(28) Mary Helen McMurran, "National or Transnational? The Eighteenth-Century Novel," in Margaret Cohen and Carolyn Dever eds., *The Literary Channel: The International Invention of the Novel* (Princeton: Princeton University Press, 2002), p.55.
(29) Edith Kern, "The Romance of Novel/Novella," in Peter Demetz, Thomas Greene, and Lowry Nelson, Jr. eds., *The Disciplines of Criticism: Essays in Literary Theory, Interpretation and History* (New Haven: Yale University Press,

1968), p. 522.

(30) N.J. Lowe, *The Classical Plot and the Invention of Western Narrative* (Cambridge: Cambridge University Press, 2000), p. 258.

(31) Mentz, *op. cit.*, p. 22.

(32) Fucks, *op. cit.*, p. 100.

(33) Thomas Di Piero, *Dangerous Truths and Criminal Passion: The Evolution of the French Novel 1569–1721* (Stanford: Stanford University Press, 1992), p. 49.

(34) Ioan Williams ed., *Novel and Romance, 1700–1800: A Documentary Record* (London: Routledge and Kegan Paul, 1970), p. 103.

(35) Stephen Lewis trans., *The History of Romance An Enquiry into their Original; Instructions for composing them; An Account of the most Eminent Authors; With Characters and Curious Observations upon the Best Performances of that Kind.*

(36) Williams ed., *op. cit.*, p. 54.

(37) Margaret Anne Doody, *The True Story of the Novel* (New Brunswick: Rutgers University Press, 1996), pp. 258–61.

(38) Amelia A. Zurcher, *Seventeenth-Century English Romance: Allegory, Ethics, and Politics* (New York: Palgrave Macmillan, 2007), p. 2.

(39) *Ibid.*, pp. 1–3.

(40) Quoted in Mentz, *op. cit.*, pp. 25–28.

(41) Mentz, *op. cit.*, pp. 31–33.

(42) Williams ed., *op. cit.*, p. 25.

(43) *Ibid.*, p.83.
(44) Goran V. Stanivukovic, "English Renaissance Romances as Conduct Books for Young Men," in Naomi Conn Liebler ed., *Early Modern Prose Fiction: The Cultural Politics of Reading* (New York and London: Routledge, 2007), pp.61–67.
(45) Lori Humphrey Newcome, *Reading Popular Romance in Early Modern England* (New York: Columbia University Press, 2002), p.2.
(46) Paula R. Backsheider and John J. Richetti eds., *Popular Fiction by Women 1660–1730: An Anthology* (Oxford: Clarendon Press, 1996), pp.45–47.
(47) Paul Salzman, "Prose Fiction," in Anita Pacheco ed., *A Companion to Early Modern Wonen's Writing* (Oxford: Blackwell, 2002), p.306.
(48) John Richetti, *Popular Fiction Before Richardson: Narrative Patterns 1700–1739* (Oxford: Clarendon Press, 1969), p.178.
(49) John Richetti, *The English Novel in History* (London and New York: Routledge, 1999), p.37.
(50) *Selected Letters of Samuel Richardson*, ed. John Carroll (Oxford: Clarendon Press, 1964), p.41.
(51) Cheryl Turner, *Living by the Pen: Wonen Writers in the Eighteenth Century* (London and New York: Routledge, 1992), p.33.
(52) Bakhtin, "Forms of Time and of the Chronotope in the Novel," in *The Dialogic Imagination*, p.95.「小説における時間と時空間の諸形式——歴史詩学概説(一九三七—三八、一九七三年)」北岡誠司訳、前掲『小説における時間と時空間の諸形式』、一六〇頁。
(53) *Ibid.*, pp.100–01. 同右、一六五—六九頁。

(54) *Ibid.*, p. 152. 同右、二四九頁。

(55) ミハイル・バフチン「教養小説とそのリアリズム史上の意義」佐々木寛訳、「ミハイル・バフチン全著作」第五巻『小説における時間と時空間の諸形式』(水声社、二〇〇一年) 所収、六八頁。

(56) Mikhail Bakhtin, "Discourse in the Novel," in *The Dialogic Imagination*, pp. 387–88. ミハイル・バフチン『小説の言葉』伊東一郎訳 (新時代社、一九七九年)、二三八―二九頁。

(57) McMurran, *op. cit.*, p. 53.

(58) Ioan Williams, *The Idea of the Novel in Europe 1600–1800* (London: Macmillan, 1979), p. 70.

(59) William Congreve, "The Preface to the Reader," in *Shorter Novels: Seventeenth Century* (London: Everyman's Library, 1962), p. 241.

(60) William B. Warner, *Licensing Entertainment: The Elevation of Novel Reading in Britain, 1684–1750* (Berkeley and Los Angels: University of California Press, 1998), p. 20.

(61) Williams ed., *op. cit.*, p. 100.

(62) Henry Fielding, *The History of the Adventures of Joseph Andrews*, ed. Martin Battestin (Middletown, CT: Wesleyan University Press, 1975), p. 3.

(63) *Ibid.*, p. 187.

(64) Henry Fielding, *The History of Tom Jones, A Foundling*, ed. Fredson Bowers (Middletown, CT: Wesleyan University Press, 1975), vol. 1, p. 489.

(65) Williams ed., *op. cit.*, p. 123.

(66) *Ibid.*, p. 131.

(67) *Ibid.*, pp. 142–43.

（68）Clara Reeve, *The Progress of Romance* (1785; New York: Garland Publishing, Inc., 1970), vol.I, p.8.

（69）ウラジーミル・ナボコフ『ナボコフのドン・キホーテ講義』行方昭夫・河島弘美訳（晶文社、一九九二年）、九二頁。

（70）オルテガ・イ・ガセー『ドン・キホーテをめぐる省察』長南実・井上正訳、「オルテガ著作集」①（白水社、一九七〇年）、一五三頁。

（71）Fucks, *op. cit.*, p.68.

（72）Bakhtin, "Discourse in the Novel," in *The Dialogic Imagination*, p.377. 邦訳『小説の言葉』、二一〇頁。

（73）Mikhail Baktin, "From the prehistory of Novelistic Discourse," in *The Dialogic Imagination*, p.55.「小説の言葉の前史より（一九四〇年）」伊東一郎訳、前掲『小説における時間と時空間の諸形式』、四三三頁。

（74）*Ibid.*, p.60. 同右、四三九頁。

（75）Northrop Frye, *The Secular Scripture: A Study of the Structure of Romance* (Cambridge, Mass: Harvard University Press, 1976), p.39. ノースロップ・フライ『世俗の聖典——ロマンスの構造』中村健二・真野泰訳（法政大学出版局、一九九九年）、三九頁。

（76）ミラン・クンデラ『裏切られた遺言』西永良成訳（集英社、一九九四年）、一二、一四、四二頁。

初出誌一覧（原題を記す）

序論、第一節「十八世紀小説のコンテクスト」『英語青年（特集　英国十八世紀文学の視点）』研究社、二〇〇五年二月、第二節「小説の考古学――イギリス近代小説前史覚書（一）」序説、東京都立大学人文学部『人文学報』三四二号、二〇〇三年三月

第1章「小説の〈起源〉について――イギリス近代小説前史・覚え書き」『大妻女子大学文学部三〇周年記念論集』同編集委員会編、一九九八年三月

第2章「小説の考古学――イギリス近代小説前史覚書（一）」第一節、東京都立大学人文学部『人文学報』三四二号、二〇〇三年三月

第3章「小説の考古学――イギリス近代小説前史覚書（一）」第二節、東京都立大学人文学部『人文学報』三四二号、二〇〇三年三月

第4章「小説の考古学――イギリス近代小説前史覚書（二）」東京都立大学人文学部『人文学報』三五三号、二〇〇四年三月

第5・6章「小説の考古学――イギリス近代小説前史覚書（三）」東京都立大学人文学部『人文学報』三六四号、二〇〇五年三月、「〈散文〉の勃興」首都大学東京都市教養学部人文・社会系　東京都立大学人文学部『人文学報』四三四号、二〇一〇年三月

第7章「叙事詩、ロマンス、ノヴェル」首都大学東京都市教養学部人文・社会系　東京都立大学人文学部『人文学報』四一八号、二〇〇九年三月。

あとがき

ある年の時間割は最悪で、新幹線で京都との間を往復できるほど待たされた。空き時間の有効活用も万策尽きた夏の終わり頃、「書庫渉猟」を思い立った。英文図書の納められている書庫の七階から五階まで、棚ひとつひとつ順繰りに見て回った。「翻訳黄金時代」の英訳（復刻版）も数多くあった。先達の明に脱帽した。ただ、あまり借り出された形跡はなく、蔵書印の滲み止めの小さなワラ判紙がハラハラと落ちた。本書でも一部利用したが、「続編」（各論編）では大いに活躍してくれるはずである。

法政大学出版局編集部長勝康裕氏は、お忙しいなか、読みにくい手書き原稿に目を通され、本書を今出版する意味を理解して下さった。忝く思っている。その後も貴重な助言をいただいた。感謝申し上げたい。

最後に私事にわたり恐縮だが、三十余年連れ添ってくれた妻理恵子に、とりあえず一言礼を言っておきたい。日頃の不摂生がたたり、二〇〇六年から二〇〇八年にかけて長短二十回の入院と大小五回の手術を経験した。あの時はお世話になりました。これからもよろしく。そして本書を、今は亡き父正夫と母美智子の墓前に捧げたい。

二〇一一年　還暦の師走に川越の寓居にて記す　著者

索　引
（作家と作品）

［ア　行］
アウエ，ハルトマン・フォン Hartman von Aue　53
『エーレク』*Erec*　53
アーカート，トマス Thomas Urquhart 195
『宝石』*The Jewel*　195
『アーサー・オブ・リトル・ブリテン』*Arthur of Little Britain*　229
アディソン，ジョゼフ Joseph Addison 171
『スペクテイター』*The Spectator* 171
アプレイウス Apuleius　16, 29, 32, 42, 75, 163
『黄金の驢馬』*Aspinus Aureus*　16, 17, 25, 30, 31, 42, 75, 163
アリオスト，ルドヴィコ Ludovico Ariosto　67, 167, 171, 172, 184, 247
『狂えるオルランド』*Orlando Furioso* 171, 172, 175, 184, 241, 247, 248
アリストテレス Aristotle　198, 228, 230
『詩学』*On the Art of Poetry*　198
アール，ジョン John Earle　170
『小宇宙誌』*Micro-Cosmographie* 170
アルフォンシ，ペトルス Petrus Alfonsi 99, 100
『知恵の教え』*Disciplina Clericalis* 99, 100
『アレクサンドロス物語』（伝カリステネス Pseudo-Callisthenes）*The Alexander Romance*　16, 38
アレッティーノ，ピエトロ Pietro Aretino　106
『好色浮世噺』*Ragionamenti*　106
アレマン，マテオ Mateo Alemán　78, 81, 116
『グスマン・デ・アルファラーチェ』*Guzmán de Alfarache*　78, 79, 81, 84, 116, 164, 165

イアンブリコス Iamblicus　16
『バビロニア物語』*A Babylonian Story*　16
インジェロ，ナサニエル Nathaniel Ingelo　228
『ベンティヴォリオとユレイニア』*Bentivolio and Urania*　228

ウィーミス，アンナ Anna Weamys 183, 185
『アーケイディア続篇』*A Continuation of Sir Philip Sidney's Arcadia*　183, 184
ヴィルデュー夫人 Madame de Villedieu 68
ウェブスター，ジョン John Webster 170
ウェリギリウス Virgil　40, 201, 224
『アエネーイス』*The Aeneid*　40,

201, 202, 224
ウォーカー，ギルバート Gilbert Walker 160
『さいころ賭博の見破り方』*A Manifest Detection of Diceplay* 160
ウォーナー，ウィリアム William Warner 179
『牧神パンの笛』*Pan his Syrinx* 180
『ウォリックのガイ』*Guy of Warwick* 238
ヴォルテール Voltaire 238

エスピネル，ビセンテ Vicente Espinel 116
『従士マルコス・デ・オブレゴンの生涯』*Relaciones de la Vida del escudero Marcos de Obregón* 116
エッシェンバッハ，ヴォルフラム・フォン Wolfram von Eschenbach 53, 225, 247
『パルツィヴァル』*Parzival* 53, 225, 247
『エネアス物語』*Roman d'Eneas* 45
エラスムス，デシデリウス Desiderius Erasmus 230
『エリアーナ』*Eliana* 228

オウィディウス Ovid 202, 205, 224
『転身物語』*Metamorphosis* 202;
『恋愛指南』*Art of Love* 203, 205
『オーカッサンとニコレット』*Aucassin et Nicolette* 50
オースティン，ジェイン Jane Austin 145
『高慢と偏見』*Pride and Prejudice* 234
オトウェイ，トマス Thomas Otway 167
『孤児』*The Orphan* 167
オードリ，ジョン John Audeley 160
『浮浪者仲間』*The Fraternity of Vagabonds* 160
オーヴァベリ，サー・トマス Sir Thomas Overbury 170
『性格描写集』*Characters* 170
オービン，ペネロピ Penelope Aubin 145
オーベルゲ，アイルハルト・フォン Eilhart von Oberge 51
『トリストラント』*Tristrant* 51

［カ　行］
カークマン，フランシス Francis Kirkman 163
『にせ貴婦人暴かれる』*The Counterfeit Lady Unveiled* 163
カスティリオーネ，バルダサーレ Baldassare Castiglione 156, 194
『廷臣の書』*Libro del cortegiano* 156, 194
『ガメリン』*Gamelyn* 181
ガラン，アントワーヌ Antoine Galland 207
『千夜一夜物語（アラビアン・ナイト）』*Les Mille et unie nuits* 207, 238, 242
カリトン Chariton 3, 15, 17, 20, 31, 33, 37, 38, 42
『カイレアスとカッリロエ』*Chaereas and Callirhoe* 3, 15, 20, 23, 31, 37, 42
カールトン，メアリー Mary Carleton 163
『メアリー・カールトンの申し開き』*The Case of Mary Carleton* 163
ガワー，ジョン John Gower 39, 99, 104
『恋する男の告解』*Confessio Amantis*

39, 99, 101, 102, 176

キャヴェンディッシュ，マーガレット Margaret Cavendish 7, 131, 138, 141, 152, 230
『愛の冒険』*Love Adventures* 153; 『輝ける世界』*The Blazing World* 131, 140; 『ネイチャーズ・ピクチャーズ』*Natures Pictures* 8, 138; 『悦びの修道院』*The Convent of Pleasure* 153
ギャスコイン，ジョージ George Gascoigne 155
『マスター F. J. の冒険』*The Adventures of Master F.J.* 155, 156

クセノポン Xenophon 3, 15, 20, 31, 33, 42, 49
『エペソス物語』*An Ephesian Story* 3, 15, 20, 31, 42
クセノポン（歴史家）Xenophon 38, 166, 200
『アナバシス』*Anabasis* 38; 『キュロス（王）の教育〈キュロパイディア〉』*Cyropaedia* 38, 166, 200
クラウン，ジョン John Crowne 229
『パンディオンとアンフィゲニア』*Panditon and Amphigenia* 229
グリーヘザール，ハインリヒ・デル Heinrich der Glîchezâre 88
『ラインハルト狐』*Reinhart Fucks* 88
グリンメルスハウゼン，ハンス・ヤーコプ・クリストフェル・フォン Hans Jacob Christoffel von Grimmelshausen 113
『ジンプリツィシムスの冒険』*Der Abenteuerliche Simplicissimus* 113
グリーン，ロバート Robert Greene 127, 157, 161, 177, 179, 226, 229, 232
『閻魔大王の使い』*The Black Book's Messenger* 161; 『詐欺大暴露』*A Notable Discovery of Cozenage* 161; 『パンドスト』*Pandosto* 177, 232; 『プラネトマキア』*Planetomachia* 194; 『マミリア』*Mamillia* 177, 229; 『メナフォン』*Menaphon* 179, 229

『ゲスタ・ロマノールム』*Gesta Romanorum* 99, 100
『結婚十五の歓び』*Les Quinze Joyes de Mariage* 105
ゲーテ，ヨーハン・ヴォルフガング・フォン Johann Wolfgang von Goethe 215, 217, 218
『ウィルヘルム・マイスター』*Wilhelm Meisters Wanderjahre* 218
『げに勇壮なる騎士エスプランディアン』*Las sergas de Esplandían* 119
ケベード，フランシスコ・デ Francisco de Quevedo 77, 78, 83, 84
『ペテン師ドン・パブロスの生涯』*Historia de la vida del Buscón, llamado don Pablos* 77, 78, 79, 83
ケンプ，マージェリー Margery Kemp 129
『マージェリー・ケンプの書』*The Book of Margery Kemp* 129

『コックローレルの船』*Cocke Lorelles Bote* 158
コプランド，ロバート Robert Copland 158
『貧民病院にいたる大通り』*The Hye Way to the Spyttel Hous* 158

ゴールドスミス，オリヴァー Oliver Goldsmith 213
『世界市民』*Citizen of the World* 213
コロンナ，ヴィットリア Vittoria Colonna 133
コングリーヴ，ウィリアム William Congreve 8, 69, 239, 240
『インコグニタ』*Incognita* 8, 69, 239
ゴンベルヴィル，マラン・ル・ロワ・ド Marin Le Roy de Gomberville 6, 67, 119
『ポレクサンドル』*L'Exil de Polexandre* 6, 119, 187

［サ 行］
『サー・ガウェインと緑の騎士』*Sir Gawain and the Green Knight* 55, 221
サッケッティ，フランコ Franco Sacchetti 106
『三百物語』*Trecentonovell* 106
サヤス・イ・ソトマイヨール，マリア・デ María de Zayas y Sotomayor 119, 120, 132, 144
『模範的・愛情的小説（愛の物語）』*Exemplary Tales of Love* 119, 132
サント＝モール，ブノワ・ド Benoît de Sainte-Maure 45
『トロイ物語』」*Roman de Troie* 45
サンナザーロ Sannazaro 177
『アルカディア』*Arcadia* 177
『サン・ヌーヴェル・ヌーヴェル（当世百新話）』*Cent nouvelles nouvelles* 70, 85, 104, 105, 107, 108, 113, 116, 150
サン＝レアル，セザール César Saint-Real 152
『ドン・カルロス』*Don Carlos* 152
シェイクスピア，ウィリアム William Shakespeare 39, 106, 179
『オセロー』*Othello* 107;『尺には尺を』*Measure for Measure* 107;『冬物語』*The Winter's Tale* 179;『ペリクリース』*Pericles, Prince of Tyre* 39
ジェイムズ，ヘンリー Henry James 9, 249
シドニー，サー・フィリップ Sir Philip Sidney 4, 40, 113, 169, 177, 179, 180, 183, 185, 186, 226, 232
『アーケイディア』*Arcadia* 4, 40, 113, 169, 177, 179, 180, 183, 185, 186, 226, 232;『詩の弁護』*The Defence of Poetry* 40
シュトラースブルク，ゴットフリート・フォン Gottfried von Strassburg 53
『トリスタンとイゾルデ』*Tristan und Isolde* 53
ジュリアーナ・オブ・ノリッジ Juliana of Norwich 129
『神の愛の啓示』*Revelations of Divine Love* 129
ジョンソン，サミュエル Samuel Johnson 243
『ランブラー』*The Rambler* 243
ジョンソン，ベン Ben Jonson 243
ジョンソン，リチャード Richard Johnson 6, 186, 187, 231
『キリスト教世界の七戦士』*Seven Champions of Christendom* 231;『トム・ア・リンカーン』*Tom a Lincoln* 231
シラー，フリードリヒ・フォン Friedrich von Schiller 215

スウィフト，ジョナサン Jonathan

Swift　147, 199
『ガリヴァー旅行記』*Gulliver's Travels*　147;『桶物語』*A Tale of a Tub*　196, 197
スカロン，ポール Paul Scarron　67
『滑稽旅役者物語』*Le Roman comique*　67, 116, 117, 119
スキュデリ，マドレーヌ・ド Madeleine de Scudéry　6, 67, 187, 227, 230, 233, 237, 240
『アルマヒデ』*Almahide*　230;『イブラヒム』*Ibrahim*　6, 187, 227;『グラン・シリュス（アルタメーヌ）』*Artamène ou le Grand Cyrus*　6, 119, 187, 227, 230, 240;『クレリー』*Clérie*　6, 187, 230, 240
スグレ，ジャン・レニョル・ド Jean Regnauld de Segrais　231
スタティウス Statius　224
スタンパ，ガスパラ Gaspara Stampa　133
スターン，ロレンス Laurence Sterne　14, 57
『トリストラム・シャンディ』*Tristram Shandy*　57, 196
スティール，リチャード Richard Steele　171, 191
『スペクテイター』*The Spectator*　171;『まじめな恋人たち』*The Conscious Lover*　191
スペンサー，エドマンド Edmund Spenser　171, 175, 184, 247
『妖精の女王』*The Faerie Queene*　171, 175, 176, 184, 247
スモレット，トバイアス Tobias Smollett　73, 77, 117, 165, 166, 211
『ロデリック・ランダム』*Roderick Random*　73, 166
セルバンテス，ミゲル・デ Míguel de Cervantes　4, 5, 40, 70, 80, 166, 226, 238, 244, 246
『ドン・キホーテ』*Don Quijote*　4, 9, 54, 64, 66, 119, 184, 238, 242, 244, 246, 249;『ペルシーレスとシヒスムンダの苦難』*The Trials of Persiles and Sigismunda*　5, 40, 64, 66;『模範小説集』*Novelas ejemplares*　40, 59, 70, 80, 116, 120;『ラ・ガラテーア』*La Galatea*　5, 64, 226

ソレル，シャルル Charles Sorel　67, 115, 116
『フランシヨン滑稽物語』*Histoire comique de Francion*　67, 115

［タ　行］

タイラー，マーガレット Margaret Tyler　7, 181
タッソ，トルクァート Torquato Tasso　167, 171, 172, 175, 247
『エルサレム解放』*Gerusalemme liberata*　167, 171, 175, 247
タティオス，アッキレウス Achilles Tatius　3, 16, 17, 20, 31, 39, 42, 49, 177, 186, 288
『レウキッペーとクレイトポーン』*Leucippe and Clitophon*　3, 16, 20, 24, 29, 31, 34, 42, 177, 186
ダーフィ，トマス Thomas D'Urfey　197
『英知的世界のための試論』*An Essay Towards the Theory of the Intelligent World*　197
ダンテ，アリギエリ Dante Alighieri　104, 171
『神曲』*Divina commedia*　171, 172

ダントン，ジョン John Dunton 196
『世界周航記』*A Voyage Round the World* 196

チェスターフィールド伯 Philip Stanhope, Earl of Chesterfield 240
『茶卓』*The Tea-Table* 231
チョーサー，ジェフリー Geoffrey Chaucer 56, 57, 60, 70, 91, 92, 99, 104, 153, 171, 181
『カンタベリー物語』*The Canterbury Tales* 57, 59, 61, 89, 92, 93, 95, 96, 97, 181, 196;『トロイルスとクリセイデ』*Troilus and Criseyde* 56, 61;『誉れの館』*The House of Fame* 171
チンツィオ，ジャン・バッティスタ・ジラルディ Giovan Battista Giraldi Cinzio 107
『百物語』*Ecatommiti* 107

デイヴィス，メアリー Mary Davys 7, 145, 147, 152, 241
『改心したコケット』*The Reform'd Coquet* 145, 241;『紳士と淑女の社交書簡』*Familiar Letters Between a Gentleman and a Lady* 145;『札つきの放蕩者』*The Accomplish'd Rake* 145
ディオゲネス，アントニオス Antonius Diogenes 16, 38
『トゥレーの彼方の不思議』*The Wonders (Marvels) Beyond Thule* 16, 38
ディケンズ，チャールズ Charles Dickens 9
『ティル・オイレンシュピーゲル』*Till Eulenspiegel* 110
デインジャーフィールド，トマス Thomas Dangerfield 165
『ドン・トマゾ』*Don Tomazo* 165
『テオファニア』*Theophania* 228
テオプラストス Theophrastus 169
『人さまざま』*Characters* 169
デカー，トマス Thomas Dekker 158, 159, 162, 170, 189
『カンテラとろうそくの火』*Lantern and Candle-Light* 162;『靴屋の祭日』*The Shoemaker's Holiday* 189;『しゃれ者いろは帳（愚者入門書）』*The Guls Horne-booke* 158, 159;『啖呵を切る娘』（トマス・ミドルトン Thomas Middleton との合作）*The Roaring Girl* 190
デジャルダン，マリ＝カトリーヌ Marie-Catherine Desjardin 152
『愛の記録』*Journal amoureux* 152;『愛の乱れ』*Désordres de l'amour* 152;『恋愛年代記』*Annales galantes* 152
デデキント，フレデリック Frederick Dedekint 158
『グロビアヌス』*Grobianus* 158
『テーベ物語』*Roman de Thèbes* 45
デフォー，ダニエル Daniel Defoe 14, 73, 126, 147, 152, 161, 199, 249
『カーネル・ジャック』*Colonel Jack* 167;『モル・フランダーズ』*Moll Flanders* 73, 80, 161;『レヴュー』*The Review* 126;『ロクサーナ』*Roxana* 164;『ロビンソン・クルーソー』*Robinson Crusoe* 147, 167, 196
デュルフェ，オノレ Honoré d'Urfé 66, 226, 237
『アストレ』*L'Astré* 66, 119, 226
『テュロス王アポロニオス』*Apollonius King of Tyre* 16, 39

デローニ，トマス Thomas Deloney 153, 189
『立派な職業』*The Gentle Craft* 189

ドストエフスキー，フョードル Feodor Dostoyevsky 9, 20
トマ Thomas 48, 51
トロワ，クレチヤン・ド Chrétien de Troyes 48, 49, 50, 53, 221, 225, 230
『エレックとエニッド』*Erec et Enide* 48;『クリジェス』*Cliges* 49;『ペルスヴァル』*Perceval* 53;『ランスロまたは荷車の騎士』*Lancelot ou le Chevalier de la Charrette* 50, 222
『ドン・ベリアニス』*Don Bellianis* 5, 186

［ナ 行］
ナヴァール，マルグリット・ド Marguerite de Navarre 107, 131, 132, 133
『エプタメロン』*L'Heptaméron* 108, 131, 133, 138
ナッシュ，トマス Thomas Nashe 77, 127, 153, 156, 167
『ナッシュの精進料理』*Nashe's Lenten Stuff* 157;『不運な旅人』*The Unfortunate Traveller* 77, 156, 162

『ニノス』*Ninus* 15

ネヴィル，ヘンリー Henry Neville 195
『パインズ島』*The Isle of Pines* 195

［ハ 行］
ハインド，ジェイムズ James Hind 165
『イギリスのグスマン』*The English Gusman* 165
バーカー，ジェイン Jane Barker 8
『恋の駆け引き』*Loves Intrigues* 8;『パッチワーク・スクリーン』*A Patch-Work Screen* 8
バークレー，ジョン John Barclay 6, 67, 188, 228, 244
『アルゲニス』*Argenis* 6, 67, 188, 228, 244
バジーレ，ジャンバッティスタ Giovambattista Basile 107
『五日物語』（『お伽話のなかのお伽話』）*Pentamerone*（*Lo cunto de li cunti*） 107
バニヤン，ジョン John Bunyan 196
『天路歴程』*The Pilgrim's Progress* 196;『バッドマン氏の生と死』*The Life and Death of Mr Badman* 196
ハーバート，パーシー Percy Herbert 6, 187, 229
『王女クロリア』*The Princess Cloria* 6, 187, 229
ハーマン，トマス Thomas Harman 161
『詐欺師にご用心』*A Caveat For Common Cursitors* 161
バルザック，オノレ・ド Honoré de Balzac 9
『パルメリン』*Palmerin* 5, 186, 187, 236
バンデッロ，マッテーオ Matteo Bandello 7, 106, 113, 143, 144, 150
『新奇な物語集』*Quattro libri delle novelle* 106

ピザン，クリスティーヌ・ド Christine de Pizan 129, 131, 132
『女たちの町の書』*Le livre de la cité des dames* 131
ビュッシー（＝ラビュタン），ロジェール・ド Roger de Bussy-Rabutin 134
『ゴール情話』*Histoire amoureuse des Gaules* 134

フィールディング，ヘンリー Henry Fielding 8, 14, 37, 57, 68, 69, 73, 117, 118, 119, 145, 152, 212, 241, 242
『ジョウゼフ・アンドルーズ』*Joseph Andrews* 119, 212, 241, 242;『トム・ジョウンズ』*Tom Jones* 8, 14, 37, 68, 73, 118, 119, 198, 199, 212, 218, 241
フィロストラトス Philostratus 38
『テュアーナのアポロニオスの生涯』*The Life of Appolonius of Tyana* 38
フェヌロン，フランソワ・ド・サリニャック・ド・ラ・モテ François de Salignac de la Mothe Fénelon 67, 211, 238
『テレマックの冒険』*Les aventures de Télémaque* 67, 211, 212, 213, 238
フェルデケ，ハインリヒ・フォン Heinrich von Veldeke 53
『エネイート』*Eneit* 53
フェントン，ジェフリー Geoffrey Fenton 7
『悲劇的物語集』*Certaine Tragicall discourses* 7
フォースター，エドワード Edward M. Forster 209
フォード，エマニュエル Emanuel Forde 6, 186, 231
『オルナタスとアルテシア』*Ornatus and Artesia* 231
フォントネル，ベルナール・ル・ボヴィエ・ド Bernard Le Bovier de Fontenelle 207
『世界の複数性についての対話』*Entretiens sur la pluralité des mondes* 207
『フラメンカ物語』*Le Roman de Flamenca* 63
ブラスウェイト，リチャード Richard Brathwaite 228
『パンサリア』*Panthalia* 228
フランス，マリ・ド Marie de France 9, 221
『寓話』*Fables* 91;『レー』*Lais* 9, 221
ブラント，セバスチャン Sebastian Brant 158
『阿呆船』*Narrenschiff* 158, 159
ブルースター，エドワード Edward Brewster 89
『狐レナルドの息子レナルディンの策略』*The Shifts of Reynardine The Son of Reynard the Fox* 89
『フローリスとブランチフルール』*Floris and Blancheflour* 50
『フロワールとブランシュフロール』*Froire et Blancheflor* 50
ブロンテ，シャーロット Charlotte Bontë 234
『ジェイン・エア』*Jane Eyre* 234

ヘイウッド，エライザ Eliza Haywood 7, 68, 145, 147, 152, 233, 241
『イオヴァイの冒険』*The Adventures of Eovaai* 147;『男を手玉にとる女』*The City Jilt* 147, 149;『女ス

ペクテイター』*The Female Spectator*　147;『過剰な愛』*Love in Excess*　147, 148, 241;『金銭づくの恋人』*The Mercenary Lover*　147;『妻貸します』*A Wife to be Lett*　153;『ファントミナ』*Fantomina*　149
ベイリー，トマス Thomas Bayly　228
『ヘルバ・パリエティス』*Herba Parietis*　228
ペインター，ウィリアム William Painter　7, 96, 144
『歓楽の宮殿』*The Palace of Pleasure*　7, 96, 144
『ベーオウルフ』*Beowulf*　33, 46
ヘッド，リチャード Richard Head　164
『イギリスの悪党』*The English Rogue*　164
ペティ，ジョージ George Pettie　7
『歓楽の小宮殿』*A Petite Palace of Pettie his Pleasure*　7
ペトラルカ Petrarch　104
ペトロニウス Petronius　16, 31, 42, 74, 163, 167, 222
『サテュリコン』*Satyricon*　16, 25, 29, 30, 31, 35, 42, 74, 88, 163, 222
ヘリオドロス Heliodolus　3, 5, 16, 20, 29, 31, 39, 40, 66, 67, 177, 180, 185, 222, 225, 226, 228, 230, 238
『エチオピア物語（テアゲネスとカリクレイア）』*An Ethiopian Story*　3, 5, 16, 20, 22, 23, 28, 31, 33, 36, 38, 39, 40, 177, 185, 222, 223, 225, 226, 229
ベルール Béroul　48, 51
ベーン，アフラ Aphra Behn　6, 7, 68, 133, 134, 137, 152, 207, 208, 230, 233, 234
『ある貴族と妹の恋文』*Love-Letters Between a Nobleman and his Sister*　133, 134;『オルーノーコ』*Oroonoko*　68, 134;『好機』*The Lucky Chance*　153;『漂流者』*The Rover*　153;『尼僧物語』*The Story of the Nun*　137

ボイアルド，マテオ Matteo Boiard　184, 247
『恋するオルランド』*Orlando Innamorato*　184, 247
ホイットニー，イザベラ Isabella Whitney　181
ボイル，ロジャー Roger Boyle　6, 187
『パルセニッサ』*Parthenissa*　187
ボイル，ロバート Robert Boyle　228
『テオドーラの殉教とディディムス』*The Martyrdom of Theodora and Didymus*　228
ボッカッチョ，ジョバンニ Giovanni Boccacio　7, 36, 70, 76, 91, 92, 104, 113, 131, 132, 136
『デカメロン』*Decameron*　36, 70, 76, 85, 92, 95, 96, 97, 100, 101, 106, 107, 108, 116, 131, 138
ポープ，アレグザンダー Alexander Pope　167
ボーモントとフレッチャー Beaumont and Fletcher　80
ボーモン，マリ・ル・プランス・ド Marie Le Prince de Beaumont　238
ホメロス Homer　28, 32, 34, 197, 199, 201, 222
『イリアス』*Iliad*　32, 36, 197, 199, 202, 218, 222, 223, 228;『オデュッセイア』*Odyssey*　32, 74, 197, 212, 222, 223, 247
ホラティウス Horace　167, 228

ホール，ジョゼフ Joseph Hall 170
『美徳と悪徳の人々』*Characters of Virtues and Vices* 170
『ポルトガル文』*Lettres portugaises traduites en françois* 206

[マ 行]
マッケンジー，ジョージ George Mackengie 228
『アレティーナ』*Aretina* 228
マリヴォー，ピエール・カルレ・ド・シャンブラン・ド Pierre Carlet de Chamblain de Marivaux 119, 213, 243
『マリヤンヌの生涯』*Vie de Marianne* 208
マルトゥレイ，フオアンノ Joannot Martorell 62
『ティラン・ロ・ブラン』*Tirant lo Blanc* 62
マルモンテル，ジャン＝フランソワ Jean-François Marmontel 238
マロリー，サー・トマス Sir Thomas Malory 4, 61, 225, 230
『アーサー王の死』*Le Morte Darthur* 4, 61, 196, 225, 229
マンデヴィル，バーナード Bernard Mandeville 208
『蜂の寓話』*The Fable of the Bees* 208
マンリー，メアリー・ド・ラ・リヴィエール Mary de La Rivière Manley 7, 68, 141, 144, 145, 150, 152, 153, 232, 233, 234, 241
『恋の力』*The Power of Love* 143; 『女王ザラ』*The Secret History of Queen Zarah and the Zarazians* 232; 『ニュー・アタランティス』*The New Atalantis* 8, 14, 232, 241; 『封を解かれた貴婦人の小包み』*The Lady's Paquet Broke Open* 68; 『リヴェラの冒険』*The Adventures of Rivella* 68; 『ルーシャス』*Lucius* 153

ミルトン，ジョン John Milton 175, 217
『楽園の喪失』*Paradise Lost* 175, 217

モア，サー・トマス Sir Thomas More 230
『ユートピア』*Utopia* 67
モンタルボ，ガルシ・ロドリーゲス・デ Garci Rodríguez de Montalvo 4, 64, 184
『アマディース・デ・ガウラ』*Amadis de Gaula* 4, 6, 64, 177, 184, 186, 229, 230, 236, 237, 241, 246, 248
モンテスキュー，シャルル・ド・セコンダ，バロン・ド Charles de Secondat, baron de Montesquieu 213
『ペルシャ人の手紙』*Lettres persanes* 213
モンテマヨール，ホルヘ・デ Jorge de Montemayor 40, 177, 184, 226
『ディアナ』*Diana* 177, 184, 226
モンマス，ジェフリー・オブ Geoffrey of Monmouth 46, 225
『ブリトン諸王の歴史』*Historia Regum Britanniae* 46

[ラ 行]
ラ・カルプルネード La Calprenède 67, 119, 166, 237
『カサンドラ』*Cassandre* 119; 『ク

レオパトラ』*Cléopâtre*　119, 240
ラクロ，ピエール・ショデルロ・ド Pierre Choderlos de Laclos　108
『危険な関係』*Les Liaisons dangereuses*　108
『ラサリーリョ・デ・トルメス（の生涯）』*Vida de Lazarillo de Tormez*　78, 79, 80, 116, 162, 165
ラファイエット夫人 Madame de LaFayette　67, 134, 152
『クレーヴの奥方』*La Princess de Clève*　108, 134, 152;『モンパンシエ公夫人』*La Princesse Montpensier*　152
ラ・フォンテーヌ，ジャン・ド Jean de La Fontaine　85, 208
『寓話』*Fables*　85, 208
ラ・ブリュイエール La Bruyère　169, 209
『カラクテール』*Les caractère*　169, 209
ラブレー，フランソワ François Rabelais　195
『ガルガンチュワとパンタグリュエル物語』*The Histories of Gargantua and Pantagruel*　195
ラベ，ルイーズ Louise Labe　133
ラヤモン Layamon　46
『ブルート』*Brut*　46
ラ・ロシュフーコ La Rochefoucauld　207
『箴言集』*Réflexions*　207

リーヴ，クレアラ Clara Reeve　6, 68, 69, 188, 244
『イギリスの老男爵』*The Old English Baron*　244;『不死鳥』*The Phoenix*　6, 188, 244;『ロマンスの進展』*The Progress of Romance*　69, 244
リコボーニ，マリ＝ジャン Marie-Jeanne Riccoboni　238
リチャードソン，サミュエル Samuel Richardson　14, 40, 147, 152, 234, 242, 243
『クラリッサ』*Clarissa Harlowe*　14, 185, 213, 234, 242, 243;『パミラ』*Pamela*　23, 147, 213, 234
リッド，サミュエル Samuel Rid　162
『奇術』*The Art of Juggling*　162
リリー，ジョン John Lyly　154
『ユーフュイーズ，あるいは機知の分析』*Euphues or the Anatomy of Wit*　154, 177;『ユーフュイーズと彼のイングランド』*Euphues and his England*　154, 177
リロ，ジョージ George Lillo　193
『ロンドン商人』*The London Merchant*　193

ルイス，フアン Juan Ruiz　97
『よき愛の書』*Libro de Buen Amor*　97, 99
ルキアノス Lucian　16, 17, 20, 28, 223
『神々の対話』*Dialogues of the Gods*　29;『死者の対話』*Dialogues of the Dead*　157;『占星術』*Astrology*　157;『中傷』*Slander*　28;『蠅』*The Fly*　157;『パラリス』*Phalaris*　17;『暴君殺し』*The Tyrannicide*　17;『法廷に立つ子音』*The Consonants at Law*　17;『本当の話』*A True Story*　16, 223;『冥府の旅』*The Downward Journey*　157
ル・サージュ，アラン＝ルネ Alain-René Le Sage　115, 143, 165, 166
『悪魔アスモデ』*Le diable boiteux*　143;『ジル・ブラース』*Gil Blas*

115, 119, 165, 242
ルソー，ジャン＝ジャック Jean-Jacque Rousseau 238
『ルナール（狐）物語』*Le Roman de Renart* 86, 88, 89, 167

ロウス，メアリー Mary Wroth 7, 182, 185, 228, 229
『ユレイニア』*Urania* 7, 182, 228
ローエンシュタイン，ダーニエル・カスパー・フォン Daniel Casper von Lohenstein 237
ロッジ，トマス Thomas Lodge 127, 180
『ロザリンド』*Rosalynd* 180, 229
『驢馬』（伝ルキアノス Pseudo-Lucian）*The Ass* 16
ローハス，フェルナンド・デ Fernand de Rojas 60, 98
『ラ・セレスティーナ』*La Celestina* 60, 98
ロバーツ，ヘンリー Henry Roberts 6, 186, 187
『ローランの歌』*Chanson de Roland* 47, 48, 184
ロリス，ギヨーム・ド，ジャン・ド・マン Guillaume de Lorris, Jean de Meun 60, 94
『薔薇物語』*Le Roman de la Rose* 60, 94
ロレンス，デーヴィッド David H. Lawrence 9
ロンゴス Longus 3, 16, 20, 31, 33, 42, 225, 238
『ダフニスとクロエー』*Daphnis and Chloe* 3, 16, 20, 28, 31, 33, 42, 186, 225

［ワ　行］

ワース Wace 46, 225
『ブリュ物語』*Roman de Brut* 46

〈ノヴェル〉の考古学
イギリス近代小説前史

2012年10月5日　初版第1刷発行

著　者　伊藤　誓
発行所　財団法人法政大学出版局
〒102-0073 東京都千代田区九段北3-2-7
電話03(5214)5540／振替00160-6-95814
製版・印刷　平文社／製本　誠製本
装　幀　奥定 泰之

ISBN 978-4-588-49028-6　　Printed in Japan

著者紹介

伊 藤　 誓（いとう ちかい）

1951年，三重県に生まれる。東京教育大学大学院修士課程修了。京都教育大学，東京学芸大学，大妻女子大学を経て，1991年，東京都立大学人文学部助教授，98年，同教授，現在，首都大学東京大学院人文科学研究科教授，イギリス小説専攻。

著書：『ロレンス文学のコンテクスト』（金星堂），『スターン文学のコンテクスト』（法政大学出版局）。

共著：『イギリス文学グラフィティ』（愛育社），『D.H.ロレンス』，『戦後イギリス文学』，『今日のイギリス小説』（以上，金星堂），『構造主義とポスト構造主義』（研究社），『世界の文学：ヨーロッパⅠ』，『世界の文学：ヨーロッパⅡ』（以上，朝日新聞社），『モダンとポストモダン』（岩波書店），『躍動する言語表象』（開拓社），『イギリス文学』（自由国民社）。

訳書：『図説イギリス文学史』（共訳，大修館），D.ロッジ『バフチン以後』，F.イングリス『メディアの理論』（共訳），E.リード『旅の思想史』，M.ホルクウィスト『ダイアローグの思想』，N.フライ『大いなる体系』，A.フレッチャー『思考の図像学』，J.H.ミラー『読むことの倫理』（共訳），G.スタイナー『言葉への情熱』，B.アダム『時間と社会理論』（共訳），R.バートレット『ヨーロッパの形成』（共訳），L.ハイド『トリックスターの系譜』（共訳），D.R.ヴィラ『政治・哲学・恐怖』（共訳），W.イーザー『解釈の射程』（以上，法政大学出版局），G.スタイナー『私の書かなかった本』（共訳，みすず書房）。

現住所：〒350-1103　埼玉県川越市霞ヶ関東3-4-17。